À PROPOS DE L'AUTRICE

Annie Claydon est une autrice anglaise. Elle a toujours été fascinée par le livre et passait son enfance à dévorer des romans. Aujourd'hui, elle vit à Londres et publie régulièrement des romances médicales pour Harlequin.

Vélia

Si proche de moi

*

Retrouvailles à Londres

ANNIE CLAYDON

Si proche de moi

INTÉGRALE

HÉROS DE LONDRES

Traduction française de

CÉCILE LOMBARD

SAGAS

HARLEQUIN

Collection : SAGAS

Titre original :
FALLING FOR HER ITALIAN BILLIONAIRE

Ce roman a déjà été publié en 2019

HARPERCOLLINS FRANCE
83-85, boulevard Vincent-Auriol, 75646 PARIS CEDEX 13
Service Lectrices — Tél. : 01 45 82 47 47 - www.harlequin.fr
ISBN 978-2-2804-9608-7 — ISSN 2426-993X

Composé et édité par HarperCollins France.
Imprimé en août 2023 par CPI Black Print (Barcelone)
en utilisant 100% d'électricité renouvelable.
Dépôt légal : septembre 2023.

FSC
www.fsc.org
MIXTE
Papier issu de sources responsables
FSC® C159065

Pour limiter l'empreinte environnementale de ses livres, HarperCollins France s'engage à n'utiliser que du papier fabriqué à partir de bois provenant de forêts gérées durablement et de manière responsable.

1

Gabriel DeMarco souleva avec peine ses paupières lourdes et les referma, épuisé par cet effort.

— Comment vous sentez-vous ?

La voix féminine l'enveloppa comme du miel chaud. Une voix calme et cependant ferme, que tout homme aurait trouvée agréable.

— Je crois que je vais dormir encore un peu…

Mais l'inconnue devait espérer le contraire, et sa voix lui évoquait un irrésistible chant des sirènes.

— Euh… Je peux aussi me réveiller.

— Pourquoi pas ? Gabriel… Vous êtes à l'hôpital.

Vraiment ? Cette idée aurait dû le troubler davantage, mais il avait l'impression de flotter sur un nuage. Il tenta de rouvrir les yeux et, aussitôt, la lumière lui vrilla le crâne. Mieux valait les refermer un instant…

— Lequel ?

Il s'en moquait, mais il devait feindre un peu d'intérêt pour convaincre cette femme qu'il était éveillé.

— Le Royal Westminster. Dans l'aile privée.

Évidemment… On savait que le fils de Leo DeMarco, le président d'un des plus importants groupes pharmaceutiques d'Europe, pouvait se payer une nuit d'hôpital en chambre particulière. À moins qu'il ne soit là depuis plus longtemps… Impossible de se rappeler.

Il plia les doigts, se passa la main sur le torse, remua les jambes. Tout semblait fonctionner. Il ne souffrait pas. Ce qui l'avait conduit ici n'était sans doute pas bien grave…

— Ouvrez les yeux.

Non, la lumière était intolérable ! Elle le comprit car il sentit le tranchant d'une main lui effleurer un côté du visage.

— Allons, ouvrez-les.

Cette fois, la douleur fut plus supportable. Et quand il vit la beauté aux épais cheveux blonds et aux yeux bleus, il cessa de s'interroger sur ce qui lui était arrivé.

— Qui êtes-vous ? Une infirmière ?

Question idiote… Elle portait une robe d'été bleu marine sans manches, fermée par des boutons et ceinturée à la taille. Rien à voir avec une blouse blanche…

— Non. Je suis Clara Holt, c'est votre père qui m'envoie.

Depuis quand son père envoyait-il des femmes à son chevet ? Pourtant, pour une fois, c'était un bon choix. Cette femme était la *perfezione*. Une peau de porcelaine, des cheveux brillants… Il avait envie de lui être agréable.

— *Molto bella…*

— *Grazie.*

Elle eut un léger sourire. Il était impardonnable de ne pas avoir remarqué ses lèvres pulpeuses…

— Vous parlez italien ?

— Quelques mots seulement.

Ceux qui comptaient : toute femme devrait comprendre lorsqu'un homme lui disait qu'elle était belle.

Mais… En quelle langue avait-il parlé ? Et ses paroles n'avaient-elles pas dépassé sa pensée ? Un léger sentiment de culpabilité émergeait peu à peu à sa conscience. En principe, avant de formuler ce genre de compliment, il s'assurait que son interlocutrice souhaitait l'entendre…

Il secoua la tête pour s'éclaircir les idées puis tenta de s'asseoir. La douleur lui perçant les tempes, il sentit monter la nausée. La merveilleuse Clara le repoussa gentiment contre ses oreillers.

— N'allez pas trop vite, vous vous sentirez mieux dans un moment.

Un ange qui pouvait l'emmener sur son nuage n'importe quand et…

Non ! Qu'allait-elle penser ? Il s'efforça de trouver une question sensée à lui poser.

— Qu'est-ce qui m'arrive ?

C'était prévisible, se dit Clara. Gabriel DeMarco était encore sous l'effet du produit qu'on lui avait fait ingérer. Il n'avait pas récupéré la maîtrise de ses impulsions, et quand la sensation de bien-être se dissiperait, la descente serait plutôt désagréable…

Mieux valait s'en tenir aux faits basiques pour l'instant. S'il ne maîtrisait pas ses paroles et n'était capable que de la complimenter, c'était signe qu'il n'avait pas recouvré ses esprits. Et mieux valait aussi oublier le frisson qu'elle avait éprouvé à ces mots.

— Vous allez vous remettre sans problème.

— Sûr ?

Il fronça les sourcils.

— Oui. Vous avez sans doute la migraine et vous ne vous souvenez plus de la soirée d'hier…

— En effet j'ai mal à la tête et je me demande bien comment j'ai atterri ici.

— Cette désorientation passera aussi bientôt. Ne vous inquiétez pas.

Sentant son regard sur elle, elle sortit de son sac une bouteille d'eau et l'ouvrit.

— Avez-vous soif ?

— Oui…

Elle glissa une paille dans la bouteille et se pencha pour l'approcher de sa bouche. Comme il lui pressait légèrement les doigts, un nouveau frisson la parcourut…

Mais elle n'allait pas fondre sous le regard de velours de cet homme, très entouré disait-on. Elle était chargée d'une mission, et quand on l'avait appelée à 1 heure du matin, elle avait aussitôt compris que c'était une chance que son patron l'ait choisie pour l'accomplir : un client important, dans une situation très délicate.

— Ne buvez pas trop…

Elle lui retira la bouteille et sentit ses doigts serrer les siens pour l'en empêcher.

— Un peu plus, s'il vous plaît.

— Moins vite, alors.

Docile, il s'en tint à la moitié de la bouteille puis la regarda.

— Vous savez que je suis médecin ?

— Oui. J'ai consulté votre dossier.

— Par conséquent, je comprendrai tout ce que vous me direz de mon état, n'est-ce pas ?

Il semblait de plus en plus agité… Elle devait donc peser ses mots pour l'informer sans provoquer de panique.

— Hier soir, vous avez ingéré par inadvertance une drogue… qui n'aura pas d'effets à long terme, mais vous allez vous sentir groggy un moment.

— Quelle drogue ?

Comme elle hésitait, elle le vit tendre la main vers la sonnette située au-dessus de son lit.

— Si vous ne voulez rien me dire…

Inutile de rameuter tout le service, songea-t-elle. Moins on se souviendrait du passage de Gabriel ici, mieux ce serait.

— Du Flunitrazepam.

Il se massa les tempes comme s'il tentait de remettre son cerveau en fonctionnement.

— Le nouveau produit que fabrique mon père ? Comment puis-je l'avoir ingéré par inadvertance ? Il n'est pas encore sorti du laboratoire…

Il grimaça et porta soudain la main à son cou.

— Vous avez mal à la gorge ? On vous a intubé pour vous administrer du charbon activé. Vos amis, le Dr Goodman et sa femme, sont restés avec vous jusqu'à mon arrivée.

Elle éprouva un léger pincement au cœur. Il n'allait pas tarder à comprendre qu'il avait oublié une partie de la soirée…

— Grant et Sara ? J'ai dîné chez eux. Où sont-ils ?

— Je suppose qu'ils sont allés dormir après mon arrivée à 4 heures du matin.

— Et quel est votre rôle exact dans cette affaire, Clara ?

Il reprenait vite ses esprits, à présent. Fini les compliments… Il la priait de justifier sa présence auprès de lui. C'était sans doute mieux ainsi. Elle sortit des papiers de son sac.

— Je travaille pour Gladstone & Sullivan.

— La société de sécurité que mon père emploie depuis des années.

Il fronça les sourcils.

— Rassurez-moi : je n'ai rien commis de répréhensible ?

— Non, en aucune façon.

Elle lui tendit des documents. Mieux valait attendre encore avant de lui fournir des détails.

Après un coup d'œil à son passeport, il lut avec attention la lettre d'introduction.

— Si mon père vous a faxé ceci à 2 heures du matin, c'est qu'il considère que c'est sérieux !

— Vous n'ignorez pas que tout ce qui concerne votre bien-être est considéré comme sérieux. L'essentiel pour vous, c'est de connaître mon rôle et de savoir que j'ai la situation bien en main.

— Je préférerais l'avoir en main moi-même. Si vous continuez à me cacher des détails, je vais essayer de trouver quelqu'un qui me renseigne.

Clara réprima un soupir. En fait, ses clients se répartissaient en deux catégories : ceux qui refusaient de savoir et ceux qui réclamaient des précisions. Elle préférait souvent les seconds, mais ils étaient plus difficiles.

— Je veux bien tout vous expliquer. Nous vous avons réservé une suite dans un hôtel proche…

— Pourquoi ? Mon immeuble se serait-il écroulé durant la nuit ?

— Non, pas d'inquiétude.

Cette preuve matérielle parut le rasséréner un peu.

— Parfait. Puisque ma maison est encore debout, vous ne verrez donc pas d'objection à ce que j'y retourne ?

Elle inspira à fond.

— Je vous conseillerais…

— Inutile. Je rentre chez moi, et vous êtes la bienvenue si vous voulez m'accompagner pour m'expliquer ce qui se passe. Ensuite seulement, je vous autoriserai à me conseiller et je déciderai de suivre ou non vos conseils.

Il s'assit avec difficulté. Il devait se sentir encore très vaseux, mais elle avait compris que cela ne l'arrêterait pas.

— D'accord. Je vous emmène en voiture.

— Merci. Je dois prendre une douche et m'habiller… Vous seriez gentille de me laisser.

— Docteur DeMarco, je suis chargée de votre sécurité. Pas question que vous risquiez une chute dans la salle de bains et une fracture du crâne.

Elle faillit ajouter que, de toute façon, elle en avait vu d'autres mais se ravisa : sa large carrure et son corps musclé se devinaient sous la blouse d'hôpital, et ses cheveux et ses yeux noirs dans un visage aux pommettes hautes lui conféraient une exceptionnelle beauté. En fait, avait-elle déjà vu un homme qui lui arrivait à la hauteur ?

Il eut un léger sourire.

— Parfait. Nous allons nous entendre si vous êtes sincère avec moi. Et appelez-moi Gabriel. Il me semble que maintenant que j'en sais un peu plus sur mon état, nous pouvons échanger nos prénoms.

— Si vous voulez.

Elle ouvrit le petit placard placé derrière sa chaise et en sortit une robe de chambre. Il se mit sur ses pieds avec précaution, s'efforçant visiblement d'échapper au brouillard causé par la drogue. Après s'être enveloppé dans le vêtement qu'elle lui tendait, il le noua à la taille et fit deux pas en avant, un peu vacillant.

— Vous ne semblez pas très stable…

— Ça va.

Lentement, il traversa la chambre jusqu'à la salle de bains.

— Laissez-moi un peu d'intimité, maintenant, s'il vous plaît. Allez demander au médecin s'il peut me prescrire quelque chose pour mon mal de tête et ma nausée.

Puis il énuméra une liste d'antidouleurs et d'antiémétiques.

— D'accord, mais, en général, les médecins n'aiment pas beaucoup qu'on leur dicte leur prescription…

— Je compte sur vous pour formuler ma requête avec tact.

Il agita la main en signe d'adieu pour lui signifier qu'elle pouvait partir et refermer la porte derrière elle.

Lorsque Clara fut sortie, Gabriel poussa un soupir de soulagement : il avait craint de lui proposer malgré lui de venir lui frotter le dos sous la douche. Même s'il avait l'esprit plus clair, qui sait si les effets du produit — ou ceux des yeux bleus étincelants de sa protectrice — ne lui feraient pas fourcher la langue encore une fois ?

Tremblant, couvert d'une sueur froide, il entra dans la salle de bains, se rinça la bouche pour éliminer le goût du charbon et se regarda dans le miroir. Il était grisâtre… Pourquoi avait-il rencontré cette femme merveilleuse justement aujourd'hui ?

Clara Holt lui devait des explications, mais inutile de se presser, une chose à la fois.

Il n'aurait pas choisi de porter ensemble le pantalon et la chemise qu'il avait trouvés pliés sur une chaise. Grant et Sara avaient dû aller les chercher chez lui. Un mystère de plus…

Quand il ouvrit, il trouva Clara sur le seuil avec l'ordonnance et les médicaments qu'il avait réclamés. Elle entra en souriant.

— Vous avez l'air plus en forme !

Il n'était pas dupe : son sourire satisfait s'adressait plutôt à la tournure que prenaient les événements…

— Merci, c'est bon de vous l'entendre dire.

S'asseyant sur le lit, il saisit la bouteille d'eau et avala des cachets.

— Je me sentirai encore mieux quand ils feront leur effet. Et que je serai chez moi.

L'important était de regagner son cocon et d'avoir enfin une explication.

— D'accord. Attendez…

Elle fouilla dans son sac et lui tendit son trousseau de clés et son portefeuille.

— Merci. Et mon téléphone ?

— Votre père nous a autorisés à l'envoyer à notre laboratoire pour vérifier qu'il n'y a pas eu… d'intrusions.

Il leva les yeux au ciel ce qu'il regretta aussitôt : la douleur à ses tempes redoubla d'intensité.

— Pour combien de temps ?

— Je m'arrangerai pour que vous l'ayez demain matin.

Il réprima la colère qui montait en lui. Il en discuterait plus tard avec son père. À l'évidence, cette Clara agissait selon des instructions…

— Bien, on y va ?

— Oui. Ian Anderson nous attend dehors, et je crois que vous le connaissez ?

Pourquoi avait-il l'impression qu'elle s'efforçait de le rassurer ?

— En effet. C'est lui qui sert de chauffeur à mon père lors de ses séjours à Londres. Un homme très sympathique.

Elle lui tendit un formulaire et un stylo.

— Il vous faut encore signer cette décharge.

Il parcourut la feuille des yeux puis apposa son paraphe en bas de page.

— C'est tout ?

— Oui. Vous êtes prêt ?

— Je piaffe d'impatience.

Il la suivit jusqu'à la réception où elle remit le papier à une infirmière avant de sortir.

Une fois dehors, il salua Ian qui leur ouvrit la portière arrière d'un véhicule aux vitres teintées avant de s'installer au volant.

Tandis que la voiture démarrait, Gabriel s'appuya au dossier et ferma les yeux pour réfléchir. Il devait admettre que l'organisation de Gladstone & Sullivan était parfaite… Mais c'était sans doute un malentendu, et son père avait dû prendre l'affaire trop à cœur. Pour dissiper son sentiment d'étrangeté, il décida de taquiner un peu Clara.

— Je suppose que la facture est payée ? Ça ne me plairait pas de passer pour un aigrefin.

— Oui, j'ai réglé. Les frais seront portés sur la note de votre père.

Il perçut une pointe d'humour dans sa voix.

— Parfait. Et comment vous êtes-vous présentée ? Mata Hari ?

Elle n'avait rien d'une femme fatale bien qu'elle puisse aisément jouer ce rôle au cinéma. Mais elle n'avait pas non plus l'allure d'une agente de sécurité censée se fondre dans le décor et ne trahir sa présence qu'en cas de nécessité absolue. Dans sa robe d'été, avec ses escarpins à petits talons, elle aurait pu passer pour… Une compagne très séduisante.

— Je leur ai dit que j'étais une amie à vous.

— Armée et dangereuse ?

Elle lui adressa un sourire éblouissant quand il rouvrit les paupières.

— Ce serait illégal de porter une arme dissimulée, mais si je le décidais, je pourrais être dangereuse, en effet.

Il l'aurait parié.

Il ne doutait pas que son sourire puisse être extrêmement dangereux, même si elle ne le décidait pas.

2

— J'aimerais que vous attendiez ici pendant que mon équipe vérifie que tout est normal.

Comme elle lui avait posé une main sur le bras pour l'empêcher de sortir de la voiture, elle sentit son biceps se crisper sous ses doigts et vit qu'il avait fermé le poing.

Il soupira puis sortit ses clés qu'il tendit à Ian.

— D'accord. Mais, ensuite, vous devrez répondre à mes questions.

— Oui.

En descendant de voiture, Ian lui jeta un regard qui signifiait qu'il ne voudrait pas être à sa place…

On leur fit bientôt signe que la voie était libre. Le visage de Gabriel était impénétrable tandis qu'elle l'accompagnait jusqu'à une large entrée bien éclairée.

— Nous allons prendre une tasse de thé.

Ce n'était pas une invitation mais un ordre, aussi le suivit-elle jusqu'à la cuisine.

Une pièce très bien équipée, conçue pour des préparations culinaires sophistiquées : les récipients de toutes tailles et de toutes formes suspendus à des crochets semblaient utilisés fréquemment. Il mit la bouilloire en route avant d'aller jusqu'à une petite table installée au fond devant une baie semi-circulaire où il tira les volets pour masquer le soleil qui entrait à flot par les portes-fenêtres. Puis il s'approcha du comptoir et leva un sourcil en voyant le sac de provisions que son équipe avait déposé.

— Qu'est-ce que c'est ?

— Comme nous ignorons encore d'où venait la drogue, c'est plus prudent de considérer vos réserves de nourriture comme suspectes.

Levant les yeux au ciel, il sortit le lait du sac ainsi que des sachets de thé qu'il mit dans deux mugs avant d'y verser l'eau bouillante. Quand il les posa sur la table, elle se surprit à frissonner encore sous l'intensité de son regard.

— Clara… Il y a une chose à éclaircir en priorité : vous me donnez des ordres, ce qui fait sans doute partie de votre travail, mais j'aimerais que vous cessiez.

Elle déglutit. Le dossier ne l'avait pas préparée à cela. Gabriel DeMarco était le fils d'un homme si riche que beaucoup de gens ne pouvaient se faire une idée de sa fortune. Il dirigeait une fondation et une clinique pour avoir l'impression de se rendre utile et faisait ce qui lui plaisait le reste du temps. Il était sans conteste charmant et usait de son charme pour séduire. Mais le dossier n'évoquait nulle part son esprit incisif et sa détermination.

Tant pis, elle s'adapterait…

— Je vous donne des ordres parce que la situation est très… sensible.

— Je comprends, mais si nous devons avoir une relation quelconque, je veux connaître les faits, même ceux qui risquent de me perturber.

— Je vais tout vous dire.

Il se rencogna dans son siège en se frottant les tempes.

— Bien, je vous écoute.

Elle expira tout l'air contenu dans ses poumons. Il la soumettait à une sorte de test, et elle était certaine que si elle oubliait un détail, elle échouerait.

— Hier soir, vous vous êtes rendu chez le Dr Goodman et son épouse pour dîner. Peu après votre arrivée, vous avez perdu conscience et le Dr Goodman, qui a reconnu vos symptômes, vous a fait conduire à l'hôpital.

— Et à qui dois-je votre intervention ?

— Les Goodman connaissent vos parents, je crois…

— En effet, ils ont séjourné chez nous en Italie. C'est Sara qui a prévenu mon père ?

— Oui, et elle a bien fait. Apparemment, d'autres incidents impliquant des membres de votre famille se sont produits…

Elle vit l'angoisse se peindre sur le beau visage.

— Quoi ? Ma mère va bien, j'espère ?

— Oui, mais elle s'inquiète à votre sujet. Nous restons en contact permanent avec l'Italie pour les tenir au courant.

— Merci. Il faut que vous sachiez que mon frère aîné est mort à dix-sept ans dans un accident, donc vous comprendrez que ma mère s'inquiète pour moi…

— Oui, c'est ce que m'a dit mon patron en me confiant cette mission, mais je sais rassurer mes clients.

— Dans ce cas, je vous serais reconnaissant d'utiliser cette capacité au maximum en ce qui concerne mes parents.

— Mais pas vous ?

Un profond sillon, sans doute d'anxiété et d'épuisement mêlés, s'était creusé sur son front. Un instant, elle éprouva l'envie de lui caresser la joue pour le soulager…

— Non, je n'ai pas besoin d'être rassuré. Mais qui peut bien nous en vouloir à ce point ? Impossible que vous n'ayez aucune théorie.

— Vous connaissez le Flunitrazepam qui a été mis au point dans les laboratoires de votre père, je suppose…

— Bien sûr. C'est un médicament de nouvelle génération contre le VIH qui pourra être distribué dans les pays en voie de développement grâce à son moindre coût de fabrication.

Il fronça les sourcils.

— Dans la presse, certains ont exprimé des doutes sur notre capacité à le fabriquer et à le diffuser. Lorsqu'un nouveau produit arrive sur le marché, tout le monde cherche à se l'approprier, et il n'est pas rare que le groupe qui en détient les droits soit soumis à des pressions.

— Eh bien, quelqu'un a pu décider que la pression devait

être accentuée. On a tenté de suggérer d'imposer à votre père un contrôle fiscal…

Gabriel eut un rire rauque.

— C'est mal le connaître… Il est d'une rigueur absolue en ce qui concerne l'argent.

— Je l'ai compris, en effet. Mais vous devez savoir qu'il est difficile d'obtenir une licence de distribution pour un produit aussi intéressant. Toute allusion à un scandale doit être évitée, et puisque tout le monde sait que vous remplacerez votre père à sa retraite, cela s'étend à vous.

Il réfléchit un instant.

— D'accord. Jusque-là, c'est clair, il s'agit d'une attaque directe à la fiabilité du groupe et le ministère des Finances se chargera de vérifier. Mais je ne vois pas le lien avec ce qui m'est arrivé.

— Eh bien… On vous a fait ingérer une forme de Flunitrazepam qui est encore indisponible sur le marché, et Mme Goodman a dû soutenir avec véhémence que vous ne vous droguiez pas…

Son visage s'assombrit encore.

— Autrement dit, on a tenté de me faire passer pour un drogué.

Il resta silencieux un instant, et elle s'en voulut d'avoir provoqué chez lui un tel tourment.

— Navrée, Gabriel. Ça n'a rien d'agréable à entendre.

— J'apprécie votre franchise.

Elle lut tant de chaleur dans son regard qu'elle faillit perdre ses moyens.

— Écoutez, Clara, il faut vraiment que je dorme quelques heures, ajouta-t-il. Puis-je vous rappeler dans l'après-midi pour continuer cette discussion ?

Elle ne doutait pas de sa sincérité : il avait bien résisté, mais, à présent, il était évident qu'il avait du mal à garder les yeux ouverts…

— Allez vous reposer, je reste ici avec mon équipe.

Il jeta un regard à la ronde comme s'il avait oublié qu'ils

n'étaient pas seuls. C'était exactement ce qu'elle voulait : que ses assistants ne se fassent pas remarquer. Tout ce que Gabriel avait à savoir, c'était qu'ils étaient là et qu'il était en sécurité.

— Euh… Bon. Servez-vous de…

Il désigna le réfrigérateur puis il haussa les épaules. Il accusait le coup, songea-t-elle : jusque-là, il était sûr de sa place dans le monde, mais il commençait à se méfier de tout ce qui l'entourait. Elle avait déjà assisté à ce phénomène, et c'était un défi difficile à relever.

Elle se leva et sortit une bouteille d'eau du sac de provisions.

— Emportez ça, Gabriel. Je dois téléphoner à votre père pour lui donner des nouvelles… À moins que vous ne vouliez le faire vous-même ?

Il secoua la tête puis grimaça de douleur.

— Non. C'est de vous qu'il attend un rapport, pas de moi. S'il vous plaît, dites-lui que je le salue et que je l'appellerai plus tard.

Il posa une main tremblante sur la poignée de la porte. Allait-il pouvoir monter l'escalier ? Devait-elle lui proposer son aide ? Non, il n'apprécierait pas qu'elle devienne envahissante… Elle guetta ses pas incertains et fut soulagée d'entendre une porte se refermer à l'étage.

Elle poussa un soupir. Elle allait devoir gérer la vulnérabilité de Gabriel, son inquiétude… Car bien qu'il ait du mal à l'admettre, il était vraiment dans une situation très difficile.

3

Une fois dans sa chambre, Gabriel se dévêtit en hâte et se jeta sur le lit. Comme la lumière vive du soleil lui blessait les yeux, il se releva à regret pour fermer les rideaux.

Il était si épuisé qu'il s'endormit aussitôt la tête posée sur l'oreiller.

Il avait onze ans, il était seul dans l'obscurité… D'atroces élancements à la cheville. Des périodes de sommeil inquiet alternant avec des moments de veille où la faim et la soif le tenaillaient.

Il s'était traîné jusqu'au tas de rochers qui s'étaient éboulés à l'entrée de la seconde grotte et avait tenté en vain de les déplacer. Trop lourds… Il avait appelé son frère, espérant un miracle tout en étant conscient qu'il ne répondrait pas. Pietro avait été enseveli avec ses amis, et il ne restait que lui. Ses doigts écorchés saignaient.

Percevant le bruit d'un ruisseau, il avait rampé dans sa direction malgré sa douleur à la jambe. L'eau était fraîche et limpide, seulement troublée par le goût métallique du sang provenant des écorchures de ses mains.

Puis il s'était allongé et avait souhaité mourir là. Le fantôme de Pietro semblait lui tendre les bras…

Il se réveilla en sursaut, couvert de sueur froide. *Respire, réveille-toi !* Il se força à retrouver le monde des vivants et, roulant du lit, il entra en titubant dans la salle de bains où il s'aspergea le visage d'eau froide.

Il lui arrivait de passer des semaines sans faire ce rêve. Il suffisait qu'un incident survienne pour que le cauchemar revienne, identique et toujours très réel, presque tangible.

Cette fois, ce devait être le Flunitrazepam qui l'avait déclenché ; ou alors le sentiment d'être à nouveau pris au piège et entouré de périls inconnus…

Il n'avait aucun souvenir de l'arrivée des sauveteurs. Il avait trouvé sa mère à son chevet en se réveillant et, en voyant la vive clarté qui pénétrait par les vitres, il s'était juré de ne plus jamais se laisser enfermer et d'apprécier à chaque instant l'air et la lumière.

Un vœu difficile à respecter dans son adolescence à cause du souci constant que se faisaient ses parents… Mais il avait appris à rester en paix, à rassurer sa mère tout en se ménageant une part de liberté.

Il entra sous la douche et se savonna avec énergie pour dissiper les traces de son mauvais rêve. Mieux valait se concentrer sur les côtés positifs de sa vie. Soudain, le souvenir de la main fraîche de Clara sur son visage le fit frémir.

Que dirait-elle de cette liberté qu'il chérissait ? Même s'il était agacé qu'elle supervise ses moindres mouvements, autant se rappeler que c'étaient ses rapports au téléphone qui rassuraient sa mère. Et il devait admettre qu'il admirait sa force de caractère et sa sincérité.

Sans parler de sa beauté. Peut-être la drogue l'avait-elle parée d'une aura particulière… Quelle drôle de situation ! Rencontrer une femme merveilleuse qui venait lui révéler qu'il était en danger… Il se serait presque cru dans un roman d'espionnage.

Il s'entoura la taille d'une serviette et, une fois dans la chambre, consulta la pendule. Déjà 3 heures de l'après-midi ! Il avait dormi trop longtemps. Il devait descendre affronter

Clara. Peut-être lui paraîtrait-elle — ainsi que la situation — plus normale.

— Toujours là, je vois !

Clara sourit en le voyant entrer dans la cuisine.

Elle entendait ses pas au premier étage depuis une demi-heure. Il s'était douché et rasé et semblait reposé.

— Vous pensiez que je serais partie ?

Il haussa les épaules.

— Je n'étais pas très sûr que vous alliez m'attendre. Je suppose que je n'ai pas rêvé, ce matin ?

— Non, je le crains.

L'incrédulité était une réaction assez commune, mais peu de clients prenaient ses révélations avec cet humour…

— Eh bien, puisque cette histoire n'est pas une fiction, je dois songer en priorité au bon fonctionnement de ma clinique.

En l'occurrence, songea-t-elle, il devrait plutôt s'inquiéter de protéger sa vie. Comme tous les gens riches, il se croyait sans doute invulnérable… Mais, finalement, elle se réjouissait qu'il ait une motivation importante.

Il désigna de la tête l'ordinateur portable ouvert sur la table.

— Bien entendu, vous êtes renseignée sur la fondation Watchlight ?

— Bien sûr. Veilleuse. Un nom intéressant…

— Nous avons vocation à aider ceux qui gardent une veilleuse allumée pour leurs semblables et leur portent assistance en cas de besoin.

— Je vous soutiens. J'ai été secouriste…

Elle se mordit la langue. Elle n'avait pas à parler de son passé. Pourtant, c'était trop tard pour faire marche arrière : il la regardait avec de grands yeux.

— C'est vrai ? Je trouve un peu injuste que vous sachiez tout de moi et que j'en sache si peu sur vous.

Elle se sentit rougir.

— Rien ne vous empêche de vous procurer une photocopie de mon CV.

Il lui adressa un sourire malicieux.

— Ne jouez pas à ça. Je préfère une approche plus… personnelle.

Cette idée la déconcerta. Elle s'éclaircit la voix.

— Et que fait votre fondation, exactement ?

— Avec mon associé, le Dr Alistair Duvall, nous alimentons la base de connaissances et de recherches que nous avons créée il y a cinq ans et nous organisons des cours et des conférences pour tous les personnels des services d'urgence. Nous sommes tous les deux spécialistes en traumatologie, Alistair en rééducation et remplacement des membres et moi en stress post-traumatique et désordres associés. Nous donnons une consultation externe à la clinique attenante à notre siège où nous pouvons également accueillir une quinzaine de patients en interne.

— Vous ne vous occupez que des secouristes et des urgentistes ?

— C'était le cas au début, mais nous nous sommes aperçus que les techniques employées pouvaient s'étendre à pas mal d'autres professions. Nous accueillons maintenant tous ceux qui jugent que nous pouvons leur apporter de l'aide.

Il se tut et attendit en souriant pendant qu'elle ajoutait cette précision dans son dossier.

— C'est bon, ou vous préférez que j'aille un peu moins vite ?

— C'est parfait. Pourrait-on ruiner votre réputation en attaquant les laboratoires DeMarco ou la fondation Watchlight ?

— Ma réputation est le cadet de mes soucis. Légalement, en termes de décision, les deux entités sont totalement séparées.

— Et en pratique ?

Il inspira à fond.

— De temps en temps, le groupe nous prête du matériel et met son avion privé à notre disposition. Ma mère organise tous les ans une collecte de fonds qui rapporte beaucoup. Je suis salarié en tant que directeur, mais comme je perçois une rente familiale, je reverse mon salaire à la fondation pour financer quelques projets à haut risque qui relèvent plutôt du pari.

Elle surprit une étincelle dans son regard : si la formule « à haut risque » l'excitait à ce point, il allait être difficile à surveiller… Mais elle y réfléchirait plus tard.

— Donc, de notoriété publique, il existe des rapports étroits entre votre fondation et le groupe DeMarco. À mon avis, nous devrions envisager de protéger votre siège.

— Ce serait sage, en effet. C'est Alistair que vous devez contacter. Avez-vous son numéro de téléphone ?

— Oui. Je vous propose d'installer des caméras de surveillance et des détecteurs de mouvement ici.

— Hors de question.

Il se tourna pour ouvrir un placard et haussa un sourcil en le trouvant vide.

— Vous n'avez rien laissé au hasard, je vois. Qu'avez-vous fait du thé en sachets ?

— Dans le placard d'à côté.

À l'évidence, il n'avait pas non plus envie de discuter de l'analyse de ses provisions…

— Gabriel, les caméras n'ont pas pour but d'envahir votre intimité. Si elles sont posées dans des endroits discrets, vous les oublierez vite.

Il alluma la bouilloire, jeta un sachet dans chaque mug puis s'adossa au comptoir, les bras croisés.

— Je vais être clair : je ne veux aucun équipement de surveillance chez moi.

Elle profita de cette occasion.

— Dans ce cas, vous serez heureux d'apprendre que nous avons examiné les lieux à fond sans trouver ni micro ni matériel d'enregistrement.

Il se rembrunit. Il s'apercevait qu'elle n'était pas la seule à pouvoir l'espionner, et cela le contrariait.

— Qu'est-ce qui vous fait croire que je vais m'en réjouir ?

— Avez-vous deviné comment le Flunitrazepam a pénétré dans votre organisme ?

Il baissa les yeux.

— Non.

— Moi non plus. Jusqu'à ce que nous ayons trouvé, mieux vaut considérer toutes les éventualités.

— Ou éviter les conclusions hâtives et ne pas nous inquiéter outre mesure.

— Le fait d'avoir échoué à l'hôpital n'est-il pas un signe assez évident pour vous ? Et…

Elle se tut. À quoi bon s'énerver ?

— Je n'ai pas de réponse, Clara.

Quand il croisa son regard, elle frissonna : il semblait lire au plus profond de son âme et remonter au moment précis où elle avait eu envie de lui caresser la joue, ce matin.

— Croyez-vous que j'en aie une ? En attendant demain, où nous aurons de plus amples renseignements, c'est plus prudent d'envisager le pire. En bref, si vous refusez tout système de surveillance, je dois rester ici cc soir pour vous protéger.

Curieusement, cette perspective ne sembla pas le troubler. Peut-être pensait-il que même une équipe compétente n'avait pas le don de voir à travers les portes…

— Je suis toujours enchanté d'avoir des hôtes. Laissez-moi passer quelques coups de fil, et je vous prépare la chambre d'amis.

Son insolence la mettait en colère, mais son charme irrésistible la forçait à lui pardonner…

— Inutile, je peux dormir dans un fauteuil.

Elle fit glisser son propre téléphone sur la table.

— Et si vous devez téléphoner, utilisez mon portable, je vous prie. Je n'ai pas encore le résultat des vérifications que nous avons demandées pour votre ligne fixe.

Acquiesçant de la tête, il posa un mug fumant devant elle puis il prit l'appareil et quitta la pièce.

Restée seule, elle poussa un profond soupir : elle s'en sortirait sans tout gâcher. Elle ne pouvait manquer cette opportunité d'avancer dans sa carrière en prenant en charge l'un des plus riches clients de Gladstone & Sullivan. Pas question de se laisser distraire.

Elle avait travaillé dur pour parvenir à ce poste. Son enfance, sans véritable foyer, n'avait pas été très heureuse ; elle vivait une semaine chez sa mère, une semaine chez son père, et ni l'un ni l'autre ne lui accordait beaucoup d'attention. Quand elle avait réussi à s'installer enfin chez elle, sa vie s'était de nouveau écroulée… à cause d'un homme. Par conséquent, pas question de succomber au charme de Gabriel.

Elle avait voyagé toute la nuit pour faire la surprise à son mari. Après une mission de onze mois en tant que secouriste réserviste dans l'armée, elle était enfin chez elle…

À 6 heures du matin, Tim devait dormir encore. Après avoir grimpé l'escalier en silence, elle avait ouvert la porte de la chambre sans bruit…

Chaque fois qu'elle évoquait ce souvenir, elle revivait sa douleur déchirante quand elle l'avait vu endormi dans la lumière de l'aube, enlacé à une femme qu'elle avait crue son amie. À ce moment précis, sa confiance s'était envolée.

Elle avait dégringolé l'escalier, suivie par les exclamations étonnées de Tim et de Sandra qui s'étaient réveillés en sursaut. Après avoir ramassé ses bottes et son sac, elle s'était enfuie en courant avant que Tim la rattrape.

Son mariage était anéanti, et elle n'avait nulle part où aller…

Durant les quatre années qui avaient suivi, elle s'était efforcée de faire abstraction de cette trahison. En travaillant dur, en calculant chaque geste, elle avait pu retrouver un foyer bien à elle dont personne ne pouvait la priver.

Elle possédait à présent un bel appartement et un bon métier.

Elle avait appris à ne compter que sur elle-même, et il était hors de question que le sourire de Gabriel risque de lui faire perdre ce qu'elle avait si durement acquis.

Réfugié dans son bureau, Gabriel s'affala sur le canapé. Il fut tenté de regarder les photos du téléphone prêté par Clara pour découvrir un enfant, un chien, un élément qui trahisse sa vie privée, mais y renonça. Bien entendu, il trouva dans ses contacts le numéro de son père, ainsi que celui du portable de Sara Goodman et celui de la fondation.

Le premier appel fut facile : Sara et Grant étaient heureux de l'entendre et d'avoir de ses nouvelles. Le second se révéla plus délicat, car son associé, Alistair, exigea des détails qu'il aurait préféré ne pas lui donner. À présent, il en était au dernier…

Il s'allongea, les yeux au plafond, pour écouter les instructions de son père : selon celui-ci, la menace était sérieuse, et il savait que son fils partageait son souhait que le groupe DeMarco ne soit pas sali. Gabriel avait donc intérêt à suivre les conseils de son équipe de sécurité en permanence. Bref, il connaissait tout cela par cœur… Et il ne devait pas inquiéter sa mère qui avait déjà perdu un fils.

Il soupira. Comment aurait-il pu l'ignorer, lui qui était avec son frère au moment du drame ? Il avait consacré ces vingt dernières années à ne pas inquiéter sa mère et à s'efforcer de remplacer ce fils disparu que lui-même adorait tel un héros.

Comme d'habitude, il assura son père qu'il avait bien tout entendu puis le pria de lui passer sa mère. C'était plus facile avec elle : le ton de sa voix suffisait à la réconforter. Lorsqu'il raccrocha après avoir bavardé un moment, il était certain de l'avoir pleinement rassurée.

Il ferma les yeux en s'étirant. Était-ce l'heure de reprendre des antalgiques ? Il devrait peut-être s'en enquérir auprès de Clara qui semblait posséder tant de maîtrise dans tous les domaines de son existence…

Mais, demain, il lui retirerait son autorité. Demain serait un nouveau jour, un de plus que son frère ne vivrait pas. Et depuis qu'il l'avait perdu, Gabriel s'était promis de ne pas en gâcher un seul.

4

Clara ouvrit les yeux, heureuse de se réveiller dans cette spacieuse chambre d'amis où régnait le calme, dans la lumière du soleil qui pénétrait à flots. Des bribes d'un rêve, sans doute, lui donnèrent la sensation que Gabriel venait de la quitter…

Hier soir, elle avait cédé à son insistance parce qu'elle était trop lasse pour discuter. Elle reconnaissait qu'il avait eu raison : elle se sentait reposée et était décidée à lui imposer un protocole de sécurité d'une façon ou d'une autre.

Elle se doucha et s'habilla d'un pantalon et d'un chemisier un peu froissés qu'elle sortit de son sac. Bien que des gardes soient postés tant à l'extérieur qu'à l'intérieur de la maison, elle devait faire sa tournée du matin pour vérifier qu'il ne se passait rien d'anormal.

L'une des gardes de nuit, Molly, l'accosta dans l'entrée.

— Clara ? Il est revenu maintenant mais était sorti…

— Tu l'as accompagné ?

— Non. Il a dû se faufiler par l'arrière et est rentré par la porte de devant. Je pense qu'il est à la cuisine. Désolée…

— Ce n'est pas ta faute. Merci, Molly.

Elle prit une profonde inspiration. Elle allait dire deux mots à Gabriel. S'il n'en faisait qu'à sa tête, elle aussi.

Elle le trouva attablé, en chemise blanche, cravate et pantalon noir, le nez plongé dans un journal. Un gobelet en carton et un gâteau étaient posés sur la table.

Elle s'assit en face de lui.

— Bonjour, Gabriel.

Le sourire qu'il lui adressa n'exprimait aucune gêne.

— Un café ?

— Non, merci. Vous êtes sorti pour acheter le vôtre ?

— J'ai horreur de l'instantané.

Il désigna de la tête le pot neuf acheté par son équipe.

— Donc, vous avez décidé d'aller vous en chercher un vrai et de prendre le journal ?

— J'en ai rapporté un à chaque garde, et aussi un pour vous, mais comme je ne voulais pas vous réveiller, il doit être froid.

Encore ce charme… Des yeux de velours qui semblaient attirer les siens comme des aimants.

— Vous ne pouvez pas faire ça, Gabriel.

Il lui jeta un regard intense.

— Eh bien, je l'ai fait. Vous n'êtes pas ma gardienne, Clara.

Quelle assurance ! Comme s'il avait décrété depuis longtemps que personne ne serait son gardien. Ceux qui l'aimaient devaient souffrir…

Les mains à plat sur la table, elle se pencha en avant.

— Si, figurez-vous, on me paie pour ça. Et si vous espérez m'amadouer en apportant du café à tout le monde, vous vous trompez. En même temps, c'est une façon de démontrer que mon équipe fait mal son travail.

Elle se trouva très audacieuse, mais après tout c'était Leo DeMarco qui l'avait engagée, et Gabriel devait savoir qu'en la congédiant, il contrarierait aussi sa mère.

— Vos gardes n'y sont pour rien ! J'assume toute la responsabilité…

À présent, ses traits exprimaient un remords sincère.

— Ce n'est pas ainsi que ça fonctionne, Gabriel. S'il vous était arrivé quelque chose, ils auraient été tenus pour responsables. Je refuse qu'ils soient traités ainsi.

— D'accord. Je vous présente mes excuses. Mais je ne transformerai pas cette maison en une forteresse que j'ai peur de quitter. J'aurais l'impression d'être… enterré vivant.

Cette perspective parut l'épouvanter à un point tel qu'elle

éprouva un choc au cœur. Evidemment, il était resté trois jours emmuré dans une grotte après la mort de son frère aîné…

— Je comprends… Gabriel, écoutez-moi : si vous cessez de nous fausser compagnie, je respecterai vos souhaits.

Elle vit une veine battre à sa tempe. Son chagrin était tangible, comme suspendu entre eux…

— Bon. J'aimerais aller à la fondation ce matin pour discuter de certains détails avec Alistair. M'y autorisez-vous ?

Elle acquiesça de la tête.

— Nous serons prêts à vous accompagner quand vous voulez.

— Disons dans une demi-heure ? Je vous offre tout de même un café. Instantané, je le crains.

C'était le cadet de ses soucis, mais inutile de le contrarier, puisqu'il avait apparemment fait des concessions.

— Merci. Je vais prévenir les gardes et je reviens.

— Voici le siège de la Watchlight.

Clara observa l'immeuble de trois étages donnant sur un square arboré qui n'était qu'à dix minutes de voiture de chez lui. Gabriel attendit que Ian lui ouvre la portière, et elle le suivit sur le perron. Une fois à l'intérieur, il sembla reprendre de l'assurance : il salua d'un geste le garde de la réception puis il entra dans un vaste *open space* avant de se tourner vers elle.

— Au-dessus, nous avons le bureau de notre équipe de développement et une salle de réunion. La clinique, juste à côté, occupe les trois étages.

Elle avait déjà consulté le plan, mais comme il faisait preuve de bonne volonté, autant ne pas le décourager…

— Merci, c'est bon à savoir.

Il désigna deux bureaux vitrés au bout de l'espace principal dont l'un était occupé par un homme qui avait bondi sur ses pieds à leur entrée.

— Mon domaine, et celui d'Alistair à côté.

Il serra la main de l'homme en souriant.

— Je te présente Clara Holt qui me suit comme mon ombre en ce moment.

Le codirecteur lui adressa un sourire aimable.

— Enchanté.

Gabriel s'éloigna en direction de son propre bureau.

— Où vas-tu ? cria Alistair. Il faut que nous parlions…

— Exact. Je reviens dans une minute.

Il triait des papiers sur son bureau, visiblement à la recherche de quelque chose.

— Ne le laissez pas vous mener en bateau, Clara.

À l'évidence, Alistair connaissait la propension de son associé à faire le contraire de ce qu'il disait…

— Merci d'avoir envoyé votre collègue hier, au fait. C'était très utile, et nous nous réjouissons de savoir que nous n'abritons pas de micros indiscrets.

— Merci à vous de vous être montré si coopératif.

Alistair s'esclaffa.

— De rien. Vous verrez que Gabriel peut l'être aussi quand il le décide.

Elle n'en était pas si sûre… Mais elle observerait et apprendrait peu à peu. Gabriel et Alistair paraissaient avoir deux personnalités opposées, et elle serait soulagée que le second parvienne à convaincre le premier de coopérer.

Gabriel, qui les avait rejoints, la regarda.

— Clara, si vous voulez utiliser ma table de travail… Nous ne serons pas longs. Prêt, Alistair ?

— Je le suis depuis dix minutes !

Avant de suivre Gabriel qui retournait dans son bureau, Alistair lui sourit.

— En réalité, cela peut prendre un certain temps… Vous trouverez des boissons dans le hall, là-bas.

— Merci.

Sachant que les gardes postés dehors empêcheraient tout étranger de franchir la zone de réception, elle s'installa face à la paroi vitrée qui séparait les deux bureaux. Alistair et Gabriel s'assirent. Le premier semblait écouter, et le second, plus animé, se releva bientôt pour arpenter la pièce un moment avant de reprendre place. La conversation paraissait assez vive, mais, soudain, Gabriel sourit, et Alistair hocha la tête. Visiblement, la paix était revenue. Jusqu'au prochain sujet de discorde…

Les employés arrivaient peu à peu et se mettaient au travail sans un regard pour elle. Alistair avait dû prévenir tout le personnel…

Au bout de deux heures, il lui sembla que les associés avaient épuisé tous les sujets de discussion et qu'ils étaient tous les deux satisfaits de leurs conclusions. Gabriel la rejoignit avec une pile de papiers sous le bras.

— Nous avons décidé de notre attitude commune face aux… circonstances.

Il s'installa dans le fauteuil en cuir en face d'elle.

Alistair avait-il réussi à le convaincre de se montrer plus raisonnable ?

— C'est-à-dire ?

— Je tiens à ce que personne ici ne subisse les conséquences de ce qui pourrait m'arriver. J'envisageais de me retirer quelque temps, mais Alistair n'est pas d'accord. Il a paraît-il eu une conversation très fructueuse avec un de nos collègues hier. Nous avons donc décidé que, pour l'instant, je continuerais à travailler, mais que nous en rediscuterions souvent. Qu'en pensez-vous ?

Elle faillit répliquer que ce qu'elle en pensait importait peu, que seule comptait sa sécurité à lui. Mais l'effet que ses yeux noirs avaient sur elle la fit renoncer…

— Si vos collègues veulent vous soutenir, laissez-les faire. Votre travail semble très important pour vous.

— Et ça vous étonne ? Pourquoi doutez-vous de mon engagement ?

Son regard se fit glacial un instant puis il sourit.

— Parce que je suis riche, je suppose…

Elle rougit. Il avait vu juste. Et aussi parce qu'il donnait l'impression de tout considérer comme un jeu.

— Savez-vous comment est mort mon frère ? ajouta-t-il d'un ton sombre.

— Oui. Vous êtes entrés dans une grotte proche de la maison de vacances de vos parents en Italie et vous avez été pris dans un éboulement. Ce doit être horrible de vivre avec ce souvenir. Je suis navrée.

— Ce serait intolérable si je ne faisais rien pour ceux qui risquent leur vie en sauvant les autres. Vous devriez comprendre ça, vous qui étiez secouriste.

— En effet, j'ai vu des urgentistes blessés au cours de leurs missions… Comme je vous l'ai dit, je suis de tout cœur avec vous.

Il approuva de la tête et, à son expression chaleureuse, elle comprit qu'il était heureux de sa réponse. Ce qu'il ignorait, c'était qu'elle ne faisait plus confiance à son cœur depuis longtemps…

— Merci.

Il se rencogna dans son siège en souriant et, soudain, l'atmosphère s'allégea.

— Il y a un autre engagement dont je dois vous parler.

— Lequel ?

— Nous avons prévu une réception samedi prochain. Alistair jugeait qu'il valait mieux la remettre à plus tard, mais je l'ai convaincu du contraire.

— Vous vous rendez à une réception après-demain ?

— Je l'organise chez moi. Ce n'est pas un simple cocktail, et nous avons établi avec soin la liste des invités.

— Des gens qui peuvent apporter leur soutien à la Watchlight ?

— Disons plutôt qui partagent nos objectifs. Conseillers parlementaires, directeurs de sociétés ou d'autres fondations, ainsi de suite… Je doute que l'un d'eux me subventionne, ajouta-t-il avec un sourire malicieux.

Et il ne le leur demanderait pas. Elle apprenait peu à peu que c'était tout ou rien avec lui. Il n'était pas du style à tâter l'eau du bout des orteils, mais à se dévêtir et à plonger. Elle rougit, s'efforçant d'ignorer la vision de Gabriel en train de se déshabiller…

— Je vais préparer un plan d'action. D'autres projets dont vous souhaiteriez me parler ?

Il haussa les épaules.

— Dans deux semaines, je me rends en Italie pour quelques jours. C'est l'anniversaire de la mort de mon frère, et j'y retourne tous les ans pour être avec mes parents. Je suppose qu'il ne s'y passera rien d'exceptionnel.

— Bien. Je suis certaine que nous nous débrouillerons.

Il se leva.

— Parfait. À présent, je dois monter voir les membres de la *dream team*.

— Qui ?

Elle ramassa son sac, prête à le suivre.

— Je vais vous les présenter, dit-il par-dessus son épaule. Ils devraient vous plaire.

La *dream team* officiait au premier étage dans un vaste bureau qui contenait trois tables de travail, un équipement informatique high-tech et pas mal de désordre. Les murs étaient tapissés de posters et de tableaux blancs, et deux canapés mauves étaient disposés dans un coin. Un gorille gonflable trônait sur l'une des tables, et les deux autres étaient monopolisées par une jeune femme qui se concentrait sur son écran et un jeune homme qui jouait avec son téléphone.

— Voici Kaia et Alfie, dit Gabriel. Où est Ben ? Je ne vois que sa mascotte, le gorille…

Alfie fit la grimace.

— Il est parti dormir un peu.

— Je suppose qu'il a passé la nuit ici ? Dites-lui que je refuse qu'il s'abîme la santé.

Alfie eut un large sourire.

— D'accord, chef.

— Et aussi qu'il n'essaie pas de venir le week-end parce

qu'il sera accueilli par un garde qui ne le laissera pas entrer. N'est-ce pas, Clara ?

— Bien sûr. Nous pouvons aussi nous assurer qu'il ne reste pas après les heures réglementaires.

— Merci.

La jeune femme se tourna vers Clara.

— Je m'appelle Kaia.

— Enchantée, moi, c'est Clara. Alistair a dû vous prévenir de ma venue.

— Oui, en nous recommandant de ne pas vous gêner dans votre travail.

Gabriel s'esclaffa.

— Sinon, vous risquez de vous faire plaquer au sol par un membre de son équipe.

Clara lui jeta un regard menaçant.

— Cessez de dire des bêtises. Mon métier consiste à éviter qu'on en arrive là.

— Bien entendu, pardonnez-moi. Donc Kaia, Alfie et Ben sont ici pour avoir des idées.

Clara sourit à la jeune femme.

— Vous travaillez avec les équipes de secouristes ?

— Pas seulement. Gabriel nous charge de mettre au point de nouvelles techniques.

Ce devait être l'un des projets à haut risque dont il avait parlé, se dit-elle… Mais si l'équipe était aussi douée qu'il avait l'air de le croire, cela pouvait donner de bons résultats.

— En ce moment, ils étudient la possibilité de fabriquer des prothèses à l'aide d'une imprimante 3D.

— J'ai lu quelques trucs à ce sujet, et certaines applications semblent très intéressantes.

— En effet. L'idée n'est pas nouvelle mais, Alistair et moi, nous nous passionnons pour ça, et Kaia et Ben estiment qu'ils peuvent encore innover. Kaia va vous montrer.

Clara hésita. C'était sans doute captivant, mais elle était ici pour veiller sur Gabriel…

— Vous restez ?

— Oui, je dois discuter de certains détails avec Alfie.

Elle se tourna vers la jeune femme.

— Bien. Dans ce cas, je serai heureuse de voir vos œuvres, Kaia.

5

Gabriel refusait d'analyser ses raisons.

C'était absurde de vouloir que Clara montre un intérêt sincère pour son travail et lui donne un avis, mais il n'y pouvait rien. Tandis qu'elle étudiait les projets de Kaia, elle semblait plus détendue : ses traits s'étaient adoucis, et il eut envie de la voir plus souvent ainsi.

C'était lui qui la surveillait en ce moment, et ils étaient tous trop occupés pour le remarquer… La voix d'Alfie le fit sursauter.

— Je ne vois pas comment améliorer ça…

Le jeune homme faisait défiler des images sur l'écran devant lui. Visiblement, quelque chose le tracassait.

— C'est peut-être la réponse que tu cherches, alors.

— Hum…

— Est-ce que tu juges que tu peux trouver mieux ?

— Oui, mais, concrètement, je n'ai pas progressé et je ne vois pas de raison de dépenser plus de temps et d'argent là-dessus.

— Laisse-moi me soucier du coût. Si tu y crois, continue. Mets-moi au courant à la fin de la semaine prochaine.

— OK, merci.

Comme Alfie fixait de nouveau son écran, Gabriel en profita pour regarder du côté de Clara.

Elle inspectait le prototype que Kaia venait de lui tendre, et à son expression, il comprit qu'elle savait ce qu'une prothèse de ce genre pouvait apporter à un enfant mutilé. À des centaines d'enfants, si le rêve devenait réalité…

Pourquoi avait-elle abandonné la médecine ? Même si elle

était très professionnelle, elle ne paraissait pas passionnée par son métier. Bien entendu, la vie de secouriste n'était pas de tout repos, mais elle n'avait pas l'air effrayé par la difficulté. Cela ne le regardait pas, mais il voulait absolument comprendre pourquoi elle avait tourné le dos à sa carrière médicale…

Clara avait l'estomac noué. Tandis que Gabriel parlait à Alistair lors du déjeuner, elle avait jeté un coup d'œil au contenu du paquet qu'on lui avait remis juste avant. Les nouvelles étaient alarmantes, et elle devait les transmettre…

Lorsqu'ils furent de retour chez lui, il la fit entrer dans le salon dont il ferma la porte, puis il ôta sa veste avant de s'affaler sur le canapé.

— Allez-vous me dire enfin ce qui ne va pas ? Allons, ça ne peut pas être si terrible !

Elle se reprocha son manque de professionnalisme : elle était là pour le soutenir, pas pour l'inquiéter…

— J'ai reçu votre nouveau téléphone.

Elle le sortit de son sac et le fit glisser sur la table.

— Pas aussi élégant que l'ancien, je le crains, mais bien plus sûr. Tous vos contacts ont été transférés, et il est chargé.

Il saisit l'appareil et le retourna dans ses mains.

— Il a un chic… utilitaire. Quel était le problème de l'ancien ?

Elle inspira à fond.

— Nous avons découvert un logiciel capable de vous localiser et d'entendre vos conversations et vos messages. Et aussi d'allumer le micro quand vous n'utilisez pas le téléphone pour le changer en magnétophone.

Il ouvrit de grands yeux.

— Vous voulez dire qu'on a écouté mes conversations et surveillé mes déplacements ?

— Exactement.

Elle vit l'horreur se peindre sur son visage : il venait de

comprendre que son intimité avait été violée et que c'était irréparable.

Il secoua la tête.

— Je suppose qu'il est normal que j'essaie de me rappeler tous les appels que j'ai passés ces deux derniers mois, depuis que je m'en servais… Il faudra donc que je m'efforce de m'en abstenir.

Son sourire aurait pu convaincre tout le monde qu'il n'attachait aucune importance à cette révélation. Combien de fois déjà avait-elle été abusée par son air désinvolte comme s'il n'évaluait pas la gravité de la situation ?

— Autre chose ?

— Oui. Le produit que vous avez ingéré provenait d'une bouteille d'eau vide jetée dans votre bac de recyclage d'une marque différente que celle que vous achetez d'habitude. Peut-être pouvez-vous vous souvenir d'où elle provient ? Vous avez dû la boire juste avant de partir dîner.

Elle lui tendit une photo de la bouteille en plastique, et il la scruta.

— Attendez… Oui ! On me l'a donnée.

Il jeta la photo sur la table comme si elle lui brûlait les doigts et se leva pour aller regarder par la fenêtre. Peut-être pour lui dissimuler son expression ?

— Presque tous les jours en sortant de la fondation, je vais courir et fais quelques tours de parc. La plupart des gens que je rencontre sont des habitués…

Elle resta muette pour ne pas le déconcentrer.

— J'avais chaud, j'avais ralenti pour boire, mais une inconnue m'a heurté par-derrière, et j'ai lâché ma bouteille qui s'est renversée sur le sol. Elle et ses compagnons se sont confondus en excuses et ont insisté pour m'en offrir une autre en remplacement. Ils étaient très gentils.

— Les gens qui vous veulent du mal le sont, en général. Il faut qu'ils puissent vous approcher pour vous nuire.

— C'était si facile que ça ? demanda-t-il sans se retourner.

— Pas du tout. Ils ont d'abord dû se renseigner sur vos

habitudes et, ensuite, trouver le moyen de vous faire boire cette eau sans éveiller les soupçons.

Il haussa les épaules.

— Je n'aurais jamais cru… Comment parvient-on, après ça, à faire à nouveau confiance à quelqu'un ?

Ce n'était pas elle qui lui donnerait la réponse…

Il se tourna brusquement pour la scruter.

— Et vous, Clara, à qui faites-vous confiance ?

— À mon équipe et à ce que je sais. Par exemple, que vous ne devriez pas vivre avec ce doute permanent et que nous pouvons vous aider à reprendre votre existence normale.

Il sourit.

— Super ! Quand vous vous méfiez, faites confiance aux professionnels.

— J'estime que c'est moins éprouvant pour l'esprit que votre charmante insouciance.

Il sourit.

— Vous me jugez insouciant ? Non… Ne répondez pas, je sens que ça ne va pas me plaire. Mon père est-il au courant de ces résultats ?

— Pas encore. Je voulais que vous soyez le premier à savoir. Je peux l'appeler si vous le souhaitez.

— Volontiers, oui. Je lui téléphonerai cet après-midi.

Il se rassit et prit le téléphone neuf sur la table basse pour l'examiner.

— Vous êtes sûre qu'on ne nous écoute pas ? Je m'en voudrais qu'on entende ses sempiternelles observations sur ma sécurité personnelle.

Elle hocha la tête.

— Oui, certaine. Mais je crains d'avoir d'autres remarques à vous faire et quelques questions à vous poser…

— Oh ! je suis convaincu que la suite ne sera pas aussi ennuyeuse… Voulez-vous que nous prenions un verre de vin ?

Il se leva.

— Pas pour moi, merci, Gabriel.

— Pas pendant le service, bien entendu. Comme je déteste

boire seul, je vais vous préparer une tasse de thé. À vous de décider si vous la buvez ou non.

Sur un sourire, il disparut.

S'il s'imaginait qu'il allait s'amuser, il risquait de déchanter, songea-t-elle. C'était un questionnaire type, et il n'apprécierait pas plus les questions qu'elle n'avait envie d'entendre les réponses.

Il revint avec un verre de vin rouge et une tasse de thé qu'il posa sur la table basse.

— Voilà… Vu votre tête, je soupçonne que cet interrogatoire ne va pas me plaire.

— Simple routine. C'est un peu indiscret, mais ces renseignements nous sont indispensables et, bien entendu, ils resteront strictement confidentiels.

— D'accord, allons-y. Je suis prêt.

Il s'assit en buvant une gorgée de vin puis il croisa son regard, et elle sentit un frisson la parcourir.

Elle s'éclaircit la voix.

— Avez-vous une petite amie ?

— Euh… Plutôt plusieurs.

— Pouvez-vous me dire combien, au cours de ces trois dernières années ?

Il haussa les épaules.

— Plus de dix, en tout cas.

— Bien. Des histoires qui se sont mal terminées ?

Il réfléchit un instant puis secoua la tête.

— Pas à ma connaissance. En principe, ce genre d'aventure finit toujours bien, non ?

Pour lui, peut-être, songea-t-elle. L'unique relation qu'elle avait eue s'était terminée en catastrophe…

— Parfait. Une éventualité qu'au moins une liaison ait fini plus mal que vous ne le croyez ? Une grossesse, peut-être, ou une partenaire très contrariée par la rupture ? Un compagnon jaloux ?

— Je vous arrête, Clara : je ne couche pas avec des femmes mariées ou en couple. Et je ne force personne.

Elle remarqua une veine qui battait à sa tempe et devina qu'il n'était pas aussi à l'aise qu'il voulait le faire croire.

— Navrée.

— Pas de quoi, vous faites votre travail. Mes maîtresses sont toutes des amies, et si l'une d'elles était enceinte ou avait eu à souffrir de notre histoire, je le saurais.

— Bien. Je suppose que vous ne me donnerez pas de noms.

L'enquête en serait facilitée, mais s'il le faisait, il la décevrait…

— Exact. À moins que je ne vous aie surestimée, vous avez la liste de mes contacts téléphoniques. Ceci dit, ça ne vous avancera pas à grand-chose car je ne couche pas avec toutes les femmes à qui je téléphone. Et si vous essayez de me les extorquer, je résisterai aussi longtemps que possible, ajouta-t-il avec un bref sourire.

Elle l'imagina en train de résister, et la chaleur l'envahit.

— Dans ce cas, j'aimerais que vous cherchiez à savoir si quelqu'un d'autre, dans votre sphère privée, vous en voudrait.

Il secoua la tête.

— J'ai beau réfléchir, je ne vois personne.

— Bien. La prochaine question va concerner d'éventuels conflits avec vos collègues, de la fondation ou d'autres organisations pour qui vous travaillez.

Gabriel se sentait mal à l'aise : les questions avaient été exhaustives et éprouvantes, et il avait parfois dû se retenir d'exploser. Ses amis, ses maîtresses, tous ceux qui comptaient pour lui avaient été passés au crible. Et malgré la délicatesse de Clara, il s'était senti violé.

Pourtant, il se surprit à penser que, puisque la situation l'exigeait, il était heureux que ce soit elle qui s'en charge plutôt que n'importe qui d'autre.

Il soupira.

— Je crois que je dois reconsidérer ma décision au sujet des caméras de surveillance.

— Vous en êtes certain ?

— Oui. Si je veux inviter des gens ici samedi, j'aurais tort de ne pas me soucier de leur sécurité. De plus… ma mère m'a prié au téléphone de suivre vos recommandations.

Prié ? Supplié, plutôt… Il savait que c'était sur Clara que sa mère comptait pour lui donner des nouvelles.

— Parfait. Nous allons chercher où les caméras vous dérangeront le moins dans la maison.

Le sourire qu'elle arborait lui redonna de l'audace.

— Je tiens à garder des endroits privés. Mon bureau… et ma chambre.

Elle hocha la tête d'un air compréhensif.

— D'accord, nous en tiendrons compte.

6

La journée d'hier avait été difficile, mais productive, songea Clara, plutôt optimiste, en arrivant chez Gabriel, un gobelet de café à la main.

Hier soir, il avait insisté pour qu'elle rentre se reposer chez elle et promis de respecter les consignes des gardes de nuit.

Il était dans la cuisine devant son petit déjeuner et, quand elle entra, il se leva avec un sourire dévastateur.

— Clara ! Avez-vous mangé ?

Il la débarrassa de ses affaires, lui prit le gobelet des mains, souleva le couvercle et jeta le contenu dans l'évier.

— Mais… C'est mon café ! protesta-t-elle.

— Il était tiède et, même chaud, je doute qu'il ait eu le goût du café.

Il n'avait pas tort. L'arôme du café fraîchement moulu était bien plus tentant. Il lui servit une tasse sur une soucoupe et posa à côté un petit pot de lait moussant.

Elle goûta : assez fort pour lui donner un coup de fouet, mais sans amertume.

— Délicieux. Merci.

— Vous aimez les fraises ?

— Bien entendu ! En quel honneur, Gabriel ?

— Disons… Une sorte de revanche sur la journée d'hier.

Il alluma le feu sous la poêle et sortit un bol de pâte à frire du réfrigérateur.

Son énergie, sa manière de se mouvoir l'attiraient. En jean et T-shirt, il était irrésistible… Mieux valait ne pas y penser.

— Et la meilleure revanche, c'est bien de vivre ?

Il versa une mesure de pâte dans la poêle qu'il fit tourner avec un sourire éblouissant. Du genre qui pouvait lui attirer des ennuis… Elle sentit une bouffée de chaleur l'envahir.

— Pourquoi ? Vous n'êtes pas d'accord ?

Elle hésita : pour lui, oui. La façon qu'il avait d'apprécier les bonnes choses et son refus de se laisser abattre longtemps étaient un défi lancé à ses ennemis.

Et pour elle ? Prendre le petit déjeuner avec le plus bel homme qu'elle ait jamais vu après les épreuves qu'elle avait traversées, était-ce vraiment un plus dans sa vie ?

— Je vous promets d'y réfléchir. Petit déjeuner d'abord, et, ensuite, nous verrons où nous plaçons les caméras.

Il se mit à rire.

— Quelle bonne équipe nous formons ! Vous apportez les suggestions pratiques, et moi le café et les crêpes…

Peut-être était-ce l'attrait de l'inaccessible, se dit Gabriel qui suivait Clara dans la maison en approuvant de la tête les emplacements qu'elle désignait. En d'autres circonstances, avec toute autre femme, il aurait pris l'initiative de la séduire peu à peu, sans la brusquer. Mais avec Clara, cela semblait banal… et elle était trop professionnelle pour s'autoriser une aventure avec un client. C'était l'un des traits de son caractère qui lui inspiraient du respect.

— Ça ne vous intéresse pas vraiment, n'est-ce pas ?

La voix de Clara le tira de sa rêverie.

— Pardon ? Navré, j'étais distrait. Qu'avez-vous dit ?

— Que nous nous assurerons régulièrement qu'il n'y a pas de micros. Pas de problème ?

Il frissonna à l'idée qu'on pouvait l'écouter à son insu.

— Au contraire. Ne devrais-je pas porter sur moi un appareil qui me préviendrait en cas de tentative ?

Elle lui jeta un regard scrutateur, et il se demanda s'il n'était pas un peu paranoïaque.

— Un scanner de poche, peut-être... Mais non, c'est inutile.

— Pourquoi ? Vous recommencez à diriger ma vie ?

Elle ne cilla pas.

— Oui. Je parie que vous agissez de même avec vos patients : vous leur dites ce qu'il se passe sans leur donner de détails. Il vous suffit qu'ils sachent que vous faites votre travail et qu'ils sont en sécurité.

Touché... Il n'avait pas bien dormi cette nuit et il aurait voulu débuter la journée sur une note positive mais, en dépit de leur agréable petit déjeuner, son humeur n'était pas restée au beau fixe très longtemps.

— Allez-vous à la fondation aujourd'hui ? Je peux appeler l'équipe qui installera les caméras en votre absence.

Elle était gentille de le pousser à retourner travailler... Elle savait que c'était son seul intérêt en ces circonstances et qu'il ne tenait pas à rester enfermé.

— Oui, Alistair est absent aujourd'hui, et nous recevons une équipe de volontaires que je voudrais remercier. Serez-vous prête dans une demi-heure ?

— Nous sommes toujours prêts quand vous l'êtes.

Il avait paru songeur durant le trajet, mais comme elle l'avait espéré, dès qu'ils atteignirent les bureaux, il sortit de sa rêverie.

Elle le suivit dans la salle de conférences où il alla s'assurer qu'on avait apporté des boissons aux bénévoles qui remplissaient et collaient des enveloppes. Après les avoir remerciés et avoir répondu à quelques questions, il monta au bureau de la *dream team*. Clara s'assit dans un coin pendant qu'il parlait à un jeune homme mince à lunettes et aux cheveux en bataille. Ben, sans aucun doute, à qui Gabriel faisait la leçon pour qu'il cesse de se tuer au travail...

Cela lui allait bien, songea-t-elle. Son souci des autres lui faisait oublier ses propres préoccupations. Beaucoup de gens s'écroulaient en se sachant menacés, mais lui trouvait un moyen d'oublier sa situation.

Un bruit de voix étouffées à l'extérieur la fit sauter sur ses pieds et, comme Gabriel se précipitait vers la sortie, elle lui saisit le bras pour l'arrêter.

— Les dames d'abord..., murmura-t-il en souriant.

Elle lui jeta un regard exaspéré.

— La sécurité d'abord.

Elle ouvrit la porte : un homme et une femme aux cheveux gris se tenaient sur le seuil.

— Gabriel est là ? Emma s'est abîmé le poignet, mais elle refuse qu'on la touche...

— Dans ce cas, les médecins d'abord !

Il avait crié par-dessus son épaule car il filait déjà dans le couloir, et elle courut à sa suite jusqu'à la salle de conférences.

Quelqu'un pleurait... Le groupe rassemblé autour de la victime s'écarta en voyant entrer Gabriel. La jeune femme, assise sur une chaise, se tenait un bras contre la poitrine. Il s'agenouilla devant elle.

— Emma, laissez-moi voir.

La blessée, qui se balançait d'avant en arrière, secoua la tête en gémissant. Le choc, peut-être, se dit Clara. Gabriel regarda l'homme qui l'avait averti.

— Que s'est-il passé, John ?

— Elle a trébuché et elle a mis le bras en avant pour amortir sa chute...

— Merci. Laissons-lui un peu d'espace.

John opina et entraîna les autres dans le couloir tandis que Gabriel tirait une chaise pour s'asseoir en face de la jeune femme.

— Emma ? Regardez-moi.

Emma se détourna en se protégeant toujours le bras. Son visage ruisselait de larmes.

Clara eut un coup au cœur en voyant sa main valide : il ne lui restait plus que le pouce et l'index. Elle savait par expérience que les gens mutilés d'une main protégeaient toujours l'autre et avaient tendance à paniquer en cas de blessure.

— Là, calmez-vous. Une idée de diagnostic ?

— Peut-être une fracture de Pouteau-Colles…

Clara comprit que Gabriel utilisait les connaissances médicales d'Emma pour l'aider à se distancier de l'accident…

— Ça doit être très douloureux.

— En effet… Comment ai-je pu être aussi idiote ?

— Ce sont des choses qui arrivent à tout le monde, Emma, et que nous pouvons réparer.

Quand il lui entoura les épaules, elle se nicha contre lui en sanglotant.

Clara faillit s'approcher pour apporter son aide, mais ce n'était plus son métier…

La jeune femme, qui s'apaisait peu à peu, finit par déplier lentement le bras pour montrer son poignet à Gabriel. L'articulation était rouge, enflée, légèrement déformée. Emma avait vu juste : le radius était fracturé avec déplacement dorsal.

— Il va me falloir des radios. Allons jusqu'à la clinique. Nous allons passer par l'entrée du personnel, Clara.

Elle approuva de la tête, sachant que l'entrée en question était équipée de verrous et d'une alarme.

Gabriel aida Emma à se lever, et les cheveux qui cachaient le visage de la jeune femme reprirent leur place. Une nouvelle fois, Clara eut le cœur serré : une profonde cicatrice s'étendait de la joue gauche au cou, indiquant qu'Emma avait été grièvement blessée, et sans doute récemment.

Tandis qu'elle tapait le code de la porte, elle vit que la jeune femme l'étudiait.

— Vous êtes l'officier de sécurité ?

— Oui, répondit Gabriel à sa place, mais elle a été secouriste comme nous.

— Ah ? Je parie que vous auriez fait moins de bruit que moi ! s'écria Emma.

— J'en doute !

La blessée sourit, visiblement rassérénée.

Lorsque les clichés furent prêts, Gabriel les montra à Emma.

— Le mieux est de poser un plâtre provisoire jusqu'à ce que la zone ait désenflé. Je vais vous injecter un analgésique.

Emma fit la moue.

— Inutile, du Paracétamol suffira.

Sans mot dire, il se dirigea vers la pharmacie où Clara le suivit.

— Seulement du Paracétamol ? demanda-t-elle, un peu gênée de sortir de son rôle.

— Un type l'a attaquée à la machette il y a neuf mois, et elle a perdu connaissance. À son réveil, elle s'est aperçue qu'elle avait trois doigts en moins et elle n'a jamais pardonné aux ambulanciers de ne pas les avoir retrouvés.

— Par conséquent, elle tient à tout maîtriser.

— Exact.

Il lui tendit quelques paquets de pansements, un sourire espiègle aux lèvres.

— Si vous voulez m'assister, pouvez-vous porter ça ?

Il avait raison. Bien qu'elle soit là pour sa protection, rien ne l'empêchait de se rendre utile…

Il s'assit à côté d'Emma puis sortit le kit d'injection et l'antalgique puissant qu'il avait apportés.

Les yeux de la blessée se remplirent de larmes.

— Je n'en veux pas, Gabriel.

— Je comprends, mais c'est inutile de souffrir. Vous pouvez avoir confiance.

Emma finit par hocher la tête, et il injecta le produit. Puis elle le laissa faire sans broncher et sourit quand il eut posé les pansements.

— Beau travail, docteur !

— Grâce à vous. Vous pourrez partir bientôt car votre mari arrive. Nous allons l'attendre avec vous. Vous me donnerez des nouvelles ? Appelez-moi ce soir sans faute, sinon je le ferai.

— D'accord. Promis.

À l'évidence, se dit Clara, il s'occupait d'elle depuis l'agression… Il était réellement dévoué.

Lorsqu'ils rentrèrent après un après-midi chargé, la mise en place des caméras était terminée.

Gabriel lui avait proposé le sous-sol pour installer l'écran de contrôle. Il l'avait laissée descendre seule, et elle se sentit presque soulagée d'échapper à sa présence électrique. C'était un espace bien éclairé, équipé confortablement, qui serait parfait comme quartier général. Les membres de son équipe s'y reposeraient durant leurs pauses, et elle pourrait en faire son refuge.

Après avoir examiné les lieux, elle remonta vers le bureau de Gabriel où ils devaient discuter des dispositions à prendre pour le cocktail du lendemain.

— Ah, vous voilà ! Je commençais à me sentir un peu seul.

Il était installé dans un fauteuil profond de la pièce lumineuse et aérée dont trois murs étaient occupés par des bibliothèques vitrées. Il lui tendit une liasse de papiers.

— Vous devriez apprécier que nous ne soyons pas sans cesse dans vos jambes !

— Je suppose que je peux toujours vous envoyer un e-mail…

— Si vous criez assez fort, je vous entendrai.

Elle passa en revue les notes détaillées qu'il venait de lui remettre. Quand avait-il trouvé le temps d'écrire tout cela ?

— Tout a l'air très clair. Pas de surprises, n'est-ce pas ? Genre feu d'artifice à minuit ou fontaine de champagne dans le jardin…

— Ce sera une réunion conviviale dans un décor agréable, sans plus. En outre, j'ai horreur de gaspiller le champagne.

— Parfait. Encore une question.

— Une seule ? Je vous écoute.

— Ne le prenez pas mal, mais j'ai l'impression que vous avez l'habitude de pousser les choses jusqu'à la limite, et…

Il lui jeta un regard scrutateur.

— Vous craignez que je ne veuille montrer à mes ennemis qu'ils ne me font pas peur ? Eh bien, c'est exactement ce que je compte faire, mais je ne mettrai jamais les autres en danger pour mon propre bénéfice.

— Merci, c'était ce que je souhaitais entendre.

— Puis-je vous poser une question à mon tour ?

— Bien entendu.

Dans ce bureau où il n'avait pas voulu de caméra, elle avait l'impression d'être dans une bulle.

— S'il devait se passer quelque chose… Je ne sais pas, une confrontation physique…

— Dans ce cas, la priorité serait d'assurer votre sécurité et de vous évacuer au plus vite.

— Et vous, Clara ? Qui s'occupe de votre sécurité et de celle de votre équipe ?

Elle sourit. Ainsi, il s'inquiétait d'elle ! Ce n'était pas fréquent, dans ce métier…

— Ne vous en faites pas pour nous, nous savons nous défendre. Nous nous entraînons pour ça.

Il eut un sourire espiègle.

— Ah ? Vous pourriez me mettre à genoux, pour me montrer ?

C'était bien son genre, songea-t-elle. Cela l'amusait, et il avait besoin de vérifier. Elle se leva, s'efforçant d'ignorer le frisson agréable qui la parcourait.

Il leva les sourcils.

— Tout de suite, comme ça ?

— La première leçon en autodéfense, c'est que l'agresseur n'attend pas que vous soyez en tenue de sport pour vous attaquer. Je peux me défendre en robe. Ou c'est juste une excuse ?

— Pas du tout, allons-y !

— Alors agressez-moi.

L'air perplexe, il tendit la main et referma doucement les doigts sur son bras. Elle aurait pu lui échapper… si l'effet de ce contact sur sa peau, son effluve subtil et l'envie qu'elle avait de le toucher ne l'avaient pas retenue. Il possédait ses propres armes, et elle ne devait pas sous-estimer l'ennemi. Mais elle s'en sortirait.

— Vous n'êtes pas un agresseur très doué, on dirait !

Il éclata de rire.

— Je vais le prendre comme un compliment.

Voyant qu'il n'avait pas l'intention d'insister, elle lui prit les mains et les plaqua sur ses propres épaules. Le choc qu'elle éprouva en sentant les doigts de Gabriel sur sa peau nue faillit la faire renoncer, mais elle résista. Puis elle se mit en mouvement.

Gabriel n'en revenait pas : en un clin d'œil, Clara avait fait un pas de côté, l'avait déséquilibré et lui avait tordu le bras en arrière dans une position qui menaçait de devenir douloureuse si elle insistait. Il se retrouvait tout contre elle. Et à sa merci.

Il tenta de se libérer, et elle relâcha un peu sa prise pour lui permettre de bouger.

— Restez tranquille, je ne vous ferai pas mal.

Les vibrations de sa voix se répercutèrent dans tout son corps, et il inspira à fond. Ce devait être l'adrénaline qui circulait dans ses veines qui le rendait si réceptif : s'il faisait un effort, il était sûr d'entendre battre le cœur de Clara.

— Bien, détendez-vous…

Sa voix le calma mais, quand il s'immobilisa, elle resserra sa prise. Pas assez pour qu'il souffre, mais conscient que cela pouvait arriver très vite, il ne chercha pas à se débattre.

— C'est tout ?

Elle avait raison de dire qu'il voulait toujours repousser les limites…

— Vous m'avez demandé de vous montrer que je pouvais vous mettre à genoux, je crois ?

— Hum, allez-y.

— Bien. Baissez-vous, bougez avec moi.

Parfait. C'était ce qu'il avait envie de faire en ce moment. Elle pouvait l'emmener partout où elle voulait.

Elle resserra lentement sa prise, le força à se pencher en avant jusqu'à ce qu'il tombe à genoux. Il avait abandonné tout orgueil, et un sentiment nouveau émergeait en lui : la confiance.

— Vous vous sentez bien ?

Bizarre, mais oui. Cette expérience concrète avait chassé les craintes nébuleuses qui pesaient sur lui depuis trois jours.

— Parfait, mais ne faites pas de mouvements brusques, je vous prie.

Elle eut un petit rire.

— Voilà. Accompagnez-moi, nous descendons un peu plus.

Une main de fer dans un gant de velours… Il fut forcé de suivre et se retrouva la joue collée à la moquette. Clara le maintenait d'un genou derrière son épaule, et il sentit sa main libre appuyer sur son bras. Elle était pratiquement allongée sur lui.

La violence physique l'avait toujours dégoûté mais, cette fois, c'était différent. Il s'agissait de se mesurer à un adversaire et d'aller avec lui jusqu'à la limite.

— Comment appelez-vous ça ?

— C'est une clé de catch, le *hammer lock*. Ça va toujours ?

— Oui. J'apprends.

Il sentit la sueur ruisseler dans son dos. Ce n'était pas enviable d'être piégé et impuissant, mais Clara rendait la chose… intéressante. Incapable de voir son visage, il se surprit à guetter chaque inflexion de sa voix.

— Avez-vous déjà fait ça pour de bon ?

— Une seule fois, quand j'étais secouriste.

— On vous a agressée ?

— Oui. Un faux appel, des drogués qui ne s'intéressaient qu'aux produits que nous transportions. Mon équipier a eu le nez cassé.

Soudain, elle le lâcha, et il roula sur le côté pour la regarder. Elle s'assit près de lui, sa robe étalée autour de ses jambes. Si l'on exceptait l'éclat de ses yeux et la légère rougeur de ses joues, c'était la pose idéale pour un pique-nique…

Il se redressa et ne résista pas à l'envie de la toucher, de reconnaître ce qui venait de se passer entre eux. Il lui caressa le bout des doigts et elle retira aussitôt sa main, mais son regard était éloquent.

— Voulez-vous me faire confiance, Clara ?

Ce n'était visiblement pas facile pour elle… Pourtant, elle

ne bougea pas quand il lui prit les doigts pour les porter à ses lèvres et les effleurer d'un baiser.

Encore un exercice pour tester les limites… Quand il la libéra, elle hocha la tête comme si elle savait qu'il ne franchirait pas la ligne qu'il venait de tracer.

— Voudriez-vous m'apprendre cette clé ?

— Vous seriez sans doute plus efficace que moi. Vous êtes fort… Mais est-ce que ça vous serait utile ?

Il frémit sous son regard évaluateur.

— Nous avons demandé récemment une étude sur la violence contre les secouristes, et peut-être que si je pratiquais un peu l'autodéfense, je comprendrais mieux…

Elle sourit.

— Et, bien sûr, vous devez vous rendre compte par vous-même. Vous ne faites confiance à personne.

— J'aime mettre la main à la pâte le plus possible.

Il sentit son cœur palpiter et remarqua que la rougeur des joues de Clara s'était accentuée.

— Je vois, dit-elle. D'accord pour une démonstration, mais laissons passer la soirée de demain, d'accord ?

— Parfait.

Il se leva et lui tendit la main pour l'aider. Il avait enfin élucidé un mystère : bien qu'elle fasse tout pour le cacher, elle aussi voulait connaître les limites de leur relation.

7

Clara observait Gabriel qui comptait les bouteilles, vérifiait les éclairages du patio… Elle ne l'avait jamais vu aussi détendu et maître de lui. Si le fait d'avoir été mis à terre par une clé au bras avait provoqué ce résultat, alors tant mieux.

Il s'était passé quelque chose pendant ce tête-à-tête, ce contact de leurs deux corps… À un moment, elle avait compris qu'il lui faisait confiance, qu'il s'abandonnait à elle… Mais pas question de s'attarder sur l'idée. Sa mission était de le protéger.

En milieu d'après-midi, alors qu'elle se sentait satisfaite du déroulement des événements, son téléphone sonna.

— Clara ? Il s'apprête à sortir.

Elle recula de deux pas pour regarder par la fenêtre. Elle avait vu Gabriel repérer les angles des caméras ce matin. Pour effectuer une sortie discrète, elle aurait elle aussi choisi l'arrière de la maison…

— Bien, merci. Je m'en occupe.

Elle se précipita à la cuisine où s'affairaient les traiteurs et constata que les clés de voiture de Gabriel avaient disparu du crochet où il les suspendait.

Elle n'avait pas de temps à perdre. Saisissant son sac, elle descendit en courant les marches du perron et s'adossa au véhicule.

Elle le vit sortir de l'arrière-cour par l'allée qui rejoignait la rue, sans se presser, comme s'il n'avait pas de but précis. C'était peut-être encore un jeu… En s'approchant, il eut un sourire poli.

— Salut, Clara !

Elle s'efforça de dissimuler son agacement.

— Une petite balade à pied pour se dégourdir les jambes ?

Il brandit son trousseau de clés.

— Non, je pars en voiture.

— Et vous n'avez pas pensé à prévenir quelqu'un ? Je croyais que nous avions résolu ça, Gabriel.

— Affaire privée.

Il s'approcha de la portière comme si la discussion était close, mais elle lui bloqua le passage, les bras croisés et l'air déterminé. La soirée d'hier lui avait au moins appris qu'il était incapable de la repousser.

— Écoutez-moi bien, Gabriel. Vous pouvez faire ce qui vous chante, aller où ça vous plaît, mais je trouve idiot que vous vous amusiez à semer les agents de sécurité que votre père paie pour vous surveiller.

Il opina avec un sourire éblouissant. Il serait sans effet sur elle… Du moins pour qu'elle libère le passage.

— Vous m'avez eu, et je suis très impressionné, mais on ne joue plus, Clara. J'en ai pour une heure environ.

— Je sais que vous avez le goût du risque, mais le moment est mal choisi pour affronter les démons qui vous poussent.

Elle surprit une lueur dans son regard et comprit qu'elle avait touché un point sensible. Il secoua lentement la tête et posa une main sur le toit de la voiture, juste à côté de son bras, presque à la toucher.

— Vous n'avez pas tort. Mais, en l'occurrence, et malgré vos dons remarquables, vous vous êtes trompée de conclusion. Il faut que j'aille quelque part, c'est urgent. Je vous serais donc reconnaissant de dégager le passage. Je le répète, je serai de retour dans une heure.

Ainsi, c'était sérieux… Bien entendu, s'il allait voir une de ses maîtresses, il ne souhaitait pas qu'elle l'accompagne.

— Nous savons être discrets, Gabriel. Si vous rendez visite à… une relation personnelle…

Il lui jeta un regard perçant.

— La dernière fois que j'ai fait le mur pour rejoindre une petite amie, j'avais dix-huit ans. C'est un patient qui m'attend.

— Devez-vous vraiment y aller vous-même ? Ne pouvez-vous pas déléguer ?

— Non. Mike est un ami, un expert artificier de l'armée qui nous a beaucoup aidés dans notre travail et qui a été blessé l'année dernière.

Zut, se dit-elle. Si c'était une dette d'amitié, elle ne voyait pas comment l'arrêter…

— Nous vous escortons, nous resterons dans la voiture.

— Impossible. Mike souffre de stress post-traumatique, et s'il voit deux types en faction dans une voiture devant chez lui, il devient paranoïaque.

— Compris. Je sais comment réagir dans ce cas-là. Laissez-moi vous conduire.

— Vous serez forcée d'entrer avec moi, dit-il près un instant de réflexion.

— Pas de problème. Faites-moi confiance.

— Bon, allons-y.

— Clara… Laissons peut-être de côté l'aspect protection, voulez-vous ?

Il avait appelé Mike durant le trajet pour lui annoncer qu'il venait accompagné. Il n'aurait sans doute pas dû tenter de jouer à cache-cache avec elle… En fin de compte, l'agente de sécurité efficace n'était pas très différente de la femme à qui il avait accordé sa confiance hier soir.

— D'accord, j'éluderai le sujet.

Il éprouva un peu d'appréhension : elle semblait encore fâchée, et Mike n'avait pas besoin qu'on le brusque en ce moment.

— Ne lui mentez pas, mais tâchez de ne pas l'inquiéter.

— Je sais comment me comporter dans ce cas-là, Gabriel.

Son ton s'était radouci, et il en fut soulagé.

Elle le suivit jusqu'à l'entrée. Il perçut un cliquetis de béquilles qui se rapprochait puis le silence se fit. Mike devait vérifier l'identité de ses visiteurs. Enfin, les deux verrous furent tirés, et la porte s'ouvrit.

— Salut, Gabriel !

Il ne fut pas dupe de l'air détendu qu'affichait son ami : la jambe vide de son pantalon était épinglée car il avait négligé de mettre sa prothèse…

— Salut. Voici Clara qui travaille avec moi en ce moment.

— Bonjour, Mike, enchantée de vous connaître.

L'air méfiant, Mike examina Clara puis il sourit. La voix calme de Clara, comme à son chevet trois jours plus tôt, aurait rassuré n'importe qui…

— Enchanté.

Après les avoir fait entrer, son ami referma les verrous et les conduisit jusqu'au salon.

Clara le regarda.

— Je tâcherai de me faire oublier pendant que vous discutez. Voulez-vous que je prépare du thé ?

Son ami lui lança un regard amusé.

— Vous êtes venue pour ça ? Asseyez-vous plutôt, et parlez-moi un peu de vous.

— D'accord.

Elle prit place sur le canapé et Mike dans un fauteuil en face d'elle.

— Laissez-moi deviner. Travailleuse sociale ?

Gabriel éprouva un pincement d'appréhension. C'était l'un des jeux favoris de son ami…

— Pas du tout. J'ai commencé comme secouriste au service d'ambulance de Londres et, ensuite, pendant deux ans dans l'armée de réserve. En ce moment, j'étudie avec Gabriel un projet de sécurité personnelle.

Bonne réponse, se dit Gabriel. *Vraie sans être inquiétante.*

Mike approuva de la tête.

— Deux ans ? Vous avez dû rempiler, donc ?

— Oui. Quand je suis rentrée de ma première mission, les choses… avaient changé.

Gabriel perçut une note de vulnérabilité dans sa voix.

— Hum, c'est souvent le cas. J'ai servi dans l'unité de neutralisation des explosifs.

— Je dois sans doute vous remercier, alors. Dans notre zone, votre équipe a sauvé beaucoup de vies.

— J'ai fait mon travail, mais j'y ai laissé ma jambe. Comme vos collègues se sont arrangés pour m'amputer au-dessous du genou et pas au-dessus, je suppose que je dois vous remercier aussi.

À l'évidence, un respect mutuel s'était instauré entre eux. Gabriel songea qu'il devrait aller préparer le thé, mais il avait trop envie de les écouter.

— Ainsi, les choses avaient changé quand vous êtes rentrée ? En quoi ?

— Eh bien… Entre autres, j'ai découvert que mon mariage était terminé.

Gabriel déglutit. Il aurait dû se douter qu'elle avait été mariée mais, le plus dur à comprendre, c'était que son mari n'ait pas su la garder.

— Je me suis au moins épargné ça : je ne me suis jamais marié.

— Vous pouvez encore le faire… Mais vous devriez rester un peu tranquille.

Mike éclata de rire.

— Oh ! je suis très doué pour ça ! Il y a des jours où je ne sors pas de la maison. Les déclencheurs, vous savez…

— Quels sont-ils, chez vous ?

— La pluie, et les hélicos. Je me rappelle être resté étendu dans la boue à regarder une flaque se remplir en guettant le bruit de l'appareil qui venait me chercher. Cette nuit, j'ai entendu tourner ceux de la police et je n'ai guère dormi…

Gabriel était tout ouïe. Mike lui avait raconté cet épisode horrible au bout de longs mois, en omettant certainement quelques détails importants. Il lui avait proposé de faire une pause et de le rappeler quand il en éprouverait le besoin.

Et s'il l'avait appelé aujourd'hui, c'était peut-être pour lui en parler…

Il profita d'un silence de Clara pour regarder son ami.

— Alors, qu'avais-tu à me dire, Mike ?

— Eh bien… Je ne veux pas retourner à la clinique et je pense qu'il faut que j'aille de l'avant. Ce stage dont tu m'as parlé, pourrais-tu m'y obtenir une place ?

— Bien sûr. Je les appellerai pour voir ce qu'il est possible de faire. En attendant, je vais préparer le thé…

Il craignait que ce ne soit difficile dans l'immédiat, mais inutile de le préciser.

Mike s'esclaffa.

— Alors maintenant, ce sont les médecins qui font le thé ?

Clara se rencogna dans son siège et croisa les jambes.

— On le dirait. Entre nous, j'attendais ça avec impatience.

De la cuisine, il les avait entendus parler. Le ton de leur conversation était calme, et il semblait que Mike oubliait peu à peu ses terreurs de la nuit dernière.

Quand il apporta deux mugs fumants, ils riaient tous les deux. Clara se révélait un atout imprévu… Il devrait peut-être la convaincre de bavarder avec quelques autres de ses patients ?

Il alla téléphoner à la cuisine puis il les rejoignit.

— La semaine prochaine, le stage, ça te conviendrait, Mike ?

— Ce serait génial ! Je ne m'attendais pas à ce que ce soit si tôt. Tu es certain que ça ne leur pose pas de problème ?

— Comme quelqu'un s'est désisté, ils sont plutôt contents que tu prennes sa place. Je vais prévenir Isabelle, et elle passera ici ce soir voir comment tu vas.

— Ah, oui, je l'aime bien. Je te remercie.

Tandis que Clara remportait les mugs à la cuisine, Mike se leva et prit appui sur une béquille pour tendre la main à Gabriel.

— Tu ne m'as pas dit que tu te déplaçais avec une garde de sécurité !

Gabriel fronça les sourcils.

— Un ennui mineur. Rien qui me concerne moi directement, plutôt le groupe de mon père… C'est Clara qui t'a mis au courant ?

Son ami eut un sourire espiègle.

— Mon petit doigt. Je parlais de la difficulté de retrouver un emploi et j'ai mentionné que j'envisageais de me lancer dans la sécurité…

Un moteur rugit dans la rue, et Mike sursauta avant de regarder par la fenêtre. Quand il se retourna, ses mains tremblaient.

— Je sais, ce n'est pas une excellente idée de s'engager dans la sécurité quand tous les bruits soudains vous flanquent la trouille…

— Regarde les progrès que tu as déjà faits, Mike ! Tu as beaucoup de courage. Ceci dit, la sécurité peut peut-être attendre encore un peu…

Mike opina.

— Clara m'a demandé quelles qualifications j'avais, et elle a dit que je me sous-estimais, et que je devrais ouvrir un cabinet de conseil.

— C'est plus raisonnable. Je peux me renseigner si tu veux…

— Merci, mais elle m'a laissé son numéro de téléphone en me priant d'appeler quand je me sentirai prêt. Elle a des contacts et elle fera tout pour m'aider. Elle n'est pas secouriste, n'est-ce pas ?

Gabriel sourit.

— Non. Et elle t'a fait une excellente proposition, la compagnie qui l'emploie est l'une des meilleures. Elle t'a vraiment donné son numéro personnel ?

Lui-même ne l'avait pas…

— Pourquoi, pas à toi ? C'est que tu es distrait !

— Je suppose, oui, j'ai eu pas mal de choses en tête ces temps-ci.

Surtout Clara…

— Gabriel… S'il y avait une raison de s'inquiéter, tu me le dirais ?

Sans doute que non, songea-t-il… Pourtant, en dépit de sa paranoïa et de ses insomnies, Mike avait conservé son courage et son bon sens.

— Je laisse l'inquiétude à Clara.

— Elle doit être douée pour maîtriser les… choses.

Son sourire malicieux indiquait qu'il incluait Gabriel dans ces choses.

— C'est vrai. Et toi, tu me dirais s'il y avait une raison de s'inquiéter ?

— Oui. J'en suis au point où je deviendrais fou si je n'avais pas un but précis dans la vie.

Il désigna du pouce la feuille où Clara avait noté son numéro de téléphone.

— Mais maintenant j'en ai deux.

— Tu m'appelles quand tu veux, d'accord ?

— Merci. Je te le promets.

— Quel est ce stage où Mike veut se rendre ?

En rentrant, ils trouvèrent la maison plus calme et la cuisine déserte. Comme Clara n'avait pas dit un mot durant le trajet de retour, il fut surpris de l'entendre parler.

— Il s'agit d'un lieu dans le Hertfordshire où on traite les gens atteints de SPT. Pas mal de nos patients en ont été satisfaits.

Il croisa son regard.

— Il paraît que vous lui avez laissé votre numéro de téléphone ?

— J'espère que ça ne vous gêne pas.

— Pas du tout. Il avait envisagé de se reconvertir dans la sécurité mais, à mon avis, l'idée du cabinet de conseil est meilleure. Il est encore peu sûr de lui…

Elle approuva de la tête.

— C'est le genre d'homme qui mérite toute l'aide possible. Il a fait son devoir et il a payé le prix fort.

Elle aussi avait fait son devoir et, à en croire ce qu'elle avait raconté tout à l'heure, elle aussi avait payé le prix fort. Hier soir, il aurait souhaité l'entendre parler de sa vie mais, maintenant, il se sentait incapable de lui demander des détails.

Elle souleva le coin de la feuille d'aluminium qui couvrait l'un des plateaux apportés par les traiteurs.

— Hum, ces canapés ont l'air délicieux !

— Et ils le sont ! J'en ai mangé un tout à l'heure. Servez-vous.

Elle tendit la main mais arrêta son geste.

— C'est si joliment disposé, ce serait dommage de gâcher la décoration.

Elle remit la feuille en place en pressant sur les coins.

Soudain, il lui parut vital qu'elle puisse profiter un peu de la fête.

— Peut-être aurez-vous le temps de les goûter ce soir ?

Elle eut un demi-sourire.

— Ça m'étonnerait. J'aurai besoin de tous mes esprits, au cas où il vous prendrait l'envie de vous échapper à la faveur de la nuit.

Il comprit à son ton qu'elle ne plaisantait qu'à moitié.

— Hum… Écoutez, je vous demande pardon pour cet après-midi. Je n'ai pas réfléchi.

Elle lui jeta un regard noir.

— Vraiment ? Je pense que c'est exactement ce que vous avez fait, au contraire.

Touché… Il était pris dans les rets de son regard et ne parvenait pas à faire l'effort de s'en détacher.

— Peut-être…

Il fit mine de se détourner, mais elle lui saisit le bras.

— Il n'y a pas de peut-être. Vous avez décidé de partir seul parce que vous estimiez que ce serait mieux pour Mike, mais en sachant pertinemment que vous preniez un risque. Il est évident que vous préférez user de votre charme et faire croire à tout le monde que vous êtes un écervelé.

Il arbora un air faussement chagriné.

— Et mon charme n'agit pas sur vous.

— J'imagine que si… Presque de la manière dont vous le souhaitez.

Bien évité, songea-t-il.

— Je vais dans mon bureau, j'ai quelques coups de fil à passer avant de me préparer pour la soirée.

8

Gabriel recevait avec une classe folle, songea Clara en l'observant.

Personne n'était en avance, ni en retard : il saluait chacun de ses hôtes en lui faisant sentir qu'on n'attendait que lui…

Elle le vit souhaiter la bienvenue à une conseillère parlementaire, la complimenter sur sa tenue et l'arracher discrètement à son époux pour la présenter à Alistair. Il retourna ensuite tenir compagnie au mari tandis qu'Alistair répondait aux questions de la dame sur les dernières initiatives de la fondation.

Incapable de détacher le regard de Gabriel, Clara passa la soirée à suivre tous ses faits et gestes…

Enfin, quand il eut raccompagné son dernier invité, ils se retrouvèrent seuls dans la pièce.

— Voudriez-vous prendre un verre, maintenant ?

Il alla à la cuisine où des bouteilles de toutes sortes étaient alignées.

— Ce serait dommage de laisser perdre cette purée de pêche, mais peut-être n'aimez-vous pas les Bellini ?

— Je ne devrais rien boire du tout.

Il eut un sourire tentateur.

— Vous êtes en service depuis seize heures. Laissez vos gardes de nuit prendre le relais.

— D'accord. Que me conseillez-vous ?

Elle prit place sur un haut tabouret devant le comptoir tandis qu'il réfléchissait.

— Euh… Pour vous, je suppose rien de trop doux ni de gazeux, mais rien non plus d'amer.

Il choisit des bouteilles et versa les ingrédients dans un shaker. Elle leva les sourcils.

— Ça vous étonne que je ne mesure rien ? À mon avis, mieux vaut faire ça à l'instinct.

— De votre part, j'aurais dû m'en douter !

Il mélangea le cocktail en souriant, le servit et termina par un zeste de citron accroché au bord du verre.

— Un Aviation… Vous êtes de la vieille école.

Elle avait reconnu la teinte délicate de la crème de violette…

— Si vous tenez à me qualifier, je préfère le mot classique.

Il posa le verre devant elle et la regarda boire la première gorgée.

— Hum, c'est parfait, merci. Très bon choix. Dommage que vous ne puissiez jamais refaire le même…

— Vous ne pensez pas que ma façon de procéder ajoute quelque chose ?

Peut-être… Consciente qu'elle ne retrouverait plus ce moment, elle s'autorisa à savourer à la fois le goût du cocktail et le regard de velours de Gabriel. Elle prit une seconde gorgée, et l'effet de l'alcool — associé à celui de son regard — lui monta à la tête. Elle se leva.

— À présent, c'est à mon tour de vous en préparer un.

Gabriel la regarda lui passer devant.

Le frôlement de son bras nu sur sa main et son effluve suffirent à le mettre en émoi. Elle était splendide dans sa petite robe noire toute simple qui mettait en valeur ses courbes, avec ses cheveux blonds relevés en un chignon lâche. On ne pouvait que remarquer leur couleur… Si elle avait eu pour but de se fondre dans la masse, elle avait échoué.

Elle scruta les rangées de bouteilles.

— Je pense… à quelque chose de doux avec une pointe de piquant. Et remué à la main, pas au shaker.

C'était exactement ce qu'il était, remué…

— Pourquoi pas ?

En la voyant choisir du rye et du vermouth, il sourit : elle allait préparer un Dry Manhattan comme il l'aimait.

— Si nous allions nous asseoir ?

Elle approuva de la tête. Il prit leurs deux cocktails et traversa le salon vers l'escalier qui menait à son bureau.

Une fois en haut, il alluma la lumière et repoussa la porte du pied avant de poser les verres sur la table basse. Clara s'installa dans un fauteuil et ôta ses chaussures avec un soupir d'aise avant de saisir sa boisson.

Il était ravi… D'autant que l'absence de caméra de sécurité rendait la scène plus intime.

— Où avez-vous donc appris à composer des cocktails ? Ça fait partie de votre formation d'agent de sécurité ?

Elle eut un petit rire.

— Non. Après avoir quitté l'armée, j'ai travaillé trois mois dans un bar. Ce n'est qu'ensuite que j'ai décroché ce poste d'agente de sécurité.

— Vous n'avez jamais songé à reprendre votre carrière médicale ?

— Parfois, mais je voulais du changement et j'ai découvert que c'était un métier passionnant.

— Ce doit être quelquefois ennuyeux de surveiller les gens…

— Vous vous croyez ennuyeux ?

Une lueur de malice dansait dans ses yeux.

— Je ne parlais pas de moi, mais d'autres…

— Eh bien, oui, certains le sont parfois… Mais mes clients sont si variés… Des familles avec enfants, des gens seuls, qui sont suivis ou menacés. Mon travail ne consiste pas seulement à assurer leur sécurité, mais à les rassurer. Nous avons tous besoin de ça.

Il sirota une gorgée de son cocktail.

— Moi aussi. Et pourtant, si un inconnu m'offrait un Dry Manhattan aussi bon que celui-ci, je risquerais de le boire…

— Surtout pas ! Je vous en préparerais un autre. Je m'en tiens à mes recettes.

Son visage chaleureux et l'éclat de ses yeux le rassérénèrent. Il se sentait plus détendu qu'il ne l'était depuis des jours.

— Pardon d'insister, mais… La médecine ne vous manque vraiment pas ?

Cette question le taraudait depuis qu'il l'avait vue si intéressée par le travail de Kaia. Elle avait dû affronter un sacré mauvais coup pour abandonner son métier…

Elle passa le doigt sur le bord de son verre, songeuse.

— De temps en temps, si…

Ils étaient seuls, songea-t-il, en train de boire des cocktails dans son bureau sans caméra de surveillance…

Il ôta sa veste et desserra sa cravate.

— Clara, il est minuit, et vous n'êtes plus en service.

Elle l'observa longuement sans répondre, et il en éprouva des fourmis au bout des doigts.

— Qu'est-ce qui vous a fait bifurquer si brusquement ?

— J'étais perdue. Comme je ne pouvais pas revenir en arrière, j'étais forcée d'en sortir.

Elle eut un léger haussement d'épaules.

— La médecine a été ma première passion, mais j'adore aussi ce que je fais maintenant.

Son ton sincère lui noua l'estomac. Il avait l'impression de se trouver au bord d'un précipice donnant sur inconnu bienveillant, dans des circonstances où deux êtres pouvaient parvenir à se comprendre.

— Comment une femme telle que vous peut-elle en arriver à se sentir perdue ?

— C'est une longue histoire…

Clara se mordit la lèvre inférieure. Elle était piégée : elle avait accepté de boire un cocktail avec lui et de le suivre dans son bureau à l'abri des caméras indiscrètes…

— J'ai toute la nuit.

Elle frissonna. Nul doute qu'il pensait à d'autres activités qui leur prendraient toute la nuit. Mais parler ne pouvait pas faire de mal…

— J'ai toujours été passionnée par la médecine, et les séries que je regardais à la télévision m'ont donné envie de devenir secouriste.

Il sourit.

— Vous aimiez le travail d'extérieur, et être en première ligne.

Il était perspicace, et elle s'en réjouit.

— Oui. Après mes études, je me suis engagée dans l'armée de réserve.

— Toujours à l'extérieur et en première ligne.

— Cessez de me faire paraître si prévisible, Gabriel. En tout cas, j'ai adoré ce travail et je m'y suis fait de bons amis, surtout une fille avec qui je suis devenue inséparable. Quand j'ai commencé mon stage au service d'ambulance de Londres, Steph s'est engagée dans l'armée régulière, et nous avons partagé un appartement. J'y vivais, et elle y venait quand elle était en permission.

— Une belle vie, en somme. Pleine de possibilités.

Elle perçut de la nostalgie dans sa voix. Comme si la richesse de sa famille et ses propres talents avaient limité ses choix… Mais il se ressaisit et but une gorgée de son cocktail.

— Continuez, Clara.

— J'ai commencé à fréquenter Tim, un de mes collègues. Il était gentil, nous nous entendions bien… Il savait que, tôt ou tard, je partirai en mission, et ça ne semblait pas le déranger. Mais quand on m'a appelée, nous n'étions mariés que depuis deux mois, et il m'a demandé de ne pas partir.

— Et vous avez considéré que c'était de votre devoir.

Elle soupira.

— Steph devait être mon témoin. J'avais même retardé la date du mariage pour qu'elle puisse y assister, mais… elle a sauté sur une bombe un peu avant.

Il se rembrunit et hocha la tête d'un air grave.

— Vous aviez une dette envers elle. Parfois, les morts placent sur vous plus d'espoirs que les vivants.

Elle le regarda, étonnée et heureuse qu'il la comprenne si bien.

— Je n'avais jamais vu ça sous cet angle, mais vous devez avoir raison. Tim a fini par accepter mon départ et… je suis restée absente onze mois. Quand je suis rentrée, deux jours plus tôt que prévu, j'ai découvert… Disons… qu'il s'était senti seul.

— Vous voulez plutôt dire qu'il y avait remédié ? marmonna-t-il.

— Oui. Je suis arrivée un matin à 6 heures, impatiente de me glisser dans le lit, mais… ma place était prise.

— Il vous a trompée.

Il paraissait détaché, mais elle lisait l'empathie dans son regard.

— Plutôt deux fois qu'une puisque Sandra était mon amie avant que Tim ne la connaisse. C'était aussi une collègue de travail.

— Vous avez arraché les bras à ce salaud, j'espère ?

Elle eut un rire sans joie.

— Non. L'envie ne m'en manquait pas, mais en autodéfense, on apprend que la force est le dernier recours. Je me suis bornée à quitter la maison pour ne plus y revenir, et comme il m'était impossible de recommencer à travailler avec eux deux, j'ai démissionné.

— Je comprends mieux…

— J'ai eu une enfance assez triste entre des parents divorcés qui essayaient chacun de me monter contre l'autre. Quand je suis partie à l'université, j'ai enfin pu décider moi-même où je voulais être et je me suis juré de ne jamais vivre la même chose qu'eux. En fin de compte, ça n'a pas été très différent…, ajouta-t-elle en soupirant.

— Alors vous avez rempilé dans l'armée ?

— Je me suis rengagée pour un an. Je suppose qu'on peut voir ça comme une fuite…

— Vous êtes partie avec des gens qui comprenaient vos valeurs et ce qu'elles peuvent vous coûter. Comme Mike.

Elle sentit sa gorge se nouer. Il en devinait bien plus qu'elle ne l'aurait cru, et c'était… réconfortant.

— Cette seconde mission m'a redonné confiance en moi. En rentrant, j'ai vivoté un peu, travaillé un temps dans un bar comme je vous l'ai dit, tout en cherchant un nouveau travail où je puisse utiliser mon expérience. J'ai trouvé Gladstone & Sullivan. Ils ont été très bons pour moi, et je suis heureuse de faire ce métier.

— Mais ce n'était pas votre premier choix.

— Les premiers choix ne tiennent pas compte de ce qui vous est ôté dans la vie.

Il hocha la tête et consulta sa montre.

— Oui, j'ai moi aussi appris cette leçon. Mais il est tard, je vous raconterai mon histoire une autre fois si je peux vous convaincre de me tenir à nouveau compagnie ?

Une question qui en soulevait d'autres… En quoi le fait qu'il soit minuit, donc bien au-delà de ses heures de travail, et qu'ils soient installés dans le bureau de Gabriel, changeait-il leur relation ? Et cela pouvait-il se reproduire sans risque pour elle ?

Elle se leva.

— Oui… Nous verrons. Maintenant, il faut vraiment que je m'en aille.

— Je vous appelle un taxi à moins que vous ne vouliez profiter de la chambre d'amis ?

— Merci, je préfère rentrer chez moi.

Il opina d'un air compréhensif. Elle mit ses chaussures pendant qu'il enfilait sa veste, comme si tous deux s'apprêtaient à affronter à nouveau le monde.

— Au fait… J'aimerais aller courir au parc demain matin car je sens que je me rouille. Ou me rendre à la salle de gym, si c'est plus facile pour vous.

— Pas de problème, j'enverrai quelqu'un courir avec vous. Ou alors… Si je vous emmenais à ma salle à moi ? Je pourrais vous montrer cette fameuse clé de bras si vous le souhaitez toujours.

Il sourit.

— Vous croyez que c'est plus sûr ?

— Pour être franche, je suis connue, là-bas. Si je vous cloue au sol, je sais que personne ne se précipitera pour vous sauver.

Cette fois, il éclata de rire.

— Merveilleux ! D'accord, c'est décidé.

Gabriel s'était autorisé à rester au lit jusqu'à 9 heures. Visiblement Clara aussi : elle venait de l'appeler pour le prévenir qu'elle le prendrait à 10 heures.

C'était la première fois qu'elle l'appelait sur son portable au lieu de faire passer des messages par les membres de son équipe. Pourrait-il ajouter son numéro à la liste de ses contacts ? Il décida que oui. Clara Holt.

Il fourra l'appareil dans sa poche et monta se changer. Comme prévu, elle arriva à l'heure juste, fraîche comme la rosée du matin. Un goût qu'il avait envie de sentir sur ses lèvres…

Et il la trouvait particulièrement désirable en leggings et sweat-shirt, mais puisqu'ils étaient convenus que la soirée d'hier soir était une parenthèse, il ne le lui dit pas. Durant le trajet, elle lui exposa le règlement de la salle de gym de Ronnie. En gros, s'il avait bien compris, il était assez simple : c'était Ronnie qui commandait.

La salle se situait dans une zone de l'East End devenue récemment très chic, dans un ancien bâtiment en cours de ravalement. Par les fenêtres voûtées du rez-de-chaussée, il entrevit un sol ripoliné de couleur vive et des vélos d'intérieur dont certains étaient utilisés. Il s'attendait à quelque chose d'un peu moins tape-à-l'œil…

La réceptionniste, qui semblait bien connaître Clara, leur ouvrit une porte à code derrière elle, et il suivit Clara dans un escalier dont la cage était peinte à la chaux.

Le premier étage était plus conforme à ce qu'il attendait : très propre et bien plus neutre que le rez-de-chaussée. Ils passèrent sous une arche de brique qui ouvrait sur une rangée de punching-balls et un ring de boxe. Clara frappa à la porte ouverte d'un bureau.

Une petite femme d'âge moyen, en polo rose et pantalon de jogging bleu marine, se leva aussitôt.

— Comment vas-tu, mon chou ?

Il réprima à grand-peine un sourire. Que lui arriverait-il s'il appelait Clara « mon chou » ? Mais Ronnie paraissait en avoir le droit.

— Je vais bien, merci, et toi ?

— Les affaires marchent, mon fils se marie à l'automne, alors de quoi pourrais-je me plaindre ?

Puis Ronnie le toisa.

— Voici Gabriel, dit Clara. Gabriel, voici Ronnie.

La petite femme tendit la main et serra la sienne d'une poigne ferme. Ils échangèrent un sourire. Il semblait que son seul prénom suffise à le faire accepter…

— Méfiez-vous de Clara, dit-elle en se penchant vers lui. Elle est plus maligne qu'elle veut bien le laisser croire.

— Oui, elle me l'a montré déjà…

Ronnie émit un petit rire satisfait puis décrocha une clé qu'elle tendit à Clara.

— Voilà. Je vais allumer la bouilloire pour Joe.

— Merci, Ronnie.

Clara l'entraîna le long d'un couloir vers une salle bien éclairée, équipée de punching-balls au fond et d'un tapis de sol qui occupait presque tout le reste de la pièce. Les vitres teintées laissaient pénétrer la lumière tout en dissimulant l'intérieur à la vue des immeubles environnants.

— Ronnie semble avoir l'habitude que vous ameniez des clients…

— Oui. Elle veille sur nous.

Clara referma la porte à clé et se mit en tenue, révélant un body moulant et sans manches.

— Elle a construit tout ça elle-même ?

Il se déchaussa et ôta son sweat-shirt.

— Non. À l'origine c'était une salle de boxe située au

premier étage du pub de son grand-père, Ronnie. Son père, Ronnie, a pris la suite. Mais son fils aîné, qui s'appelait aussi Ronald, voulait être comptable. Par chance, leur père avait prévu le coup en appelant sa fille Veronica.

Il sourit.

— C'est donc un lieu qui a une histoire…

— Si nous avons l'occasion, nous irons voir ses photographies. Pas mal de boxeurs de l'East End sont passés par ici dans les années soixante.

— Mon père en a peut-être entendu parler ?

Il en savait si peu sur l'enfance de son père…

— Ah, pourquoi ?

— Il est né dans ce quartier où mes grands-parents se sont installés après leur mariage. Il a étudié ici à l'université et il est rentré en Italie pour travailler à la pharmacie de mon oncle. Ce n'est qu'ensuite qu'il a fondé les laboratoires DeMarco.

— Une belle réussite. Vous devez être fier de lui.

La fierté n'avait rien à voir là-dedans, songea-t-il avec amertume… Le devoir, plutôt, et le sentiment déchirant de se sentir forcé de compenser la perte de son frère aîné. Mais Clara avait raison, il devrait être fier.

— C'est vrai, il a accompli de grandes choses. Bien plus que moi.

Elle haussa les épaules.

— Je suppose que vous n'avez aucun besoin d'augmenter la fortune familiale. Mais vous avez accepté d'autres défis.

Elle posa ses vêtements bien pliés sur une chaise.

— Je comprends pourquoi votre anglais est si correct.

— Mon père le parlait à la maison alors que ma mère employait l'italien.

Pour lui, l'italien était la langue de l'amour et l'anglais celle du devoir…

Elle opina et le conduisit vers le tapis où elle lui fit face.

— Bien, voici quelques règles de base : respecter son adversaire, n'utiliser que le minimum de la force requise et ne jamais agir sous l'impulsion de la colère.

— OK. Compris.

— En êtes-vous sûr ? C'est facile ici, entre nous. Mais pouvez-vous étendre ces principes aux gens qui vous menacent actuellement et mettent en danger votre famille et vos amis ?

Il sentit monter la colère et se rendit compte qu'il tremblait. Traiter ces adversaires-là avec respect, ce serait difficile…

— Vous avez raison, je n'en suis pas certain du tout.

Ainsi, se dit-il, cette séance n'était pas une simple distraction… Clara utilisait les mêmes techniques que lui avec ses patients pour leur faire prendre conscience de leurs sentiments.

— Nous sommes tous humains, Gabriel. Mais nous pouvons peut-être tendre vers un certain esprit zen. On s'échauffe un peu ?

Les exercices d'échauffement le détendirent et sa colère s'atténua. Puis ils passèrent à quelques mouvements d'autodéfense simples qui pourtant lui apparurent comme un puzzle complexe. Il était plus fort et plus massif qu'elle, mais grâce à sa rapidité, elle le déséquilibrait facilement.

— Prêt à essayer la fameuse clé ? En principe je ne l'enseigne pas à ce stade, mais en tant que médecin, vous devez savoir où vous arrêter pour ne pas me blesser.

Quelle idée ! se dit-il. Il voulait tout sauf la faire souffrir…

— Je ne vous blesserai pas, Clara.

Elle approuva de la tête, lui montra d'abord la technique puis le pria d'essayer. Il passa son bras autour d'elle, et ses doigts lui entourèrent le biceps avec précaution.

— Soyez plus ferme. Je peux me dégager aisément.

Il serra plus fort, sentit le muscle fléchir puis suivit ses instructions jusqu'à la faire plier sur les genoux.

— C'est mieux, mais vous me laissez toujours une marge de manœuvre.

— Je ne peux pas faire autrement. J'ai atteint ma limite.

— Je comprends. Mais dans le monde réel, il est bon de se rappeler que la femelle de l'espèce peut être plus dangereuse que le mâle.

— Oh ! je le sais ! Un peu plus bas ?

— Oui. Ne me poussez pas, bornez-vous à faire levier.

Il la fit descendre jusqu'au tapis presque comme s'il déplaçait un patient, utilisant sa connaissance du corps pour ne pas la blesser.

— Parfait. À présent, si vous le vouliez, vous pourriez poser le pied sur mon épaule pour me maintenir au sol et m'attraper par l'autre épaule.

Cela semblait un peu compliqué, et il ne tenait pas à aller si loin. Aussi relâcha-t-il sa prise pour s'asseoir sur le tapis et, aussitôt, il sentit son poids sur lui. C'était très agréable, ce contact physique, ce corps léger… Très agréable, et assez intense.

— Deuxième leçon : toujours garder un œil sur l'adversaire qui n'est peut-être pas aussi fair-play que vous.

— J'ai vu. Compris.

Il se détendit et s'étira sous elle autant qu'il le pouvait. Si elle avait utilisé sa force au maximum, il aurait mal… Il tendit la main pour lui caresser la joue, et elle lui sourit. Pas le sourire de composition qu'il connaissait, mais un sourire chaleureux qui comportait une touche de malice…

Le jeu avait changé. Il usa de toute sa force et roula sur elle pour se retrouver en position dominante, un mouvement qui lui semblait plus proche de celui de l'amour que de la lutte. Deux corps liés ensemble, chacun testant la force et les faiblesses de l'autre. Si c'était le cas, il serait déjà profondément en elle…

— Ouf !

Il eut la respiration coupée quand il heurta le tapis : elle avait repris l'avantage !

Bien fait pour lui, cela lui apprendrait à rêvasser… Son sourire et la boucle de cheveux qui lui tombait sur le visage le désarmèrent.

— Tu as gagné, Clara…, murmura-t-il.

Il vit ses yeux s'assombrir, et elle s'immobilisa. Comment allait-elle réagir ? Il retint son souffle.

Juste à ce moment-là, on frappa à la porte.

— Ouvre, mon chou !

Clara bondit sur ses pieds et alla tirer le verrou.

— Ronnie ? Que se passe-t-il ?

— C'est Terry ! Il travaillait avec un de ses gars qui lui a fait perdre l'équilibre. Il est tombé en arrière et il a une profonde entaille au bras qui saigne beaucoup…

— Pas de problème, nous arrivons. Gabriel est médecin.

Tandis qu'il se levait en secouant la tête, Ronnie le regarda.

— Merci, docteur. J'apprécie.

9

Une chance que Ronnie soit venue frapper, se dit Clara en se chaussant.

Elle avait senti Gabriel réagir à son désir — si violent que son corps en frémissait encore — et failli oublier qu'elle était chargée de sa protection…

Elle fut soulagée de le voir sourire comme si rien ne s'était passé. Pour que leur relation demeure ce qu'elle était, il lui suffisait d'éviter de se retrouver seule avec lui…

Lorsqu'ils entrèrent dans la salle de boxe, Terry, qu'elle connaissait de vue, était assis sur un banc, encadré par deux hommes qui tentaient vainement de stopper l'hémorragie. Le sang formait déjà une flaque sur le plancher… La trousse de premiers secours était ouverte sur le sol.

— S'il vous plaît, laisser passer le médecin ! cria Ronnie à la cantonade.

Le petit cercle qui s'était formé autour du blessé s'écarta. Gabriel enfila des gants stériles et se mit à examiner l'épaule de Terry tandis qu'elle s'accroupissait près de lui.

— Ça n'a pas l'air trop grave…

Malgré son ton rassurant, Clara lut l'inquiétude sur ses traits. Elle lui tendit une paire de ciseaux pour qu'il coupe la manche du sweat-shirt du boxeur.

— Merci. Y a-t-il des pansements aussi ?

Bien entendu… La prévoyance de Ronnie était légendaire. Après avoir enfilé des gants, elle en sortit une poignée.

— Clara, voulez-vous examiner la blessure, je vous prie ? Voyez-vous autre chose que moi ?

Elle s'exécuta : en dépit de sa longueur, l'entaille semblait assez superficielle et, pourtant, le sang en jaillissait comme si elle était profonde. Bizarre que cela saigne autant…

— Je ne comprends pas…

Gabriel scruta le visage de Terry.

— Prenez-vous des fluidifiants du sang ou des anticoagulants ?

— Non. Merci, docteur, je crois que ça va aller. Si vous pouviez juste me poser un pansement…

— Vous êtes certain, Terry ? Pas même de l'aspirine ?

— Rien du tout, répliqua le boxeur d'un ton sec.

— Bien.

Gabriel se leva.

— Clara, pouvez-vous presser la plaie pour tenter de stopper l'hémorragie ? Ronnie, je pense vous devriez parler au petit gars qui l'a fait tomber. J'ai l'impression qu'il se sent responsable.

Clara regarda par-dessus son épaule : le garçon, assis sur le bord du ring, se tenait la tête dans les mains. C'était gentil de la part de Gabriel, même si cela ne semblait pas d'une urgence absolue…

— J'y vais, docteur.

Ronnie traversa la pièce pour aller s'asseoir à côté du garçon. Dès qu'elle eut tourné le dos, Gabriel se pencha vers le blessé.

— Ce sont vos élèves ?

— Oui, des ados que j'entraîne…

— C'est super. J'imagine que Ronnie ne vous laisserait plus monter sur le ring si elle savait que vous prenez des anticoagulants ?

Evidemment, songea Clara… Il avait éloigné Ronnie parce qu'il avait compris que Terry mentait.

— Voyez-vous, Terry, vous saignez trop pour que ça ne m'inquiète pas. Comme j'ai besoin de savoir pourquoi, je vais devoir vous prescrire des analyses…

— De la Warfarine, 200 mg par jour, marmonna Terry.

— Bon. Vous mangez beaucoup de légumes ?

— Oui, je suis à la diète la plupart du temps pour rester en forme. Mais là je suis parti quinze jours en Italie et j'avoue que je n'ai plus fait attention. La cuisine est délicieuse, là-bas…

— Votre médecin ne vous a pas expliqué que certains légumes verts riches en vitamine K inhibent les effets du médicament, et que si vous cessez brusquement d'en consommer, il faut adapter le dosage ?

— C'est possible… Je ne me rappelle plus, j'étais préoccupé… Je savais que Ronnie ne voudrait plus que j'entraîne les petits gars. Ça fait vingt ans que je le fais…

— Je comprends. Navré de devoir vous le dire, mais les sports de contact sont déconseillés quand on est traité aux anticoagulants.

Quand Terry poussa un profond soupir, Clara sentit son cœur se serrer.

— Je ne pense pas que vous parlerez à Ronnie pour moi, n'est-ce pas, docteur ?

— Je peux lui exposer votre état, mais pas lui demander de vous laisser continuer à monter sur le ring. Navré, c'est impossible.

— Oui, je sais. Mettez-la au courant, d'accord ?

Clara souleva le coin du pansement pour inspecter le bord de la blessure.

— Comment ça se présente, Clara ?

— Quand j'appuie, ça stoppe l'hémorragie, mais le sang ne coagule toujours pas.

— Bon, nous allons devoir vous emmener à l'hôpital, Terry. Avant, je vais dire un mot à Ronnie.

Clara observa la scène : dès que Gabriel eut parlé, Ronnie fit un signe exaspéré, et il dut lui bloquer le passage. Visiblement, son charme n'opérait pas sur elle…

Ou peut-être que si, car à présent, elle hochait la tête. Enfin, elle s'approcha d'eux, et Clara sentit Terry se raidir.

— Triple idiot ! Pourquoi ne m'as-tu rien dit ?

— Je te demande pardon, Ronnie.

— Tu as intérêt ! Tu pensais que je laisserais ces gamins traîner sous les abribus alors qu'ils pourraient être ici à s'occuper sainement ? Je vais trouver des gars pour monter sur le ring à ta place, et tu les conseilleras, d'accord ?

— Merci, Ronnie.

— Ce n'est pas moi qu'il faut remercier, tu sais très bien qu'ils ont besoin de toi. Le médecin va me faire la liste des activités qui te sont permises et celles qui te sont interdites, et je t'aurai à l'œil.

Gabriel arbora un large sourire.

— Bien, pouvons-nous aller à l'hôpital, maintenant ?

Ronnie lui rendit son sourire.

— D'accord, docteur. Je vais chercher ma veste et mes clés de voiture.

Quand elle fut partie, Clara regarda Gabriel.

— Il faut que je prévienne l'équipe que nous partons.

— Allez-y, je vous remplace.

Elle lui adressa un sourire malicieux.

— Alors, docteur, on dirait que vous avez trouvé le bon côté de Ronnie ?

Son regard de velours la fit fondre.

— En effet, on dirait, mon chou !

Assis dans son bureau dont il avait laissé la porte ouverte, Gabriel attendait : bien que ces trois derniers jours Clara n'ait manifesté aucun signe qu'il soit pour elle davantage qu'un client, il savait que sa patience finirait par payer…

Juste au moment où il commençait à se traiter d'imbécile, elle apparut dans l'encadrement, un verre à la main.

— J'ai pensé que vous aimeriez peut-être boire quelque chose.

— Vous m'accompagnez ? Si vous devez conduire, je peux préparer un café.

Dès qu'elle eut franchi le seuil, seule avec lui, loin des caméras, l'ambiance changea.

— Je veux bien un café, merci.

Elle entra, ferma la porte et posa le verre sur la table basse avant de s'asseoir en face de lui. S'étant débarrassée de ses sandales, elle replia les jambes sous elle.

Il alla mettre le percolateur en marche, prit son verre et en respira le contenu.

— Qu'est-ce que c'est ?

Il avait senti le rhum et la muscade.

Un léger sourire joua sur ses lèvres.

— Un Flip, et dans les règles de l'art. Juste la bonne dose de muscade.

Il lui tendit son café et sourit.

— Voilà. Chacun le sien.

Elle entoura sa tasse de ses mains et, au moment où il allait parler, il la vit ouvrir la bouche.

— Vous d'abord, Clara.

— Eh bien… Je venais voir comment vous alliez.

— Très bien. Je suis encore entier.

Elle le regarda d'un air réprobateur.

— Je voulais dire comment vous vous sentiez.

— Euh… Il vaut sans doute mieux que je continue comme si de rien n'était. Que je m'occupe.

— Vous avez été assez occupé ces derniers jours.

Il frémit sous son regard intense qui semblait pénétrer son âme, y lire sa peur, sa passion, sa culpabilité…

— Je doute de pouvoir vous dire quelque chose que vous ne sachiez déjà.

Elle arbora un air songeur.

— Je me suis confiée à vous : vous savez pourquoi je n'ai pas vraiment de vie personnelle, pourquoi j'attache tant d'importance à mon travail.

Et maintenant elle voulait connaître son histoire à lui… Impossible de se dédire. Il s'aperçut soudain que ce qu'il souhaitait surtout, c'était qu'elle le comprenne.

— Je suppose… que le fait d'avoir perdu mon frère m'a poussé à vouloir vivre pour deux.

Il but une gorgée de Flip, pensant que l'alcool pouvait lui délier la langue.

— Et à tenter d'éviter à d'autres familles de subir la même épreuve que la vôtre ?

— Exact, mais… le temps m'est compté pour continuer. Mon père ne tardera pas à prendre sa retraite, et je devrai abandonner mon travail pour lui succéder.

— Ce n'est pas ce que vous souhaitez ?

— Non. Je veux rester médecin et continuer à travailler à la Watchlight.

Elle le regarda comme si elle hésitait à ajouter quelque chose par crainte de sa réaction. Il haussa les épaules.

— Allez-y, je vous écoute.

— Pourquoi vous forceriez-vous à exercer un métier qui ne vous plaît pas alors que vous adorez le vôtre ?

— Mon père n'a que moi sur qui compter… Malgré quelques différends personnels, nous partageons les mêmes valeurs et il me fait confiance pour développer le groupe.

— Lui avez-vous dit que vous n'étiez pas d'accord ?

— Si je le fais, il continuera à travailler alors que j'aimerais qu'il puisse passer du temps avec ma mère, ils le méritent tous les deux. Je ne peux pas leur rendre le fils qu'ils ont perdu, mais je considère qu'il est de mon devoir d'accéder au souhait de mon père.

Elle fronça les sourcils.

— Pourquoi estimez-vous avoir une dette envers vos parents ?

— Eh bien… Je me juge responsable d'avoir entraîné mon frère dans cette grotte. J'avais envie de visiter cette curiosité locale, pleine de dépôts minéraux et de formations rocheuses remarquables, mais ma mère m'avait interdit d'y aller seul. Je n'avais que onze ans, et Pietro, qui en avait dix-sept, a proposé de m'accompagner avec ses copains.

— Ce n'est pas une raison pour vous sentir coupable.

Il y en avait d'autres… qu'il avait gardées pour lui tout ce temps. Mais la chaleur du regard de Clara l'incitait à tout lui dire.

— En réalité, il y a eu deux éboulements successifs. J'ai

été pris dans le premier avec l'un des amis de mon frère. Les autres étaient assez loin devant, et Pietro est revenu pour nous dégager. Il était très calme et s'efforçait de rassurer tout le monde. Son copain était grièvement blessé, mais il a réussi à dégager les voies aériennes et à stopper l'hémorragie.

— Très fort, pour un gars de cet âge-là.

Gabriel sourit. Elle confirmait ce qu'il avait si souvent pensé...

— Comme j'avais la cheville fracturée, il a fabriqué une attelle de fortune et s'est servi de son K-way pour l'attacher en nouant les manches très serrées.

C'étaient ces détails qui lui faisaient le plus mal... Il revoyait Pietro en train de sourire pour le rassurer, de dessiner un smiley dans la poussière... Et les doigts tremblants de sa mère quand elle avait touché son cercueil.

Il se secoua pour chasser ses souvenirs. Clara attendait la suite.

— Juste avant le second éboulement, on a entendu un grondement terrifiant. Pietro m'a porté dans une grotte plus petite située derrière la première, puis il est reparti chercher le blessé...

Il sentit que sa voix s'étranglait et dut lutter pour se ressaisir.

— Ils ont tous été ensevelis. Je ne pouvais rien faire. J'ai essayé de les dégager, mais les rochers étaient trop lourds pour moi.

— Et vous êtes resté trois jours emmuré vivant..., commenta-t-elle, les yeux embués.

— Comme le second éboulement s'était produit entre les deux grottes, les sauveteurs ont dû creuser un puits de mine pour nous atteindre. Je crois que si j'ai tenu le coup, c'était parce que je voulais qu'on sache que mon frère s'était conduit en héros.

Elle fixa sa tasse en faisant tourner le marc déposé au fond.

— Vous avez vécu une épreuve très dure pour un enfant, Gabriel. Vous aussi, vous avez été héroïque.

— Je ne crois pas. J'étais juste un gosse effrayé et impuissant.

— Vous avez survécu, grandi et, maintenant, vous soutenez

les gens qui, à l'instar de votre frère, s'efforcent de secourir les autres.

Même s'il n'était pas certain qu'elle ait raison, ces mots lui mirent du baume au cœur.

— Ou alors j'essaie simplement de marcher sur ses traces. Je ne suis pas sûr d'être toujours à la hauteur.

Elle fit la moue.

— Je ne suis pas de cet avis.

Curieux qu'elle pense tant de bien de lui… Il ne lui avait pourtant pas fourni trop de motifs de l'admirer.

Comme il terminait son cocktail en silence, elle se leva pour chausser ses sandales et prit le verre et la tasse vides.

— Je descends ça à la cuisine. Merci de m'avoir fait confiance.

— Merci de m'avoir écouté…

Il eut l'impression qu'ils retombaient dans la routine, celle où ils se montraient polis l'un envers l'autre, où elle jouait son rôle impersonnel et, soudain, cela lui parut insupportable.

Lui prenant la vaisselle des mains, il la reposa sur la table puis alla s'adosser au battant de la porte.

— Bien entendu, vous êtes libre de sortir quand vous voulez…

Elle hocha la tête et fit un pas vers lui. Il lui caressa la joue du bout des doigts.

— Et si vous n'êtes pas d'accord…

— Je sortirai quand même.

Mais elle ne bougea pas en soutenant son regard… Et plus rien n'eut d'importance.

Quand Gabriel l'attira à elle, elle sentit la chaleur l'envahir. Au diable les belles raisons qu'elle s'était inventées pour le rejoindre ici !

Autant admettre qu'elle était venue pour être seule avec lui.

Il plongea ses yeux noirs dans les siens, et elle sut qu'il la désirait autant qu'elle le désirait.

— Je rêve de ce moment depuis que je vous ai vue à mon chevet à l'hôpital.

— Je le sais. Vous y avez même fait allusion, vous vous rappelez ?

— Pas vraiment. De ce que j'ai pensé, oui, mais pas de ce que j'ai dit. Je ne maîtrisais plus mes impulsions.

— C'est drôle, moi non plus.

Ce n'était pas prudent, mais elle n'avait pu s'empêcher de le dire. Tant pis. L'essentiel, en ce moment, c'était d'être dans ses bras.

De l'embrasser, une seule fois, pour satisfaire sa curiosité… Quel mal y avait-il à cela ?

Elle dut se hausser sur la pointe des pieds pour poser ses lèvres sur les siennes, et fut aussitôt saisie de vertige quand il répondit à son baiser avec tendresse.

— J'essaie de trouver comment te dire à quel point tu es belle…

Il lui caressa les cheveux et les releva pour l'embrasser dans le cou.

— Ça prendra sans doute longtemps, il y a tant de mots pour te décrire…

— Ne te presse pas.

Elle glissa les mains de ses épaules à ses bras et sentit ses muscles se raidir sous ses doigts.

Il l'embrassa à nouveau, avec plus de passion et d'exigence. La dernière fois où elle s'était trouvée dans ce bureau avec lui, songea-t-elle, elle l'avait mis à genoux… Eh bien, il lui rendait la monnaie de sa pièce.

— Clara…, murmura-t-il en s'écartant d'elle sans la quitter des yeux.

Son haleine chaude sur son cou la fit frémir.

— Tu es exquise. Belle et forte, et… J'aimerais passer la nuit entière à te le répéter, mais…

Tout à coup, elle prit conscience des conséquences de son acte : elle aurait dû savoir qu'un baiser ne les satisferait ni l'un ni l'autre.

Et si elle allait plus loin, elle risquait de perdre son travail, et tout ce qu'elle avait mis des années à construire s'écroulerait.

Gabriel la sentit frissonner dans ses bras. Pas d'excitation, plutôt de peur ou de froid, comme si un vent glacial avait soudain traversé la pièce.

— Clara, personne ne saura. Il n'y a pas de caméra…

Elle s'écarta de lui, et quand il lut la panique dans ses yeux, il éprouva un douloureux pincement de cœur.

— Moi, je sais, et toi aussi.

— Et nous savons tous les deux que nous nous en tiendrons là. Toi par conscience professionnelle, et moi parce que je respecte ton point de vue et que j'aimerais que tu sois mon amie.

Elle hocha la tête, la bouche pincée.

— Mais ça risque toujours de se reproduire, Gabriel. Et mon poste est si important pour moi…

— Ne t'inquiète pas, nous ferons en sorte que ça n'arrive plus.

— Tu me promets que tu oublieras cette soirée ?

— Non. Je veux me rappeler que nous avons parlé et échangé un baiser. Et qu'ensuite nous avons posé une limite parce que nous tenons chacun compte des principes de l'autre.

Elle hésita un instant puis l'embrassa sur la joue. Ce frôlement léger de ses lèvres l'émut davantage qu'une caresse érotique…

— Merci, Gabriel, ça me convient. Maintenant, j'y vais vite, avant d'être tentée de recommencer.

— Très bien.

Il libéra le passage et lui ouvrit la porte.

— À demain matin ?

— À demain matin.

Elle le dépassa puis se retourna sur le seuil.

— Gabriel… Je suis heureuse que nous ayons décidé de nous souvenir. Ce serait un crime d'oublier un moment aussi délicieux.

Après avoir refermé la porte, il s'adossa au battant et ferma les yeux. En général, ses relations amoureuses étaient plus prévisibles : il parlait un peu, souriait beaucoup… Le premier baiser pouvait déboucher sur une nuit agréable, ou sur une promesse que la suivante le serait. Et peut-être, après des heures passées à faire l'amour, il éprouvait pour un moment encore ce sentiment exquis de ne pas être seul…

Lui qui l'était toujours.

Mais ce soir, la sensation était nouvelle, et bien plus intense…

Soudain, il eut honte de ces aventures sans lendemain et sans amour. Combien de fois s'était-il séparé d'une maîtresse sans aucun regard en arrière ?

La caresse de Clara, au contraire, semblait s'attarder, bien après qu'il ait entendu la porte d'entrée se refermer et qu'il l'ait regardée marcher jusqu'à sa voiture.

Une caresse qui le suivait encore quand il entra dans sa chambre où il eut l'impression que le lit vide le narguait.

10

Lorsqu'elle arriva le matin, elle le trouva attablé devant son petit déjeuner.

Elle n'avait guère dormi : toute la nuit, elle avait eu la sensation que ses lèvres glissaient sur son corps en feu et, en même temps, la crainte qu'il ne dévoile leur secret malgré sa promesse.

— Bonjour, Clara ! Un café ?

Mais devant son sourire éblouissant, toutes ses appréhensions s'évanouirent. Il ne regrettait rien et il ne dirait rien.

Comme à l'accoutumée, Gabriel avait un emploi du temps chargé : il passa la matinée à la fondation, rendit visite à Mike avant son départ pour le Hertfordshire et retourna à la clinique en fin d'après-midi pour des séances de thérapie. Elle se borna à le suivre sans intervenir, mais, de temps en temps, elle surprenait son regard sur elle…

Enfin, il rentra et, tandis qu'il se changeait pour un dîner où il était invité, elle en profita pour faire une pause au sous-sol avec son équipe.

Un quart d'heure plus tard, elle se leva et prit son sac et son manteau sous le regard surpris de l'un des plus jeunes gardes.

— Ça m'étonnerait qu'il soit déjà prêt !

Elle consulta sa montre.

— Je lui donne… deux minutes maximum. Qu'en penses-tu, Ian ?

Joe observait l'écran.

— Je dirais plutôt cinq. Il était arrivé au palier, mais il

est retourné dans sa chambre. Il est au téléphone, et ça a l'air important…

— Il nous faudra peut-être deux voitures, ce soir, suggéra Ian.

Elle croisa son regard. Il avait sans doute eu la même pensée qu'elle… Si jamais Gabriel ramenait une femme chez lui après ce dîner ? Elle sentit son cœur chavirer.

— D'accord. Je te suivrai dans le second véhicule, dans ce cas.

Si quelqu'un devait faire de la place aux tourtereaux, ce ne serait pas elle…

— Si tu veux.

Ian observait l'écran de contrôle.

— Une minute trente, tu avais mieux deviné que moi, Clara. Il est à la porte.

Elle leva les yeux : Gabriel, toujours au téléphone, faisait signe à la caméra qu'il était prêt. Elle prit les clés de la seconde voiture qu'elle mit dans sa poche et gravit l'escalier.

Tout en écoutant ce que disait son correspondant, il s'efforçait de mettre ses boutons de manchettes Un exercice délicat, même s'il était doué pour faire deux choses à la fois… Elle tendit sa main ouverte, et il y déposa les boutons de manchettes en la remerciant d'un signe de tête.

— Je n'en sais rien, Mike. L'idée, c'est que tu choisisses les séances que tu jugeras les plus profitables pour toi et que tu en discutes sur place avec les thérapeutes.

Elle sourit : il avait déjà répété cela une partie de l'après-midi…

Elle surprit le coup d'œil que Ian adressait à Joe et les vit sortir tous les deux. Visiblement la question était réglée pour eux : Gabriel n'allait pas chez sa maîtresse. Mais après tout, se dit-elle, la seconde voiture n'était pas une mauvaise idée ; elle créerait un précédent.

Quand elle lui saisit le poignet, il lui lança un regard agacé.

— Non, Mike, peut-être vaut-il mieux décider plus tard. Je te laisserai tout le temps d'y réfléchir…

Il faillit faire tomber son téléphone en le passant d'une main dans l'autre.

— Non, je suis toujours là. Clara m'aide à mettre mes

boutons de manchettes… Oui, mon ami, c'est l'avantage d'être accompagné par un agent de protection. Vous avez le bonjour de Mike, Clara.

— Transmettez-lui le mien, et dites-lui de vous écouter.

Tout à coup, elle prit conscience qu'ils étaient toujours dans le champ de la caméra.

— Tu l'as entendue, Mike ? Peux-tu attendre un instant ? Nous aurons tout le temps de discuter quand je serai en voiture. Oui. Une minute.

Il désigna de la tête les clés qu'elle venait de reprendre dans sa poche.

— Vous ne venez pas avec nous ?

— Je suivrai dans le second véhicule.

Elle se sentit rougir sous son regard scrutateur.

— C'est une sécurité supplémentaire, et vous pourriez avoir envie de ramener quelqu'un au retour…

— Pour qui me prenez-vous ?

— Pour un homme libre.

Soudain, toute la chaleur de la veille au soir revint dans son regard.

— Eh bien, en tant qu'homme libre je peux vous jurer que je ne ramènerai personne.

Elle sourit malgré elle.

— De toute façon, mieux vaut deux voitures qu'une. Je serai juste derrière vous.

— Comme vous voudrez.

Il lui adressa un sourire éblouissant et remit le téléphone contre son oreille.

— Mike ? Tu es toujours là ? Parfait. Bon, à propos de demain…

— Allô, Joe ? Tout le monde est prêt à partir ?

À la fin du dîner, Gabriel avait pris congé de ses hôtes et venait de la rejoindre dans l'entrée.

— Bien, allons-y.

Il la suivit dehors et monta dans la première voiture pendant qu'elle s'installait au volant de la seconde.

La nuit était calme, et la pleine lune, assez basse dans le ciel, jetait une lumière féerique sur les arbres qui bordaient la route. Clara avisa dans les rétroviseurs les phares d'une voiture qui approchait à grande vitesse ; le conducteur la doubla et disparut bientôt dans le lointain. Un automobiliste pressé…

— Clara ! Attention !

Le talkie-walkie crachota sur le tableau de bord.

— Vu.

Devant eux, un petit pont au parapet arraché par une voiture dont l'avant plongeait dans la rivière…

Dans ce cas particulier, il existait une procédure pour protéger le client, et elle stoppa net pour laisser à la voiture de devant la place de reculer. Mais à sa grande surprise, elle vit Gabriel en sortir. Ce n'était pas le client type…

Elle ouvrit aussitôt sa portière.

— Regagnez votre place ! hurla-t-elle. Je m'en charge !

— Hors de question. Pas toute seule.

Il dévala la pente abrupte jusqu'à la berge de la rivière, Ian sur ses traces.

Clara prit la trousse à outils dans le coffre et se précipita, glissant dans la boue. La porte du côté conducteur était entrouverte et, sur le siège passager, une jeune femme tentait désespérément de se dégager de sa ceinture de sécurité. Autour d'elle, le sang teintait l'eau bouillonnante qui montait parfois au niveau de sa tête, menaçant de la submerger.

Gabriel s'efforçait d'ouvrir la porte du conducteur, mais le bas était manifestement retenu par un obstacle. Clara le vit essayer de contourner le véhicule.

La caisse à outils étant trop lourde pour être portée dans l'eau, elle y prit la pince-monseigneur et s'avança vers la voiture. Elle eut un hoquet en entrant dans le courant glacé. Le siège du chauffeur était vide…

— Ian, le conducteur a disparu ! cria-t-elle. Veux-tu demander à Joe de le chercher ?

Soit cette personne était blessée, soit il s'agissait d'un piège, et dans les deux cas ils devaient la retrouver. Toutefois, songea-t-elle, la seconde hypothèse devenait de plus en plus improbable. Elle se concentra sur la portière à ouvrir et introduisit le bout de son outil entre la portière et le cadre et pesa dessus de tout son poids sans succès. Mais lorsque Gabriel arriva à la rescousse, la portière céda.

Il se précipita à l'intérieur pour libérer la blessée.

— Bon sang, sa ceinture est bloquée. Avez-vous quelque chose pour la couper ?

Elle lui tendit un couteau, mais le remous le submergea ainsi que la victime. Peu après, elle vit émerger les deux têtes, Gabriel soutenant celle de la femme hors de l'eau.

Clara trancha la ceinture, mais les jambes de la blessée devaient être coincées parce que Gabriel ne parvenait pas à la soulever. À présent, elle avait cessé de lutter, et sa tête penchait de côté. Elle risquait de se noyer…

Clara le vit inspirer à fond et plonger.

L'eau se tacha d'un nuage de sang vite emporté par le courant. Lorsque Gabriel resurgit, la blessée flottait enfin. Clara la saisit par la taille, et dès que Gabriel eut repris son souffle, il l'aida à l'extraire du véhicule.

Il la porta avec précaution jusqu'à la berge, grimpa la pente glissante et l'installa sur une couverture que Ian avait étendue sur le sol, abritée par l'une des voitures. Il la déposa sur le côté, dégageant les voies aériennes en lui tenant la tête en arrière, et la jeune femme se mit à suffoquer et à cracher de l'eau.

Clara sentit son cœur chavirer en la voyant à nouveau inerte ; pourtant, sa cage thoracique se soulevait… Gabriel sortit deux paires de gants du kit de premiers secours que tenait Ian et en tendit une à Clara.

— Voulez-vous examiner ses jambes, je vous prie ? Ian, avez-vous appelé l'ambulance ?

C'était lui qui donnait des ordres, à présent…

— Oui, elle arrive.

— Pouvez-vous m'éclairer, s'il vous plaît ?

Ian posa une torche allumée près de Gabriel, le rayon dirigé vers la blessée, puis il alla tourner sa voiture pour braquer les phares sur eux.

— Merci !

Gabriel leva la tête vers Clara.

— Elle respire, et son pouls est calme. Ses jambes ?

— La droite semble intacte, mais la gauche saigne beaucoup.

Elle se pencha pour l'examiner.

— Je ne vois rien… Je vais tenter de presser sur la plaie.

— D'accord, faites-moi signe si vous avez besoin d'aide.

Ils travaillèrent en silence sous le regard de Ian et de Joe. Gabriel leva la tête en percevant le hululement lointain d'une sirène.

— J'espère que c'est pour nous…

Visiblement, l'immobilité de la victime l'inquiétait. Soudain, celle-ci remua et poussa un cri de douleur. Il s'efforça de la calmer jusqu'à ce que l'ambulance se gare près d'eux sur le bas-côté.

Clara se recula pour céder la place aux secouristes et regarda Gabriel les aider à stabiliser la jeune femme. Son rôle était terminé, et elle ôta ses gants, toute frissonnante dans la brise nocturne.

D'autres phares annoncèrent l'arrivée d'une voiture de police. Après s'être assurée que Ian et Joe gardaient un œil sur Gabriel, elle s'avança vers une femme policier.

— Nous sommes inquiets, le chauffeur de la voiture a disparu, dit-elle.

— Ne vous en faites pas, nos collègues l'ont découvert à environ un kilomètre d'ici, sur la route.

— Il était allé chercher du secours ?

— Il faudrait que je parle à cette jeune femme, déclara son interlocutrice sans répondre à sa question. Comment va-t-elle ?

— Je crains que vous ne deviez attendre un peu. Elle a failli se noyer, elle est blessée à la jambe et elle a perdu beaucoup de sang. Un médecin s'occupe d'elle en ce moment…

— Bon. Une chance qu'il se soit trouvé là !

La femme policier examina leurs deux voitures d'un air perplexe.

— Que faisiez-vous ici, au fait ?

Lorsque Gabriel jugea sa patiente stable, on la transféra dans l'ambulance. Clara avait promis à la police que son équipe serait disponible demain matin pour déposer.

À présent, elle devait escorter Gabriel jusque chez lui.

Elle s'enveloppa dans la couverture que Ian venait de lui poser sur les épaules.

— Merci.

— Clara… Nous n'avons pas pu l'empêcher de sortir.

Elle soupira.

— Quand il a une idée en tête, difficile de l'arrêter… En fin de compte, il ne lui est rien arrivé. Maintenant, il ne nous reste plus qu'à le ramener chez lui sain et sauf.

Ian sourit.

— Nous partons devant. Occupe-toi de toi.

— Merci, Ian. Vous avez été super.

Elle le suivit du regard, songeuse. Si elle estimait que ses assistants avaient été professionnels, elle ne pouvait en dire autant d'elle-même : en réalité, elle n'avait pas vraiment tenté d'arrêter Gabriel. S'il était resté dans la voiture, la jeune femme serait peut-être morte…

Elle regagna son véhicule à pas lents. Même si elle avait failli à son devoir, l'essentiel était que Gabriel n'ait pas failli au sien et qu'il ait sauvé une vie.

Gabriel ignorait pourquoi il était si furieux, mais il allait exiger de Clara une explication. En arrivant à la maison, il prit d'abord une douche chaude puis pria Joe de la lui envoyer dans son bureau dès qu'elle serait disponible.

En la convoquant de la sorte, il avait franchi un nouveau pas…

Elle frappa, attendit qu'il lui dise d'entrer et ensuite qu'il la prie de s'asseoir.

Il croisa son regard.

— Je vous suis très reconnaissant de votre présence d'esprit. Merci de votre aide. Vous avez apporté le bon outil…

Il avait décidé de commencer par le positif.

— Nous les gardons toujours dans le coffre, au cas où…

— Mais avant, vous m'avez intimé l'ordre de regagner la voiture.

— En effet.

— Pourquoi, Clara ? Je suis médecin, on n'interdit pas à un médecin de porter secours à des blessés.

— Il existe une procédure pour ce genre de situations.

Il sentit monter la colère.

— Nous avons déjà évoqué ce sujet, je crois. Cessez de me dicter ma conduite. J'exige une explication, et tout de suite.

Elle réfléchit un instant puis expira longuement.

— Dans de telles circonstances, il peut s'agir soit d'un véritable accident, soit d'un simulacre destiné à permettre une attaque contre vous. Ce sont des choses qui arrivent, Gabriel. Nous devons d'abord penser à assurer votre sécurité et, après seulement, aller au secours des éventuelles victimes.

Il se retint d'exploser. Comment avait-elle pu trahir ce qu'elle défendait — ce qu'il avait cru qu'elle défendait — si facilement ?

— Vous comptiez vraiment proposer votre aide, ensuite ?

Elle ouvrit des yeux ronds, comme si elle ne comprenait pas la question puis détourna la tête.

— La décision est toujours difficile à prendre.

— C'est pourquoi c'est si important de prendre la bonne.

Elle lui jeta un regard furieux.

— Puisque vous m'obligez à le préciser, je savais que vous sortiriez de la voiture quelles que soient les consignes et j'ai été contente que vous le fassiez. Ça vous convient, comme réponse ?

Il se sentit submergé par le soulagement.

— Tout à fait.

— Eh bien, ça ne devrait pas. C'est en contradiction avec ma mission.

Il lisait l'angoisse dans son regard et comprit le dilemme qui s'était présenté à elle.

— Clara... Pour sauver une vie, je crois que ça vaut la peine de prendre le risque d'une attaque hypothétique... Et vous aussi, n'est-ce pas ? Si je laisse la peur prendre le pas sur mes principes, je n'existe plus, et vous n'avez plus personne à protéger.

— Vous pensez en médecin, et c'est normal. Mais moi, même si j'ai été secouriste, je ne le suis plus.

Il haussa les épaules.

— Je ne vois pas ce que ça change...

— Je vous en prie, Gabriel. Vous savez pourquoi j'ai abandonné ce métier, et aussi que celui que j'exerce à présent signifie beaucoup pour moi.

Elle agita la main comme si elle ne voulait plus y penser.

— De toute façon, on ne peut plus revenir en arrière...

— Exact. Et quelles que soient vos réticences, vous avez fait ce qu'il fallait. Virginia va s'en sortir...

— Elle vous a dit son prénom ? Je l'ai vue vous parler pendant son transfert sur le brancard.

Cet intérêt soudain pour la blessée le fit sourire.

— Oui. C'était son patron qui conduisait la voiture. Elle avait accepté son invitation à dîner dans un restaurant chic sans savoir qu'il était marié...

Il vit à son expression qu'elle avait tiré les conclusions qui s'imposaient.

— On comprend mieux pourquoi il a disparu si vite après l'accident... Vous avez raison, elle s'en est bien sortie.

— C'est ce que je lui ai dit. Qu'elle trouverait un jour un homme qui la respecterait et qui serait à son côté quoi qu'il advienne...

Il fronça les sourcils. Il n'était sans doute pas le mieux placé pour donner des conseils dans ce domaine...

— Et vous avez bien fait.

Il vit passer une lueur d'amusement dans son regard. Se moquerait-elle de lui ?

— Bon, fichez-moi la paix, compris ?

Elle se leva en souriant.

À sa grande surprise, elle s'approcha de lui et lui frôla la joue d'un baiser.

Il fut aussitôt saisi d'un étourdissement passager, un léger vertige…

— Vous êtes un chic type, Gabriel. Sur ce, je rentre me mettre au lit.

Il s'adossa au fauteuil. Même si elle refusait de l'admettre, elle savait aussi bien que lui qu'elle avait pris la bonne décision. Et ils savaient tous les deux qu'ils formeraient une bonne équipe.

Bizarre qu'il en soit si heureux…

11

Gabriel se félicitait intérieurement : Clara avait été priée de s'asseoir à côté de lui dans l'un de ses restaurants préférés où il rencontrait les représentants d'une autre fondation.

Jamais il n'aurait eu l'audace de l'inviter en tête à tête pour un dîner aux chandelles, et c'était une chance que cette opportunité se soit présentée…

Le matin après l'accident, elle était arrivée souriante mais de nouveau distante, comme si elle redoutait d'amoindrir sa capacité à le protéger. S'en tenir à ce monde de règles et de procédures devait être son moyen d'échapper à la vie réelle… Et bien entendu elle n'était plus venue frapper à la porte de son bureau le soir.

Il l'observa, dans sa robe toute simple. Elle n'avait pas prévu d'être parmi les convives, même avec les deux gardes qui se tenaient un peu plus loin, elle paraissait rester attentive à ce qui les entourait. Et pourtant, ici ou là, un léger sourire indiquait qu'elle suivait en même temps la discussion pointue de ces spécialistes du stress post-traumatique. Elle pourrait sans doute y participer…

— Que pensez-vous de ce projet, Clara ?

Le dîner de la semaine dernière avait été le premier d'une longue série. Il avait ainsi appris à connaître des gens jusque-là brièvement reçus à son bureau, et les affaires tournaient rondement.

Ce soir, c'était Ian qui les ramenait en tentant de se faufiler dans les embouteillages, et ils étaient assis tous les deux à l'arrière.

— Ce que j'en pense, moi ?

Elle avait l'air surpris, mais elle devait bien avoir un avis sur les moyens de renforcer la sécurité des sauveteurs.

— Oui. Vous avez été secouriste, moi pas. À moins que vous n'ayez été trop occupée à surveiller les alentours, vous avez dû vous faire une opinion, non ?

— Eh bien… Il y a pas mal de bonnes idées, mais je trouve qu'ils mettent trop l'accent sur la réaction et négligent la prévention.

— C'est aussi mon avis. Ne pourriez-vous pas m'aider, noter quelques points essentiels que je voudrais inclure dans ma réponse à leur proposition ?

Elle rougit, preuve qu'elle s'était intéressée à ce qui se disait autour de la table.

— Je… Je n'ai pas tout entendu.

— C'est vrai ? Je croyais que vous étiez capable de suivre quatre conversations à la fois.

— J'ai mes limites… Seulement trois.

Elle eut une moue charmante qui lui causa un léger frisson d'excitation. Il lui tendit une copie des documents qu'on lui avait remis.

— Tout est noté là.

Elle tendit la main vers le dossier et secoua la tête.

— Je ne pense pas en être capable. Il y a longtemps que je ne suis plus secouriste, et… Une autre fois, peut-être.

C'était une excuse… Ce mari volage ne l'avait pas seulement privée de sa confiance en elle mais du métier qui la passionnait. Malgré sa déception, il respectait sa décision.

— Donc si je vous le demande un autre jour, vous accepterez ?

Elle sourit.

— D'accord, je vous autorise à me le redemander.

Ils restèrent un instant silencieux, puis elle tourna la tête pour regarder par la vitre.

— Vous commencez à vous lasser de ces mondanités, n'est-ce pas, Gabriel ?

Elle n'avait pas tort, songea-t-il... Cette frénésie à s'occuper sans trêve après ses heures de travail lui pesait parfois.

— Oui, ça m'arrive... Et vous, en avez-vous assez ?

— Pas du tout. Si je n'étais pas en mission de surveillance, je trouverais ça merveilleux.

C'était sans doute sa façon de dire qu'elle s'amusait...

— Malgré tout, je me demande si je tiendrais longtemps ce rythme. J'aurai bientôt besoin de repos.

— Vous n'avez pas oublié mon séjour en Italie, j'espère ? Je pars dans une semaine pour quatre jours.

— Je sais. Juste assez longtemps pour que je m'ennuie en surveillant votre maison déserte et que toute cette agitation commence à me manquer.

— Ah ? Je vous manquerai ? Vous aussi, vous me manquerez.

— Je n'ai pas dit ça ! J'ai dit que l'agitation me manquerait.

Elle avait beau protester, songea-t-il, ils n'étaient dupes ni l'un ni l'autre : il pensait à elle en son absence et, depuis leur rencontre, l'idée ne l'avait même pas effleuré d'inviter l'une de ses maîtresses à passer la soirée avec lui. Le parfum, la pensée de Clara, emplissaient la maison même après son départ...

— Eh bien, demain soir, vous en aurez. Aimez-vous l'opéra ?

Elle lui jeta un regard perplexe. En principe, elle lui disait tout de suite ce qui ne lui plaisait pas.

— Faut-il s'habiller ?

— L'opéra est censé être sublime... Les Goodman m'accompagnent, et Sara s'habille toujours pour la circonstance. Nous avons réservé une loge dans le *Grand Circle*.

— Je vois. Je m'arrangerai pour ne pas me faire remarquer.

Il rit.

— Vous êtes tellement hors du commun, Clara. Ce serait difficile de ne pas vous remarquer.

Elle sourit.

— Je ferai un effort.

— Voilà. Est-ce assez voyant pour vous ?

Il eut le souffle coupé : elle était éblouissante dans sa robe rouge dont le satin soulignait ses courbes telle une caresse…

Elle eut un sourire espiègle, et il sentit son cœur se gonfler de joie. Elle s'était habillée pour lui…

— Je ne sais qui est la plus merveilleuse, de votre robe ou de vous…

Elle lui adressa un clin d'œil amusé et feignit de s'éventer la joue.

— Je suis charmée, vraiment.

Était-ce une provocation ? Il était sûr de pouvoir user de son charme pour la distraire.

Il l'aida à passer son manteau et lui donna le bras pour la conduire jusqu'à la voiture.

Quand il l'eut escortée jusqu'à sa place dans la loge, elle lui tapa sur la main avec la rose qu'il lui avait offerte.

— Cessez avec vos bonnes manières, Gabriel, sinon je risque d'oublier ma mission et de vous battre à mort avec cette rose.

— Aucune chance, les épines ont été ôtées pour qu'on ne se blesse pas.

— Alors je peux essayer de vous étrangler avec…

Il était aux anges : il reconnaissait la Clara qui faisait bouillir son sang dans ses veines, celle qui avait une réplique pour chaque tentative de compliment.

— À l'avenir, je choisirai une tige moins longue. J'en conclus qu'il m'est interdit de vous admirer au lieu de suivre ce qu'il se passe sur scène ?

— C'est moi qui dois garder l'œil sur vous. Vous êtes ici pour le spectacle.

— Compris.

Il se rencogna dans son siège. Comme il l'avait prévu, il allait s'amuser, ce soir…

Allongée dans son lit, Clara se repassait les événements de la soirée : Grant et Sara avaient paru l'accepter, et elle avait réussi à survivre aux œillades de Gabriel et à son allure craquante en smoking. La musique était si sublime qu'elle avait eu de la peine à se concentrer sur son travail de surveillance.

Elle entendait encore les airs de l'opéra. Gabriel avait paru se perdre dedans, oublieux de ce que les autres pouvaient penser de lui. Encore une contradiction… Mais elle devrait être habituée à ce qu'il la surprenne.

Lorsqu'elle entendit sonner son téléphone, elle se redressa et le saisit aussitôt. Qui pouvait l'appeler si tard ?

— Clara ? Alistair Duvall à l'appareil. Navré de vous appeler à cette heure tardive, mais il se passe quelque chose d'étrange.

— Où êtes-vous, Alistair ? Vous allez bien ?

— Oui, merci, mais je suis venu au bureau après une réunion pour prendre un document dont j'ai besoin demain. Il n'y a personne et, comme je ne restais pas, je n'ai pas allumé… et… j'ai vu l'écran de l'ordinateur de Gabriel s'éclairer d'un coup…

Elle réfléchit un instant.

— Ne bougez pas. Voyez-vous la lumière rouge d'une caméra ?

— Euh… Oui, je crois, elle se reflète dans la vitre. Voulez-vous que je l'éteigne ?

— Nous avons deux solutions : vous coupez le courant pour stopper l'intrusion, ou nous laissons le hacker continuer pour tenter de remonter sa piste. La décision vous appartient.

Il y eut une pause.

— Les dossiers de nos patients ne risquent rien, ils sont sur le réseau de la clinique qui est totalement séparé. Il y a bien quelques bricoles que je n'aimerais pas rendre publiques, mais rien de catastrophique. Je préfère qu'on en finisse avec ce qui menace Gabriel.

— Parfait. Mais je ne garantis pas que nous retrouvions l'auteur du hacking.

— Peu importe, essayons.

— Bien. Retournez tout de suite à la réception sans allumer aucune lampe ni entrer dans le champ de la caméra. J'appelle le garde pour le mettre au courant.

— J'y suis. Et ensuite ?

— Étant donné les circonstances, je compte aller voir si tout va bien chez Gabriel. Je m'arrêterai au bureau, c'est sur ma route.

— À tout de suite, donc !

Le ton d'Alistair était aussi détaché que s'il l'attendait pour prendre le café… Ce qui prouvait qu'il gardait la tête froide, et elle s'en félicita. Elle enfila en hâte un jean et un sweat-shirt, excitée à l'idée qu'ils allaient peut-être enfin découvrir une piste sérieuse.

Durant le bref trajet, elle avait appelé les gardes de nuit chez Gabriel et le chef de l'équipe technologique pour le tirer de son lit. Elle se gara devant le bureau, guettant des signes de surveillance avant de sortir de la voiture.

— Tout va bien ? demanda-t-elle au garde en faction.

— Oui. L'écran du Dr DeMarco s'est éteint.

— Parfait. L'équipe technique s'en occupe, gardez l'œil ouvert. Vous savez que vous pouvez toujours appeler du renfort si besoin est.

— Bien sûr. Voulez-vous que j'appelle un collègue pour raccompagner le Dr Duvall chez lui ?

— Inutile, dit Alistair qui les rejoignait. Je ne fermerai pas l'œil tant que je ne saurai pas ce qu'il se passe. Clara, voulez-vous que j'aille avec vous chez Gabriel ? Nous nous tiendrons compagnie…

— Volontiers, venez !

Comme convenu, les gardes de nuit avaient réveillé Gabriel pour lui exposer la situation, et il attendait dans la cuisine en tournant comme un ours en cage.

Après avoir salué son associé, il regarda Clara.

— Où en est-on ? Pouvez-vous appeler vos techniciens pour vous renseigner ?

— Ils n'iront pas plus vite pour autant, Gabriel. Nous devrions en savoir plus d'ici une heure.

— Une heure ! s'exclama-t-il d'un ton exaspéré.

— Je vous en prie, calmez-vous, et cessez de tourner ainsi. Je vais préparer du café pour tout le monde.

Il s'affala sur une chaise tandis qu'Alistair pianotait sur la machine à café. Même Clara commençait à se sentir énervée. C'était si important pour Gabriel ! Ce devait être déchirant pour lui d'être la cause d'une attaque à la fondation…

Son portable sonna trois quarts d'heure plus tard, et les deux associés braquèrent le regard sur elle. Elle sortit dans l'entrée, incapable de parler devant Gabriel.

La conversation fut brève, les nouvelles étaient bonnes.

— Nous avons de la chance, ils ont réussi à traquer le hacker jusque dans les bureaux du plus gros concurrent du groupe pharmaceutique DeMarco. C'était risqué pour lui d'agir de là-bas, mais il possédait un mot de passe pour entrer dans votre système. S'il avait eu le temps de se déconnecter, l'intrusion serait passée inaperçue.

Gabriel fronça les sourcils.

— Quel mot de passe ?

— Celui d'Heidi Walker.

Clara vit les deux associés échanger un regard inquiet. Heidi, leur assistante à tous les deux, avait accès à la totalité du système…

— Ce doit être une erreur, dit Alistair.

— À moins que… Heidi travaille quelquefois de chez elle, intervint Gabriel. Elle a peut-être reçu ce type, et il a trouvé son mot de passe…

— Ce type ? s'écria Alistair. Qu'est-ce que tu insinues ? Qu'on l'a séduite et qu'elle a confié son mot de passe ? Difficile de glisser ce genre de détail dans une conversation amoureuse… et Heidi a la tête sur les épaules. Tu ne crois pas que c'est un peu tiré par les cheveux ?

Gabriel haussa les épaules.

— Je ne voulais pas dire qu'elle l'a donné volontairement. Elle a pu le noter quelque part et…

— Assez ! marmonna Clara en frappant la table de la paume. Laissez-nous enquêter. Notre équipe est discrète et nous verrons ce qu'elle conclut. À ce moment-là je vous préviendrai.

Gabriel la regarda.

— Bon, mais attention : Heidi travaille avec nous depuis cinq ans, et nous la supposons innocente à moins qu'on ne découvre une preuve irréfutable du contraire.

— Bien d'accord, renchérit Alistair. Je ne la crois pas capable de nous nuire.

— Tu as raison, Alistair. Il est évident qu'elle est plus victime que coupable. Nous devons tout faire pour la protéger.

Clara inspira à fond.

— Cela va sans dire. Personne n'accusera personne en l'absence de preuve solide, et il peut très bien y avoir une explication qui l'innocente. Concentrons-nous sur la bonne nouvelle, d'accord ? Nous savons à présent qui est derrière tout ça, et c'est un grand pas en avant.

— Exact, dit Alistair en bâillant.

— Hum, ça n'aurait jamais dû se produire.

Le visage de Gabriel était sombre.

— J'ai dit que je me retirerais si la fondation ou l'un de ses employés était en danger. Je suis un fardeau pour tout le monde ici. Je pars pour l'Italie demain matin.

— Tu n'es pas obligé, Gabriel.

— Si, évidemment.

Il se tourna vers elle.

— Clara, je suppose que quelques jours de repos vous feront du bien. Vous allez adorer l'endroit.

Elle secoua la tête.

— Je reste ici, et en contact avec Alistair. Notre antenne italienne a placé une équipe de protection chez vos parents.

Alistair fit la moue.

— Vous ne savez pas ce que vous perdez, Clara. La plage est magnifique.

Gabriel se leva.

— Je ne vais pas à la plage, Alistair.

Il ouvrit les portes du placard et les referma, comme s'il cherchait en vain quelque chose.

— Je sais bien. Mais sache qu'en aucun cas tu n'es une gêne ici.

Clara lui fut reconnaissante d'avoir parlé à sa place.

— Je ne suis pas un atout non plus. Si Heidi a été compromise à cause de moi, je ne me le pardonnerai pas. Je resterai chez mes parents jusqu'à ce que l'affaire soit élucidée.

Clara eut l'impression de recevoir un coup de poing au plexus. Autrement dit, son rôle à elle serait terminé… Il n'aurait plus besoin de sa protection.

— Si tu le sens comme ça… J'aimerais que tu restes, mais je comprends pourquoi tu pars.

Quel manque de combativité ! Clara eut envie de le boxer.

— Tu géreras mes affaires ?

— Bien sûr. J'expliquerai à Mike que tu passes un moment chez tes parents et je m'occuperai de lui. Nous pouvons décider d'une conférence quotidienne pour que je te tienne au courant.

— Merci. À mon avis, c'est la meilleure solution.

Gabriel tira enfin du fond d'un placard une bouteille de brandy.

Alistair bâilla de nouveau en s'étirant.

— Bon… Nous en reparlerons dans la matinée. Je suis crevé, je vais appeler un taxi et…

— Molly va vous raccompagner, le coupa Clara. Je resterai jusqu'à son retour, j'ai quelques préparatifs à faire pour demain matin.

— Super. Merci beaucoup.

Alistair prit sa veste et la suivit dans le couloir. En réalité, elle voulait retourner à la cuisine et parler à Gabriel. Son départ lui brisait le cœur, mais elle devait s'efforcer de prendre congé de lui en restant professionnelle.

— Croyez-vous que ce soit une bonne idée ?

Elle le trouva en train de se verser un cocktail dans un verre.

— Probablement que non.

Il goûta une gorgée et fit la grimace. À l'évidence, il s'en tenait à sa théorie de mélanger les ingrédients sans les doser… Cette fois, la mixture semblait assez amère pour s'accorder à leur humeur.

Elle lui prit le verre des mains et le respira avant d'en jeter le contenu dans l'évier. Il la regarda sans colère.

— Que vous arrive-t-il ? Vous me protégez de moi-même, à présent ?

— Si vous comptez passer la fin de la nuit à boire, trouvez une meilleure excuse que de vous accuser d'être un fardeau.

Il haussa les épaules.

— À partir de demain, ce ne sera plus nécessaire, mon père s'en chargera.

Elle leva les yeux au ciel.

— Si c'est l'opinion qu'il a de vous, pourquoi veut-il que vous preniez sa succession ?

— Il pense que c'est le mieux, que je pourrai donner beaucoup d'argent à la fondation… Ce qui leur sera plus utile qu'à moi. Il a sans doute raison.

— Taisez-vous, Gabriel. En ce moment, vous réagissez à une situation spécifique. Cette fondation, vous l'avez créée, et elle n'existerait pas sans Alistair et vous. Et si vous voulez vraiment boire et broyer du noir, je doserai volontiers les cocktails puisque apparemment vous n'y parvenez pas.

— Vous me tiendrez compagnie ?

Elle était tentée… À la fois par son sourire éblouissant et par la perspective de s'enivrer avec lui pour leur dernière nuit ensemble. Mais ces deux ingrédients risquaient de provoquer un mélange détonant…

— Non. J'ai dit que je doserai les cocktails, pas que je les boirais.

— Ah, ça perd beaucoup de son attrait, dans ce cas…

Il rangea les bouteilles dans le placard.

— Je pensais... J'étais certain que puisque je pars pour plus longtemps que prévu, vous alliez m'accompagner.

— L'équipe italienne connaît le terrain, elle est mieux placée pour assurer votre sécurité. C'est plus logique que je reste ici à travailler avec Alistair.

— Vous avez sans doute raison... Mais viendrez-vous avec moi quand même ?

Elle sentit son cœur s'emballer. Gabriel comptait pour elle, elle savait qu'elle souffrirait de son départ et, maintenant, il lui proposait de faire ses valises pour le suivre...

— Vous n'avez pas besoin de moi là-bas. Je vous assure que l'équipe est très compétente.

— Je n'en doute pas, mais c'est à vous que je fais confiance. Si ça vous tente, bien entendu...

Elle réprima un soupir. Combien de fois devrait-elle lui répéter que ses propres envies n'entraient pas en ligne de compte ?

— Si vous y tenez, appelez mes patrons.

Il secoua la tête.

— Même si nous avons partagé des moments plus... personnels et si j'apprécie votre compagnie, je vous promets que je n'ai pas d'idées en tête à votre sujet. Je ne fais appel qu'à votre compétence professionnelle. Cependant, pas question que je vous ordonne de venir.

Le choix était cornélien... Ce serait plus sûr de rester, mais elle ne supportait pas l'idée d'être séparée de lui. Surtout alors qu'il abandonnait ce qui lui tenait le plus à cœur.

— Écoutez, Clara, si vous vous décidez, appelez vos patrons et dites-leur que je vous ai priée de m'accompagner. Je ne partirai pas avant 10 h 30, alors arrangez-vous pour arriver avant le cas échéant. Maintenant, je vais me coucher.

Il sortit de la cuisine, et elle se leva pour le suivre du regard jusqu'à ce qu'il ait disparu à l'étage.

Il avait confiance en elle et il avait eu la correction de préciser qu'il ne l'emmenait pas dans le but de la séduire. Même s'il percevait leur attirance mutuelle, il respectait son professionnalisme et la priait d'être son amie. Elle ferait bien de prendre des leçons et de le traiter avec le même respect…

Elle s'affala sur une chaise et réfléchit. L'idée l'effleura que le garde de nuit avait probablement tout vu sur l'écran de contrôle, mais le film étant muet, il n'avait pas pu entendre ce que disait Gabriel.

Il fallait qu'elle prenne une décision. Molly passa la tête dans l'encadrement pour lui signaler qu'elle était rentrée. L'équipe était au complet, elle pouvait partir.

Elle déchira une feuille de son bloc et écrivit un mot.

Ne partez pas sans moi, je viens en Italie.

Elle la plia en deux avant de la poser contre la machine à café puis franchit le seuil et sortit dans la nuit calme.

12

Quand elle arriva à 10 heures, Gabriel n'évoqua pas leur conversation de la veille, mais son sourire heureux lui apprit ce qu'elle voulait savoir. Ian rangea leurs bagages dans le coffre et les conduisit vers le petit aérodrome où les attendait l'avion privé du groupe DeMarco.

Gabriel la regarda.

— Quelle a été la réaction de M. Sullivan ?

— Il a trouvé que c'était une bonne idée.

— Alors nous sommes d'accord.

Il se tourna au prétexte de regarder par le pare-brise arrière, mais même sa nuque avait rougi.

Enfin, ils descendirent de voiture et montèrent dans l'avion.

De tous les appareils variés dans lesquels elle était montée, celui-ci était sans conteste le plus confortable : spacieux, pourvu de sièges ajustables dans presque toutes les positions et de tablettes assez vastes pour travailler ou manger. L'hôtesse leur offrit un café quand ils s'installèrent et, une heure plus tard, un repas raffiné.

À l'atterrissage, deux véhicules les attendaient et le responsable de l'antenne italienne de Gladstone & Sullivan serra la main à Clara en lui promettant sa coopération. Quand ils atteignirent la résidence d'été de Leo et Alessia DeMarco, située sur la plage, elle se sentait reposée et rafraîchie.

Gabriel salua son père d'une poignée de main et embrassa sa mère. Leo se dit heureux d'entendre parler anglais avec l'accent de Londres, et Alessia l'emmena faire le tour du propriétaire.

Un couple charmant, songea-t-elle. Leo ressemblait à Gabriel non seulement par son physique, mais aussi dans ses manières. C'était peut-être pour cette raison qu'ils ne s'entendaient pas très bien… Même s'ils donnaient l'impression d'être en bons termes, elle perçut entre eux une tension sous-jacente et une certaine froideur.

Enfin, Gabriel lui proposa de lui montrer sa chambre. Elle le suivit dehors puis monta derrière lui un escalier extérieur menant à une terrasse qui surplombait la plage et la mer. De celle-ci, elle pénétra par une porte-fenêtre dans un salon confortable et, au fond, elle avisa deux portes.

— À gauche, votre chambre, et à droite la mienne. Savez-vous où sont les caméras ? ajouta-t-il en jetant un regard circulaire.

— Je n'en vois pas ici, mais je peux me renseigner.

— Merci.

— Y a-t-il autre chose que vous vouliez que je fasse ?

Il regarda par la baie vitrée.

— Euh… Si jamais vous vous ennuyez… Je suppose que c'est difficile, avec cette vue.

— En effet, mais si par hasard ça m'arrivait ?

— Alistair m'a prié de peaufiner quelques rapports pendant mon séjour, et vos avis seraient les bienvenus si vous avez un moment.

— Mes avis ? Pas en tant que spécialiste de la sécurité, j'imagine.

— Plutôt en tant que secouriste.

— Eh bien, je vous répète que j'ai quitté ce métier depuis pas mal de temps suite à…

— Hum… Je comprendrais que vous refusiez.

Son ton était devenu tendre.

Sans doute était-il temps d'oublier… En réalité, elle se sentait flattée qu'il lui demande son concours.

— D'accord, je jetterai un coup d'œil.

— Merci.

Il entra aussitôt dans sa chambre et en ressortit avec un épais dossier à spirale.

— Voilà celui que j'aimerais que vous lisiez en priorité. C'est le premier jet de mon rapport sur la sécurité des secouristes.

— Vous l'aviez préparé ?

Il sourit.

— J'espérais que vous accepteriez.

Elle leva les yeux au ciel puis sortit s'installer à l'ombre sur la terrasse pour lire le dossier.

Gabriel s'assit dans son lit, frissonnant, sentant une sueur froide lui couler dans le dos.

Le rêve était revenu comme chaque fois qu'il rentrait en Italie, du moins les premières nuits. Comme si plus il s'approchait de l'endroit où Pietro était mort, plus la grotte se manifestait pour l'attirer dans ses profondeurs…

Il inspira à fond pour se réveiller.

Soudain, il s'aperçut que la porte de sa chambre était ouverte et qu'une ombre s'avançait vers lui. Il avait tant envie de tenir Clara dans ses bras, de sentir la chaleur de son corps…

— Gabriel ? Tout va bien ?

— Oui, navré. Un cauchemar… Je vous ai réveillée ?

— Vous avez crié.

Elle s'assit au bord du lit, assez loin pour rester hors de portée, ce qui était très sage de sa part.

— Je ne m'en suis pas rendu compte.

— Je… Je vous ai entendu marmonner, aussi.

Son cœur se serra. De quoi avait-il parlé ? Ses mots avaient-ils été intelligibles ? Aucune de ses maîtresses ne lui avait fait remarquer qu'il criait, ni qu'il parlait dans son sommeil. En fait, un des résultats positifs de l'amour physique, c'était qu'il procurait un sommeil paisible…

— Navré de vous avoir dérangée.

— Puis-je vous aider ?

Il la regarda, en short et petit haut à bretelles qui laissait deviner la forme de seins.

— Allez plutôt vous recoucher, Clara. Je… Je préfère tenir ma promesse.

Elle hocha la tête. Il n'aurait pas résisté longtemps à la tentation…

— Vous savez, Gabriel, il existe d'autres traitements contre les terreurs nocturnes que celui auquel vous pensez.

Peut-être allait-elle lui permettre de la tenir dans ses bras pendant qu'il se rendormait ? Ce serait une nouveauté. Il ne se rappelait pas avoir dormi avec une femme sans lui faire l'amour.

Elle se leva et se dirigea vers la porte.

— Habillez-vous et rejoignez-moi dans le salon.

À présent, il était bien réveillé et curieux de voir ce qu'elle avait en tête. Sortant du lit en hâte, il enfila un pantalon de jogging et un T-shirt et quitta sa chambre pour la retrouver. Sans rien dire, elle le prit par la main et l'entraîna en bas, dans la cuisine.

— Asseyez-vous.

Il obéit, la regardant se hausser sur la pointe des pieds pour attraper une petite casserole qu'elle remplit de lait.

— On boit un dernier verre ?

Elle fouilla dans un placard et brandit un paquet.

— Un chocolat chaud. Pour vous rasséréner après un cauchemar, c'est mieux que le sexe.

— Je me demande d'où vous tenez ça…

En riant, elle versa le cacao dans le lait qu'elle mit à chauffer en remuant.

— Peut-être que ce sont deux choses si différentes qu'on ne peut même pas les comparer…

Il se sentait bien, seul avec elle, avec pour fond sonore le murmure des vagues au loin. Elle posa les mugs pleins sur la table puis s'assit en face de lui.

— Merci.

— Souhaiteriez-vous parler de ce qui vous tracasse ?

Il allait refuser quand il sut qu'il voulait parler de son cauchemar pour une fois.

— C'est très vieux, c'est terminé à présent.

— Pas pour vous, à l'évidence. Vous avez rêvé de l'accident de votre frère ?

Il opina et but une gorgée de son chocolat.

— Mais vous n'en parlez pas.

Elle n'avait pas l'air de vouloir laisser tomber... Il prit conscience qu'il en était heureux.

— Mes parents ont perdu un fils.

— Et vous un frère, et vous avez dû lutter pour survivre pendant trois longs jours.

La culpabilité faillit lui nouer la gorge.

— À mon avis, c'est surtout une question de chance. J'ai passé presque tout ce temps à m'apitoyer sur mon sort.

— Voyons si j'ai bien compris : à l'âge de onze ans, après avoir vu votre frère et ses copains ensevelis sous un éboulement, vous êtes resté trois jours emmuré vivant dans l'obscurité avec une cheville cassée et sans doute des blessures plus bénignes...

Il eut un violent frisson. Elle tendit le bras pour lui toucher la main, et il ne se dégagea pas.

— Navrée, Gabriel, mais je pense qu'il faut que vous entendiez ça. Le fait d'être resté en vie durant cette épreuve est déjà en soi un acte de bravoure extraordinaire. Personne ne vous l'a jamais dit ?

— Je n'en parle pas souvent...

— Vous voulez dire jamais ?

Il opina. Il avait très envie de raconter, mais il ne trouvait pas les mots. Peut-être pouvait-elle le faire à sa place ?

— Gabriel, ce n'est pas moi qui suis médecin spécialiste du stress post-traumatique. Pourtant j'en sais un peu sur le sujet, et c'est évident que vous avez besoin de vous confier.

Elle lui caressait la main...

Il sentit son cœur battre la chamade. Trois petits mots si difficiles à prononcer, mais qu'il ne pouvait plus retenir.

— Aidez-moi, Clara.

Clara était certaine qu'il évoquait certains détails pour la première fois.

Lorsque la lumière inonda la cuisine au lever du soleil, ils parlaient toujours. Gabriel avait paru lui pardonner de ne pas avoir toujours la réplique appropriée… Bien entendu, elle n'était pas habilitée à lui apporter toute l'aide possible, mais c'était un premier pas.

Il disait ne pas se souvenir de son dernier jour dans la grotte, ni de celui qui avait suivi. Peut-être avait-il vraiment oublié ?

— Après votre sauvetage, vos parents vous ont-ils emmené chez un thérapeute ?

— Oui, chez plusieurs, mais je n'ai pas ouvert la bouche pendant plus d'un mois. Jusqu'à ce que…

Il haussa les épaules avant d'ajouter :

— Le temps de retrouver les corps et de pratiquer les autopsies, l'enterrement des victimes a été retardé. La nuit précédant celui de mon frère, j'ai entendu mon père dire à ma nourrice que ma mère était folle d'angoisse, qu'ils se demandaient si je devais y assister. Ils ne parvenaient pas à trancher.

— C'était une réaction normale de leur part, Gabriel. Ce n'est pas votre faute.

— Mais je faisais souffrir encore davantage ma mère qui venait de perdre Pietro… Bref, le lendemain, je me suis levé avant l'aube, j'ai mis mon plus beau costume et je suis descendu. Mes parents étaient assis à cette même table, ma mère en robe de chambre, les yeux rouges…

Clara retint son souffle, la gorge serrée, cette image trop poignante l'empêchant de réclamer la suite.

— J'ai enfin parlé pour dire que j'étais prêt à y aller. Ma mère a éclaté en sanglots et m'a pris dans ses bras.

— Et… Ensuite ?

— Je suis redevenu un petit garçon. Le fait que j'aie retrouvé la parole a été considéré comme un miracle qui avait rendu à ma mère son fils cadet.

— Et vous n'en avez jamais reparlé ?

— Ma mère m'a remmené chez les mêmes médecins à qui

j'ai assuré que j'allais très bien. Je ne voulais pas inquiéter mes parents après l'épreuve qu'ils avaient subie…

— Vous l'avez subie vous aussi, Gabriel. Vous devriez pourtant savoir que vous ne vous en sortirez pas seul. Vous avez besoin d'aller vous confier à un spécialiste.

Il sourit.

— Mais je vous ai tout dit, non ?

— Je ne suis pas thérapeute. Je peux écouter un ami et je suis heureuse que vous m'ayez choisie, mais ce n'est pas moi qui vous apprendrai qu'un ami et un professionnel, ce n'est pas la même chose.

— Je vais y réfléchir.

Il n'avait pas l'air très déterminé…

— Sérieusement, Gabriel. C'est le conseil que vous-même donneriez à n'importe qui.

Il se mit à rire et leva les bras en l'air comme s'il se rendait.

— Je vais y penser. Promis.

— Et vous irez voir quelqu'un ?

— C'est une possibilité.

Elle n'en obtiendrait pas davantage, et peut-être fallait-il qu'elle s'arrête là. Il existait une énorme différence entre raconter son histoire au milieu de la nuit et s'engager à consulter un thérapeute. Pourtant, il avait promis d'y réfléchir, ce qui était plutôt positif.

— Vous êtes fatiguée, Clara, vous devriez aller dormir un peu.

C'était tentant… Mais elle se leva et s'étira.

— Je crois que je vais plutôt préparer du café. J'ai du travail aujourd'hui.

— Celui de me surveiller ?

— Exactement.

Comment redevenir professionnelle après la nuit qu'ils venaient de partager ? Mais c'était leur fonctionnement depuis le début, d'être des intimes à certains moments et des étrangers à d'autres…

Il lui sourit.

— Si je vous jure de ne pas bouger d'ici jusqu'à votre réveil, irez-vous vous recoucher ? Vous pouvez m'enchaîner à la table si vous voulez.

— Je n'ai pas de chaînes sur moi. Je devrais, je sais…

Il lui prit la main et la porta à ses lèvres.

— Je vous donne ma parole d'honneur.

Il darda sur lui le regard de velours qui la faisait toujours céder. Et elle se sentait épuisée.

— D'accord. Pas même d'un pas ?

— Pas même d'un millimètre, même en cas d'incendie.

Elle sourit.

— Si la maison brûle, je vous autorise à vous enfuir, mais pas avant d'être venu me sauver.

— Pas de problème.

Il en était incapable, pourtant. En le suivant dans l'escalier, elle souhaitait malgré elle qu'il la porte dans ses bras pour l'emmener ailleurs… Qu'il la sauve du désir vain qu'elle avait de lui.

Car il était inatteignable. Il avait fait tant d'efforts pour correspondre aux espoirs de ses parents qu'il s'était fermé au monde extérieur. Peut-être apprendrait-il un jour que l'amour n'était pas une question de devoir… Mais à ce moment-là elle serait loin.

Il traversa le salon et lui ouvrit la porte.

— Au lit !

— D'accord…

Après avoir tenté en vain d'arranger les couvertures, elle s'installa dans le lit puis ôta sa veste.

— Fermez les yeux.

— Vous êtes encore là ?

Elle dormait déjà à moitié.

Elle l'entendit rire, puis la porte se referma doucement.

13

C'était bon de la voir baisser sa garde, songea Gabriel lorsque Clara revint sur la terrasse en robe d'été.

Il admirait beaucoup son professionnalisme, mais il trouvait injuste qu'elle soit forcée de faire ce métier pour vivre. Elle avait tellement mieux à donner…

Elle avait visiblement pris plaisir à lire et commenter le rapport qu'il lui avait passé, et ses remarques étaient judicieuses. Depuis, il lui en avait remis deux autres.

Alors qu'elle s'avançait vers lui, il savait que la brise lui caressait les joues et il était presque jaloux… Il venait de la voir dans le jardin clos où son père cultivait des espèces délicates.

Il désigna de la tête le bouton de rose qu'elle avait piqué à sa boutonnière.

— Ravissant ! C'est un grand compliment, vous savez. Mon père n'offre pas des fleurs à tout le monde !

Elle sourit.

— Il est si gentil et il connaît tant de choses sur le règne végétal ! Il a même des plantes médicinales.

— Bien sûr ! Elles sont à la jonction entre ses deux passions, le monde des plantes et celui de la médecine.

— C'est passionnant, mais… c'est beaucoup de travail à entretenir, et il ne rajeunit pas…

Son ton détaché aurait pu laisser croire que sa remarque était superficielle, mais Gabriel savait qu'elle ne disait jamais rien au hasard.

— Il ne m'a jamais demandé de l'aider.

— C'est drôle, il dit la même chose à votre sujet.

Gabriel soupira. C'était gentil à elle de tenter de le réconcilier avec son père, mais sa relation avec lui était définitivement compromise.

— Lui et moi, nous… coexistons. Chacun fait partie de la vie de l'autre, mais si nous passons un peu de temps ensemble, nous finissons toujours par nous disputer.

— Pourtant, il parle de vous. Il me racontait comment il vous avait appris à nager, et aussi à faire de l'escalade. Il vous arrive encore de grimper, n'est-ce pas ?

— Oui, j'ai toujours mon matériel…

La pensée de ce temps enfui lui serra le cœur. Cette enfance merveilleuse, il la devait à un homme à qui il parlait à peine… Il soupira.

— Tout était plus simple quand j'étais enfant. Mes parents me surprotégeaient un peu, mais je comprenais pourquoi. Ils ne voulaient que mon bien-être.

— Et maintenant ?

— Difficile à expliquer… Nous nous entendons mieux de loin. Mais puisqu'il m'offre l'empire qu'il a construit en travaillant très dur, quel fils serais-je si je le refusais ?

Elle fronça les sourcils.

— Vous ne lui avez jamais dit que vous préféreriez continuer à vous occuper de votre fondation, c'est ça ?

— Oui. C'est mon devoir de prendre sa succession.

C'était établi, impossible de revenir en arrière. À quoi bon en parler ? Autant profiter du temps qu'il lui restait…

Il se leva et regarda la mer.

— Et si vous veniez vous baigner ?

— Oublier demain et vivre dans l'instant ?

Elle lisait dans ses pensées…

— J'ai une vidéoconférence avec Alistair et une autre avec la *dream team* dans une heure. Alors je ferais bien un peu d'exercice avant, pour m'éclaircir les idées.

Elle opina et ôta la rose de sa boutonnière pour la mettre dans l'eau que Gabriel avait laissée dans son verre.

— D'accord, allons nager. Nous ferons la course…

Gabriel se sentait tendu : ils étaient réunis autour de la table de la cuisine à la demande de Clara.

Était-ce bon ou mauvais signe ? En une semaine de séjour, il avait compris peu à peu à quelles pressions avait été soumis son père. Il le voyait de plus en plus exténué et regrettait que toutes ses offres de l'épauler soient suivies d'un refus. Une chance qu'il ait amené Clara qui semblait être la seule à pouvoir l'amadouer…

Celle-ci attendit que le café soit servi pour lancer la discussion.

— Leo, j'ai le plaisir de vous annoncer que nous avons désormais des preuves solides contre le laboratoire concurrent que nous soupçonnions : c'est bien quelqu'un de chez eux qui est responsable des attaques subies par votre famille. L'affaire est maintenant entre les mains de la police.

Son sourire était sincère et chaleureux.

Sa mère applaudit. Tout ce qu'elle voulait entendre, c'était que sa famille était en sécurité…

— Heidi a-t-elle été innocentée ? demanda-t-il.

— Totalement. C'est un autre employé qui a fouillé dans son sac pour trouver son nouveau mot de passe.

— Qui ?

— Philip Atkinson.

Ses parents lui jetèrent un regard interrogateur, et il haussa les épaules.

— C'est notre laborantin. Il n'a que dix-sept ans, et j'ai procédé moi-même à son entretien d'embauche. Vous êtes sûre, Clara ?

— Tout à fait. Il a en réalité vingt-quatre ans, mais je reconnais que sur les photos il paraît beaucoup plus jeune. Il a dérobé l'agenda de votre assistante dans son sac après l'avoir vue y noter son nouveau mot de passe.

— Comment l'avez-vous découvert ?

— En vérifiant les CV de tous vos employés, nous avons remarqué une erreur dans sa date de naissance. Nous avons donc poussé nos recherches et quand nous l'avons confronté à la preuve, il a avoué tout de suite avoir travaillé pour un jeune cadre ambitieux employé par ce groupe concurrent. Ce gars faisait cavalier seul, espérant avoir de l'avancement s'il obtenait la formule de fabrication du nouveau produit. Ses patrons sont furieux ; ils ont nié toute responsabilité dans l'affaire.

— Si ces droits étaient tombés entre leurs mains, je suppose qu'ils auraient fait moins d'histoires…

— Certainement mais, à l'évidence, ils ne savaient rien. En tout cas, ils nous ont apporté toute l'aide possible pour découvrir qui était impliqué.

Sa mère se leva, les yeux remplis de larmes.

— Pourquoi s'en prendre à Gabriel ?

Clara réfléchit un instant avant de répondre.

— À cause de l'amour que vous lui portez, justement. Mais c'est ce même amour qui le protège…

Alessia acquiesça en s'essuyant les yeux.

— Merci, Clara. Vous êtes une merveille, dit son père.

Gabriel la remercia d'un signe de tête.

— Vous êtes gentils, mais je n'ai pas résolu cette affaire toute seule, poursuivit-elle. Notre équipe d'enquêteurs a travaillé dur.

Gabriel sentit une grosse boule se former dans sa gorge.

— Et maintenant ?

La nouvelle était excellente, bien entendu, mais elle impliquait que le rôle de Clara était terminé…

— Il nous faut rester prudents, mais la police a trouvé des documents sur toutes les attaques réalisées ainsi que d'autres prévues dans l'avenir. Elle est certaine de tenir tous les coupables.

— Et vous, Clara ? Allez-vous rentrer à Londres ?

Il lut dans son regard la même chaleur que lorsqu'ils étaient seuls, mais, soudain, elle baissa les yeux.

— M. Sullivan dit que si votre famille est d'accord, les équipes de sécurité peuvent se retirer sans danger. Je partirai demain matin…

Avait-elle buté sur les derniers mots ? Il n'en était pas certain… Et comme elle évitait son regard, impossible de deviner ce qu'elle pensait.

— Clara, mais…

Il ne pouvait pas la laisser partir.

— Je pense que Gabriel veut dire… que si vous souhaitez vous détendre quelques jours et profiter de la plage, nous vous garderons volontiers, intervint sa mère. Vous pourriez peut-être repartir vendredi avec lui, plutôt que vous précipiter ?

Exactement ce qu'il aurait voulu proposer… Même si demain elle serait seule, puisque c'était l'anniversaire de la mort de Pietro. Mais il souhaitait tant pouvoir lui parler encore à présent qu'elle était libérée de ses obligations professionnelles…

— Alessia a une idée géniale, dit son père. Qu'en pensez-vous, Clara ? Quelques jours de repos sans souci…

Se sentant soudain aussi nerveux qu'un collégien, Gabriel hocha la tête.

— Ma mère a raison, vous pouvez rentrer avec moi vendredi.

Elle lui jeta un regard hésitant.

— Si tout le monde est d'accord… Je vous remercie. De toute façon, je ne reprends le travail que lundi.

C'était à lui d'arborer un sourire heureux, mais il resta impassible et, encore une fois, ce fut sa mère qui manifesta sa joie.

— Ce soir, je vais préparer un repas spécial !

Avant de descendre pour le petit déjeuner, Clara regarda par la fenêtre : le temps était clair, et le soleil brillait au-dessus de la mer d'un bleu sombre. Elle trouva Gabriel seul à la cuisine.

— Où sont vos parents ?

Il désigna la plage par les portes ouvertes.

— En promenade. C'est le rituel. Après le repas, ma mère

ira porter des fleurs dans la grotte avec les mères des quatre autres enfants. Sans mon père…

— Il n'y a pas de danger, j'espère !

— Non. D'un commun accord, les familles ont décidé de rouvrir cette grotte qui est splendide et d'y ériger une stèle en souvenir des garçons. Elle a été aménagée pour qu'on ne risque rien.

— Mais vous n'y êtes jamais retourné.

— Non, c'est vrai.

Elle se servit un café et prit un croissant.

— Qu'allez-vous faire, aujourd'hui ? En tout cas, je serai là si vous souhaitez de la compagnie.

Il se leva.

— Merci, mais… J'ai du travail, de la paperasse à remplir. Je ferais mieux de m'y mettre tout de suite.

Bizarre, songea-t-elle… Cela ne semblait pas si urgent ! Elle regarda vers la plage. La robe longue d'Alessia flottait au vent et battait contre les jambes de Leo. Ils semblaient si unis dans cette peine dont Gabriel se tenait à l'écart…

À 4 heures de l'après-midi, Clara s'étira et regarda vers la mer.

La maison était restée silencieuse toute la journée. Après une courte promenade, elle s'était retirée dans sa chambre pour lire les rapports remis par Gabriel et les commenter. Autant rester discrète… Elle avait laissé la porte ouverte, mais Gabriel ne s'était pas montré.

Elle sortit sur la terrasse, et son regard fut attiré par trois silhouettes qui couraient sur le chemin longeant la plage. Elle reconnut Alessia en tête. Quelque chose clochait…

Elle se précipita dans l'escalier pour les rejoindre. Leo, qui avait dû les voir aussi, sortit en hâte de son jardin. Elle le rencontra sur le chemin.

Alessia, en pleurs, s'arrêta pour reprendre son souffle.

— Leo ! Matilde et Giulia ont fait demi-tour parce qu'elles voulaient retourner un instant dans la grotte… Nous avons entendu un grondement sourd et nous avons vu un énorme rocher se détacher de la falaise. Il a bloqué l'entrée… Mon Dieu ! Elles sont piégées…

Leo fronça les sourcils, et Clara sentit son cœur chavirer.

— Si nous allions voir ? proposa-t-elle. Peut-être trouverons-nous un moyen de passer… Existe-t-il un autre accès ?

— Il y a bien le puits de mine que nous avions creusé qui n'a pas été utilisé depuis… l'accident, mais c'est peut-être la solution.

— Où se situe-t-il ? Je vais chercher Gabriel pour…

Leo la saisit par le bras.

— Non, Clara ! Hors de question de lui demander ça.

Il le fallait, pourtant. Non seulement pour des raisons pratiques, mais pour le bien de Gabriel, elle en était certaine.

— Laissez-lui une chance, Leo. Si vous décidez à sa place, il ne vous le pardonnera peut-être jamais.

Leo regarda Alessia qui acquiesça de la tête.

— Bon, demandez au jardinier de préparer des torches qui doivent être dans le garage. Informez Gabriel de ce qui s'est passé et laissez-le prendre sa décision. On se retrouve sur la falaise.

Clara poussa un soupir de soulagement en se précipitant vers la maison : malgré sa réticence, Leo avait écouté son conseil. Gabriel vit arriver Clara en trombe, sa robe légère flottant dans la brise. Que venait-elle faire ? Il pensait avoir spécifié qu'il voulait être seul… Mais quand elle entra dans le salon, hors d'haleine, il comprit que c'était sérieux.

— Qu'y a-t-il ?

— Matilde et Giulia ont voulu retourner dans la grotte et, pendant qu'elles y étaient, un énorme rocher s'est détaché et a bloqué l'entrée principale. Rassurez-vous, votre mère et ses deux autres amies sont indemnes. Vos parents sont allés voir si on pouvait encore utiliser l'ancien puits de mine.

Il se sentit aussitôt envahi par une sueur froide. Le cauchemar recommençait…

— Quoi ? Ce n'est pas possible !

— Votre père m'a priée de vous dire…

— De ne pas bouger, c'est ça ?

— Non, Gabriel, que la décision vous appartenait. Je retourne les aider, alors il me faut une trousse d'urgence.

À sa propre surprise, il trouva le courage de se lever malgré ses jambes tremblantes.

— Le kit est dans la cuisine. Allez vous changer, je m'en charge.

Quand elle revint en jean, sweat-shirt et baskets, ils rejoignirent le jardinier qui les attendait avec les torches.

Étant entré dans le garage, Gabriel en ressortit avec un gros sac à dos.

— C'est mon matériel d'escalade. Je l'ai encore utilisé le mois dernier, tout doit être en bon état.

Elle sourit.

— Il me servira pour descendre, alors.

Il sentit sa bouche s'assécher et le sang battre à ses tempes. Impossible de la laisser faire…

— Pourquoi vous ? C'est moi le médecin, si jamais il y a une blessée…

Malgré sa profonde angoisse, il s'efforçait de conserver un ton neutre.

Elle lui posa une main sur l'épaule.

— Personne ne peut l'exiger de vous, Gabriel.

— Ne m'obligez pas à me fâcher. Je vous accompagne, un point c'est tout.

Elle eut une moue hésitante.

— Bon, si vraiment vous vous en sentez capable, venez.

L'entrée du puits de mine, entourée d'un muret de pierre, se situait en contrebas du chemin. Gabriel vit son père ouvrir le cadenas qui retenait la grille de métal et tenter de la déplacer sous l'œil inquiet des femmes. Visiblement, la grille était trop lourde… Gabriel dévala la pente et, jetant le sac à dos, il agrippa l'autre côté.

— Allons-y !

Lentement, ils la soulevèrent pour la poser à l'écart. Lorsque Clara braqua le rayon de sa torche dans l'obscurité, il vit que les parois étaient étayées par des dalles de pierre. Pour les secouristes qui étaient venus le sauver, le travail avait dû être épuisant…

Il prit une profonde inspiration. Inutile de songer au passé. Il était ici, aujourd'hui, et Matilde et Giulia avaient besoin de lui.

— Il y a une échelle ! J'espère qu'elle est encore solide, après tout ce temps…, ajouta-t-il en examinant les barreaux.

Sinon, ils feraient une chute impressionnante…

Sans répondre, Clara ouvrit le sac et en sortit un harnais, une corde de nylon et un descendeur.

— À mon avis, c'est plus prudent de descendre en rappel. Je passe la première.

— OK. Attendez-moi quand vous serez en bas.

Ses parents les regardèrent sans mot dire s'équiper puis arrimer la corde aux lourds supports qui soutenaient la grille. Gabriel enfila un harnais à son tour, et Clara fixa deux descendeurs sur la corde.

— Prêt ? murmura-t-elle.

— Oui.

Elle se retourna, et Gabriel la vit prendre la main de sa mère.

— Alessia, je suis entraînée et j'ai vérifié le matériel. Nous allons retrouver vos amies, alors essayez de ne pas trop vous inquiéter.

Il eut la gorge serrée en voyant sa mère acquiescer de la tête et, lorsque Clara enjamba le muret, il sentit monter la nausée. Mais elle lui sourit et commença sa descente.

Alors qu'il s'apprêtait à la suivre, son père lui posa une main sur l'épaule.

— Attends, Gabriel, j'y vais.

— Pas question. C'est à moi de le faire.

— Bien sûr, tu es médecin…

— Non seulement ça, mais j'ai aussi besoin que tu restes en haut pour appeler les secours si nécessaire.

— Bon, d'accord. Si je suis plus utile ici…

Son père croisa son regard.

— Tu ne te rappelles rien du jour où nous t'avons remonté, n'est-ce pas ?

— Rien du tout.

Son père sourit.

— Je t'ai porté dans mes bras. Aujourd'hui, je t'attendrai.

Son père l'étreignit et, soudain, Gabriel sut qu'il aurait la force de descendre.

— Hé, là-haut ! Qu'est-ce que vous fabriquez ? cria Clara. Je suis dans une petite grotte qui a l'air de mener à une plus grande. Je vais voir si je les trouve.

— Attendez-moi !

Il commença sa descente et assez vite ses pieds touchèrent le sol. Il sentit la panique le gagner, mais Clara lui saisit le bras et décrocha son harnais de la corde.

— Tout va bien ?

— Oui, dit-il en lui prenant la main pour la guider.

14

Clara avait la gorge nouée : le bras de Gabriel tremblait si fort… N'avait-elle pas eu tort de l'entraîner dans cette aventure ?

Pourtant, elle était certaine qu'il devait saisir cette opportunité de faire ses preuves… Et il était médecin.

À mesure qu'ils avançaient, il parut se calmer. La seconde grotte était plus vaste et, malgré l'entrée obstruée, l'éclairage était suffisant et le chemin bien balisé. Au fond, elle avisa deux silhouettes dans la pénombre dont l'une paraissait couchée, inerte. L'autre se précipita vers eux.

— Gabriel !

— Giulia ! Matilde a été blessée ?

Giulia se mit à parler très vite, et il l'écouta avec attention tout en la guidant vers la femme allongée.

Clara suivit et, enfin, il se tourna vers elle pour traduire.

— Selon Giulia, Matilde a eu une soudaine faiblesse, elle s'est affaissée sur le côté…

Elle s'agenouilla près de la malade qui paraissait délirer, examina ses poignets et son cou et trouva ce qu'elle cherchait : une médaille suspendue à une chaîne portant un symbole qu'elle connaissait bien. Elle défit la chaîne et la tendit à Gabriel.

Il retourna la médaille dans ses mains tout en continuant à réconforter Giulia.

— Diabète de type II. Hypoglycémie, sans doute.

Clara respira l'haleine de Matilde et lui posa une main sur le front.

— On dirait, oui. Vous n'avez pas de sucre sur vous, des bonbons dans votre poche ?

— Non.

Il dut poser la question à Giulia qui secoua aussitôt la tête. Clara fouilla le sac de Matilde posé près d'elle.

— Rien ici non plus.

— Allez voir si mon père peut nous trouver quelque chose avant qu'elle ne tombe dans le coma. Je reste avec elle.

Clara hésita. Et s'il était pris de panique ? D'un autre côté, elle ne comprenait pas l'italien…

Elle retourna à l'entrée du puits, leva la tête et vit le visage de Leo apparaître dans le cercle de lumière.

— Matilde est diabétique, il nous faut du sucre !

— D'accord, quelqu'un part en chercher à la maison. Mais nous avons ici son sac à dos qu'elle avait laissé à Alessia.

— Envoyez-le, s'il vous plaît ! Je suis certaine qu'elle n'était pas partie sans précautions.

Le sac arriva bientôt au bout d'une corde. Clara l'ouvrit en hâte et trouva, dans l'une des poches, un kit d'injection et ce qu'elle supposa être des sachets de glucose.

— C'est bon, Leo ! Pas de souci, tout va bien se passer.

Une fois dans la grotte, elle tendit le kit à Gabriel.

— C'était dans le sac à dos qu'elle avait confié à Alessia.

— Parfait. Ouvrez vite un sachet. Pouvez-vous m'aider à l'asseoir ?

Tandis que Matilde marmonnait toujours, il la soutint d'un bras, plongea l'index dans le glucose et le mit sur sa langue puis renouvela l'opération.

Enfin, la malade murmura quelques mots qui firent sourire Gabriel. Il se tourna vers Giulia qui opina et s'assit sur une saillie rocheuse en essuyant ses larmes.

— Elle a dit à Giulia de cesser de s'affoler ainsi. Je suppose qu'elle se sent mieux…

— Quand elle reprendra sa pleine conscience, elle nous remerciera de nous être affolés.

— C'est sûr, elle a encore des choses à faire, dans la vie.

Était-ce ce qu'il ressentait lui-même ? se demanda Clara.

— Je pense qu'elle est tirée d'affaire. Allez prévenir papa, s'il vous plaît.

Elle sentit son cœur s'emballer. Papa… Jamais il n'avait appelé Leo ainsi devant elle. Un lapsus ? Mais ils en parleraient plus tard. Elle retourna à l'entrée du puits et leva la tête.

— Leo ? Matilde reprend connaissance, et Gabriel va bien.

Elle le vit hocher la tête.

— Merci, Clara. Les sauveteurs seront là dans une demi-heure.

— Tant mieux. À mon avis, ni Giulia ni elle ne peuvent remonter par ici sans aide. J'y retourne, je vous tiens informés.

Elle vit disparaître le visage de Leo et celui d'Alessia apparut, souriant.

— *Grazie*, Clara.

Quand les sauveteurs arrivèrent, Gabriel semblait serein. Clara le regarda soulever Matilde dans ses bras puis la remettre aux secouristes, et tout le monde les suivit tandis que ces derniers la portaient jusqu'à l'entrée du puits. Là, on l'installa sur une chaise de sauvetage pour la remonter. Puis le siège redescendit pour Giulia qui embrassa Gabriel sur les deux joues avant de s'y installer.

Il leva la tête pour surveiller l'opération puis se tourna vers elle.

— Les dames d'abord…

— Non, je ne vous laisse pas tout seul en bas. Allez-y maintenant.

Il ne bougea pas, les mains enfoncées dans ses poches, et le voyant regarder par-dessus son épaule, elle crut comprendre.

— Voulez-vous retourner un instant dans la grotte, Gabriel ? Je vous accompagne, si vous le souhaitez.

S'il répondait qu'il préférait être seul, comment réagirait-elle ? En tout cas, elle l'attendrait en bas.

— Oui, j'en ai bien envie. Merci.

Il leva la tête vers son père.

— Accorde-moi dix minutes, papa. Tout va bien…

— D'accord, mon fils. Dix minutes !

Gabriel sourit et, quand il tourna les talons, elle le suivit. Elle s'adossa à la paroi pendant qu'il s'asseyait sur le banc qui faisait face à la stèle fraîchement fleurie et examina le motif sculpté dans la roche représentant cinq silhouettes stylisées, les bras tendus vers le soleil. Les cinq garçons qui avaient trouvé la mort à cet endroit.

Gabriel les fixait, perdu dans ses songes. Devait-elle retourner dans l'autre grotte pour le laisser seul ?

Soudain, il lui tendit la main et quand elle alla s'asseoir près de lui, il lui entoura les épaules d'un bras. Elle le sentit trembler.

— Les familles ont voulu un dessin qui évoque la vie.

— C'est parfait. Cet endroit est aussi terrible que beau…

Comme saisi d'une idée subite, il se leva et l'entraîna dans le coin le plus obscur, où il s'accroupit pour fouiller le sol.

Elle perçut un bruit d'eau courante.

— J'ai découvert ce ruisseau alors que je mourais de soif.

Elle sentit sa gorge se nouer. L'eau fraîche avait dû apporter un peu d'espoir à l'enfant désespéré, songea-t-elle en plongeant la main dedans.

Il l'imita et sourit quand leurs doigts se frôlèrent. Puis il récupéra un peu d'eau dans le creux de sa paume pour la goûter, mais la recracha aussitôt.

— Elle n'a plus le même goût…

— C'est normal, dit-elle sans se compromettre.

— Oui, certainement…

Se redressant, il la prit dans ses bras.

Elle réprima un frisson. Elle se sentait si bien ! Et plus encore : un autre cœur battait contre le sien, lui rappelant qu'ils étaient vivants tous les deux, qu'ils allaient remonter à la surface et profiter de la chaleur du soleil.

— Clara… Chaque fois que je crois commencer à vous connaître, vous me surprenez.

Elle lui sourit.

— Parce que je suis descendue en rappel ?

— Non, même si j'ai admiré votre technique. Ce qui m'a frappé, c'est que vous semblez dans votre élément dès qu'il s'agit de médecine.

Elle haussa les épaules.

— J'ai juste assez de connaissances pour aider un peu…

— Allons donc ! Vous n'auriez jamais abandonné avant d'avoir retrouvé Matilde et Giulia. Comme si vous étiez en mission, et vous dégagiez une espèce de lumière…

Elle sentit une grosse boule se former dans sa gorge. Il avait raison.

— Les vieilles habitudes sont tenaces.

— Ou alors, vous êtes née pour ça.

Les larmes lui picotant les paupières, elle lui posa les mains sur le torse.

— Taisez-vous, Gabriel. Dites-moi plutôt que nous avons bien travaillé.

Il eut un sourire tendre.

— D'accord. Vous avez bien travaillé, Clara.

— Vous aussi.

Il la remercia d'un signe de tête. Pas question d'avouer qu'elle commençait à se demander si cela n'avait pas été une erreur d'abandonner son premier métier…

Mais, à présent, elle devait aller de l'avant. Et elle percevait à nouveau le tremblement de Gabriel qui semblait avoir atteint sa limite.

Réprimant son envie de lui caresser le visage, elle posa une paume sur le col de sa chemise.

— Les dix minutes sont écoulées, Gabriel. Venez, il est temps de remonter.

— Oui, je crois.

Il lui prit la main et l'entraîna vers la sortie.

Gabriel sentait que quelque chose avait changé. Quoi ? Il n'aurait su le dire.

Il était assis sur la terrasse avec les autres, à boire du thé en contemplant la mer. Clara, placée entre son père et lui, s'efforçait en vain de faire la conversation. Cet après-midi n'avait-il pas été un rêve ?

Son père était redevenu distant. Après l'avoir chaudement félicité à sa sortie du puits de mine, il s'était détourné comme s'il regrettait d'avoir montré de l'émotion.

Un soudain besoin d'être seul le gagna. Se levant, il marcha vers le rivage et s'absorba dans la vue de la mer.

— Je pense que vous devriez parler à votre père, Gabriel.

La voix de Clara le tira de sa contemplation.

— Croyez-vous qu'on peut tout rattraper en un après-midi ?

— Bien sûr que non, mais il faut toujours un point de départ…

Il soupira. C'était trop compliqué, il avait passé trop de temps à s'efforcer d'être ce qu'il n'était pas et il ne voyait plus d'issue. Il regardait toujours la mer dont la vue le calmait à défaut de lui apporter une solution.

Elle lui prit le bras pour la première fois, et ce geste audacieux le surprit.

— Gabriel… Vous aviez onze ans, et il était adulte. S'il n'a pas trouvé de moyen de vous toucher, c'était sans doute qu'il avait son propre deuil à faire…

— Tout n'est pas sa faute. Je n'ai plus onze ans et je n'ai jamais essayé de lui parler.

— C'est compréhensible. Vous étiez traumatisé et vous pensiez qu'un père a toujours raison quel que soit son âge. Mais c'est un chic type, et il vous aime.

Il haussa les épaules.

— Je sais. Moi aussi, je l'aime.

— Dans ce cas, parlez-lui. Il a perdu un fils, ne lui faites pas perdre l'autre en laissant ce fossé se creuser entre vous.

Curieux, songea-t-il, elle semblait convaincue qu'il en était capable… Il offrit son visage au soleil. Qu'est-ce qui le réchauffait le plus ? Sans doute la présence de Clara…

— Voulez-vous me rendre service, Clara ?

— Hum… Ça dépend.

Il lui sourit.

— Promenons-nous sur la plage pour assister au coucher du soleil. De façon toute platonique, s'entend. Pour en apprécier les raisons scientifiques…

Elle éclata de rire.

— Mais je n'y connais strictement rien !

— Croyez-moi, il n'y a pas une once de romantisme là-dedans. Juste un phénomène à étudier.

— Vous êtes brillante comme le soleil et votre attraction est irrésistible. Alors que moi, simple planète, je ne peux que tourner autour de vous…

Il l'avait fait monter sur l'un des rochers de la plage.

— Quand je vous tourne le dos, il fait froid et noir, et quand je vous fais face, vous m'éblouissez…

Elle sourit.

— Parfaite démonstration, même si je le savais déjà. Pourquoi le ciel est-il rouge au coucher du soleil ?

— Parce que les différentes composantes du spectre sont réfractées en tous sens dans l'atmosphère. Quand je vous regarde, je vois surtout du bleu entourant le jaune. Un ciel bleu ensoleillé.

— Et quand vous vous détournez ?

Il se détournerait très vite d'elle, songea-t-elle, à présent que son travail auprès de lui était terminé. Ils n'avaient rien en commun…

— Eh bien… Le dernier coup d'œil que je vous jette est plein du regret de savoir que vous êtes sur le point de disparaître…

Elle ôta ses chaussures et descendit du rocher pour laisser les vagues lui lécher les pieds. Cette situation ne se reproduirait plus, songea-t-elle… Ce n'était qu'un éblouissement de couleur avant l'obscurité.

La voie de Gabriel était toute tracée, et elle ne pouvait

dévier de la sienne par crainte du chaos. Elle avait besoin d'un bon métier, d'une maison sûre et d'un cœur à toute épreuve.

— Adieu, soleil ! dit-elle en se baissant pour tremper sa main dans l'eau.

— Vous allez me manquer, Clara.

— À moi aussi, vous allez me manquer.

— Mais le soleil n'est pas complètement couché.

— C'est vrai.

Elle frissonna. Le sachant coutumier des aventures de quelques jours, elle n'attendrait rien de plus de lui, et rien ne l'empêcherait de retourner travailler la semaine prochaine. L'envie de sentir sa peau contre la sienne était trop forte pour qu'elle y résiste.

Il se tourna vers la maison, et elle suivit son regard : le groupe qu'ils avaient laissé sur la terrasse s'était levé. Leo se dirigeait vers le garage, sans doute dans l'intention de reconduire ses hôtes.

— Je devrais aller leur dire au revoir.

Manifestement, il se sentait mal à l'aise avec ces femmes qui avaient perdu un fils alors qu'il avait survécu…

— Allez-y, je continue à admirer le phénomène.

Peut-être aurait-il l'opportunité de parler à son père quand celui-ci reviendrait ?

Elle ne pouvait que l'espérer.

15

Quand Clara regagna la terrasse, Alessia l'y attendait. Elle perçut les échos d'une dispute dans le bureau de Leo, entendit une porte claquer, puis les voix enfler de nouveau.

Ce qui signifiait que Gabriel avait attendu son père et que les choses s'étaient envenimées…

— Tout va bien, Alessia ?

— Je ne crois pas, non. Asseyez-vous, Clara, buvez un peu de limonade avec moi. Selon Leo, on ne fait pas d'omelette sans casser des œufs, ajouta-t-elle avec un soupir.

Clara éprouva un léger sentiment de culpabilité.

— J'espère qu'ils n'en casseront pas trop…

— Et moi, j'espère qu'ils les casseront tous.

Après avoir bu un verre de limonade, elle se leva, bien que les éclats de voix n'aient pas cessé…

— Pardonnez-moi, Alessia, mais je suis épuisée. Je crois que je vais aller me coucher. Essayez de ne pas trop vous inquiéter.

— Merci. Reposez-vous bien, Clara.

Lorsqu'elle se réveilla, le calme semblait revenu. Le père et le fils avaient dû arriver à un accord quelconque… Après s'être douchée, elle descendit à la cuisine où elle trouva Alessia seule devant un café, mais souriante.

— Où sont-ils ?

— Au siège du groupe. J'ai prié Leo d'aller crier ailleurs. Ne vous inquiétez pas, nous n'y pouvons rien.

— C'est moi qui ai conseillé à Gabriel de parler à son père.

— Et vous avez bien fait, ça traîne depuis si longtemps… Prenez plutôt votre petit déjeuner.

Clara entendit du bruit au salon et regarda sa montre : 16 h 30. Elle avait passé la journée à travailler, et Gabriel et son père étaient revenus depuis environ une demi-heure. Un coup à sa porte la fit sursauter.

Elle ouvrit et passa la tête dans l'encadrement.

— Le clairon a sonné ?

Gabriel se tenait au milieu de la pièce, les mains dans les poches. L'air bizarrement détendu, et toujours beau à se damner.

— Navré d'être un si mauvais hôte…

— Oubliez, c'est moi qui suis responsable.

Il sourit.

— Vous avez eu raison sur tout. J'avais besoin de parler et d'entendre ce que papa avait à me dire.

— Vous avez résolu vos problèmes, tous les deux ?

— Pas tous, je crois que ça prendra du temps. En tout cas, je lui ai dit que je l'aimais, et il m'a dit qu'il m'aimait.

— J'en suis heureuse.

Un léger sourire joua sur les lèvres de Gabriel.

— Oserais-je vous inviter à dîner, ce soir ?

— Nous laisserions vos parents tout seuls ?

— Je leur ai demandé si ça les contrariait, et ils ont estimé que c'était le moins que je puisse faire pour vous remercier.

— Dans ce cas, d'accord. Chic ou décontracté ?

— Je connais un petit restaurant pas très loin qui donne directement sur la plage. Nous pourrions marcher un peu pieds nus… Habillez-vous à votre guise, vous ne passerez jamais inaperçue. Je vous laisse une minute, je vais me changer.

Elle sourit en le voyant ressortir de sa chambre : sans s'être concertés, ils étaient tous les deux en blanc. Lorsqu'il lui ouvrit la portière d'un coupé sport décapotable, elle eut l'impression d'entrer dans un autre monde où elle pouvait feindre, l'espace d'une soirée, d'être le genre de femme qu'il était fier d'escorter.

La terrasse du restaurant était installée sur une plage privée. Les étoiles scintillaient au-dessus des tables merveilleusement décorées et assez éloignées les unes des autres pour préserver l'intimité des dîneurs. Les serveurs se révélèrent discrets et la cuisine excellente.

Gabriel appelait tout le monde par son nom. Bien qu'elle ne soit sans doute pas la première qu'il amenait ici, il ne regardait qu'elle et lui donnait l'impression qu'elle était unique.

— Merci, Gabriel. C'était une merveilleuse soirée.

À leur retour, ils trouvèrent la maison silencieuse. Leo et Alessia avaient dû décider de se coucher tôt… Il l'entraîna sur la terrasse.

— Un dernier verre, ou nous nous souhaitons bonne nuit ?

Elle hésita un instant. Demain, ils rentraient à Londres où leurs chemins se sépareraient. Si elle ne profitait pas de cette occasion, elle n'en aurait plus d'autre…

— Je ne veux pas vous souhaiter bonne nuit.

Il s'approcha, le regard soudain assombri.

— Clara… Je vous ai promis de ne pas vous faire la cour pendant notre séjour ici, et il m'a fallu beaucoup de volonté pour respecter ma promesse.

— À moi aussi. Mais, puisque mon travail est terminé, si c'était moi qui vous faisais la cour ?

— Ce serait le rêve…

Quand elle lui passa les bras autour du cou et posa les lèvres sur les siennes, il sentit son corps réagir. Il lui rendit son baiser.

Elle lui agrippa sa chemise qu'elle déboutonna avant de la faire glisser de ses épaules.

— Clara, attends…

Quand elle passa la langue sur l'un de ses tétons, il gémit et la repoussa.

— Après un mois de préliminaires, nous devrions prendre notre temps.

— Ah ? Et pourquoi ?

Il se mit à rire en la serrant contre lui.

— Tu as raison, nous avons attendu assez longtemps.

Puis il la souleva dans ses bras et la porta dans la chambre.

Fou de désir, Gabriel la dévêtit de ses mains tremblantes tandis qu'elle lui arrachait ses vêtements. Difficile de donner à cette femme merveilleuse l'attention qu'elle méritait. La simple vue de son corps nu à la fois mince et musclé faillit le faire jouir. L'allongeant sur le lit, il lui caressa les seins, et elle s'arqua comme s'il était déjà en elle. Sortant un préservatif du tiroir de sa table de chevet, il s'en munit juste avant qu'elle lui murmure qu'elle ne pouvait plus attendre.

Il l'embrassa et la pénétra enfin avec un soupir d'aise. C'était si bon après toute cette attente ! Il avait l'impression d'être enfin entier…

Brusquement, elle s'immobilisa et croisa son regard. Ils étaient tous deux hors d'haleine et avaient atteint le point de non-retour.

— Clara…

Son prénom était si doux à prononcer… C'était le seul qu'il voulait toujours murmurer.

— Ce moment, Gabriel.

Il comprit : un moment qui ne se renouvellerait jamais, mais qui durerait toujours. Éternel et exquis.

Il donna un coup de reins qui les fit gémir ensemble puis elle lui entoura la taille de ses jambes pour qu'il vienne plus profondément en elle. À nouveau la tempête les emporta, et après quelques minutes de sensations d'une intensité nouvelle pour lui, elle cria. Alors, il s'abandonna à un plaisir si violent qu'il crut défaillir.

Ils restèrent un long moment enlacés. Le corps de Clara

était chaud dans ses bras, et il eut encore envie d'elle. Elle se pressa contre lui, et il l'embrassa.

— C'était…

Inutile de chercher des mots, il n'y en avait pas.

— Oui, en effet. C'était.

Il tira le drap sur elle.

— Veux-tu dormir ?

— Non, et toi ?

— Pas une seule seconde. Il nous reste tant de choses à faire…

Clara n'aurait jamais cru qu'on puisse être si bien… Ils bavardèrent blottis l'un contre l'autre dans l'obscurité, puis Gabriel lui fit à nouveau l'amour, cette fois en prenant son temps.

Il semblait vouloir explorer chaque partie de son corps et lui demandait de faire ce qu'elle voulait du sien. Il y avait tant de choses qu'elle voulait… Chacun donna et reçut jusqu'au lever du jour, où une aube splendide teintait le ciel de rouge. Était-ce un cadeau qui leur était réservé ?

Elle soupira.

— Je suppose que nous devons nous préparer…

— Oui. Combien de temps te faut-il ?

— Une demi-heure.

Il l'embrassa sur la joue.

— Je te retrouve dans la douche dans cinq minutes.

Sautant du lit, elle lui envoya un baiser. Cinq minutes de plus avec lui n'étaient pas à négliger…

Après le petit déjeuner, Alessia prit Clara dans ses bras pour lui dire au revoir, et Leo étreignit son fils.

Ils prirent place à l'arrière de la voiture en gardant leurs distances. Non que le chauffeur ne soit pas discret, mais Gabriel avait dû comprendre qu'elle ne tenait pas à afficher leur relation.

En revanche, dès qu'ils furent installés dans l'avion et que l'hôtesse eut regagné sa place pour le décollage, il lui prit la main.

— Tu dois être fatiguée. Aimerais-tu venir te reposer chez moi ?

— Tu es sérieux ?

— C'est le week-end, nous improviserons.

Il se pencha pour murmurer à son oreille :

— Nous pourrions dormir toute la journée et faire l'amour toute la nuit…

Elle ne résista pas à son sourire malicieux.

— Excellente idée. As-tu des fraises ?

— Nous en achèterons en chemin…

Il voyait bien que Clara était épuisée… Elle avait dormi un peu dans l'avion, et quand le chauffeur les déposa chez lui, elle laissa ses bagages dans l'entrée puis monta l'escalier derrière lui. Ils se dévêtirent et se mirent au lit.

Pour lui, c'était une première. Il la serra dans ses bras tandis qu'elle glissait dans le sommeil. C'était un pur bonheur… Avec elle, il ne redoutait plus les mauvais rêves.

Ils s'étaient connus et appréciés à une période difficile de sa vie, et quand ils s'étaient enfin donnés l'un à l'autre, cela avait été une révélation.

Pourtant, en ce moment, il ne la désirait pas, il souhaitait simplement dormir avec elle, puis la réveiller avec un café et des pancakes aux fraises. Il avait envie de paresser, de s'asseoir sous un parasol ou dans un café en regardant le monde s'agiter, et de danser avec elle à minuit au beau milieu des lumières de la ville…

Et ensuite, de s'allonger à côté d'elle et de lui donner son corps, son cœur et son âme.

Le dimanche matin, en se réveillant dans un lit aux draps froissés, il constata qu'elle avait disparu.

Sans doute préparait-elle du café…

Il s'étira en poussant un soupir d'aise. Ils avaient passé un merveilleux week-end…

Puis il roula sur le côté et sentit quelque chose lui gratter la joue. C'était un morceau de papier plié qu'il ouvrit.

Pas d'adieux, juste des souvenirs.
Merci pour ceux que tu m'as offerts.
Je t'embrasse.

Il se redressa et relut le billet. « Pas d'adieux », c'était exactement ce qu'il avait prévu de lui dire aujourd'hui, mais la suite gâchait tout. Il avait espéré ne pas se contenter de souvenirs, de commencer à envisager un avenir avec elle…

Il n'avait jamais vécu de relation à long terme et savait que, pour sa part, elle avait été échaudée. Mais qui ne tentait rien…

Laissant tomber le papier, il enfouit son visage dans l'oreiller et gémit. Ainsi, elle jugeait impossible d'oublier son passé et de parier sur un lien durable avec lui.

Mais il allait insister parce que rien d'autre ne comptait pour lui. Pour cela, il lui fallait un plan…

16

Clara réfléchissait sur la terrasse, assise à même les planches délavées par le soleil, les vents et les embruns. La maison qu'on lui avait prêtée n'était pas bien équipée, mais elle était située sur une plage isolée, propice à la méditation…

Elle devait quitter Gabriel parce qu'elle était incapable d'accorder sa confiance et lui de s'engager.

Après avoir laissé un mot sur l'oreiller, elle avait pleuré tout le dimanche avant de retourner travailler. On lui avait confié une mission facile qui lui avait laissé le temps de peser l'idée que Gabriel avait fait germer dans son esprit : elle voulait reprendre la médecine.

Sa décision prise, elle l'avait annoncée à son patron. Celui-ci l'avait priée de s'accorder encore un temps de réflexion et lui avait offert de mettre à sa disposition la maison de vacances mexicaine d'un de ses amis.

À l'autre bout du monde, sans Internet et avec la quasi-certitude que son téléphone ne sonnerait pas… Pour elle, c'était l'idéal.

Dans ces conditions, elle n'avait pas tardé à comprendre qu'elle ne reviendrait pas sur son choix : elle voulait vraiment revenir à son ancien métier.

Ensuite, elle avait eu tout le temps de penser à Gabriel… Bien qu'il lui manque terriblement, elle était convaincue qu'il n'y aurait pas de retour en arrière.

Elle avisa soudain une voiture couverte de poussière sur la piste… Un promeneur égaré, sans doute.

Le véhicule s'arrêta, et la stupeur la saisit en voyant qui en descendait : cheveux de jais et peau dorée, lunettes noires… Gabriel.

Tandis qu'il s'approchait, elle sentit sa gorge se serrer et mit sa main en visière pour cacher ses larmes. Pourquoi était-il là ? Et surtout, comment l'avait-il retrouvée ?

— Ça n'a pas été facile de te dénicher ! dit-il comme s'il lisait dans ses pensées. Mais j'ai appelé ton patron, et il m'a donné tes coordonnées.

— Tu t'es servi de ta position de client pour lui extorquer des renseignements.

— J'espérais que tu me pardonnerais.

Elle pouvait tout lui pardonner, mais elle aurait préféré qu'il ne le fasse pas.

— Donc, tu as fait le voyage jusqu'ici. Ça ne pouvait pas attendre mon retour à Londres ?

— Peut-être que si, mais tu connais mon goût pour le théâtre…

Il ôta ses lunettes noires, et elle lut dans son regard qu'il ne plaisantait pas. Elle se leva.

— Je t'offre une bière ? Elles ne sont pas très fraîches…

— Va pour une bière tiède.

Elle entra et ressortit avec deux bouteilles. Elle écouterait ce qu'il avait à dire pendant qu'ils les boiraient puis elle le renverrait.

Elle lui tendit une bière et le décapsuleur.

— Pourquoi es-tu venu, Gabriel ?

Elle l'observa : il semblait plus assuré, comme s'il avait trouvé sa place dans le monde et en était heureux.

— J'ai dit à mon père que je ne voulais pas prendre sa succession. Il m'a traité d'idiot, je l'ai accusé de ne pas m'écouter, bref… En fin de compte, nous sommes convenus qu'un conseil d'administration était une bonne solution.

Elle ne put s'empêcher de sourire.

— Tu as réussi !

— Oui. Ça n'a pas été sans mal, mais les portes ne claqueront plus à la maison. J'ai aussi vu un thérapeute pour parler de mon traumatisme.

Elle était stupéfaite. Il l'avait fait ! Avec lui, pas de demi-mesures…

— Je suis contente pour toi.

— Oh ! tu sais, je trébuche encore souvent !

— Je suis sûre que tu vas t'en sortir.

Elle éprouva un pincement douloureux au cœur. Ainsi, il était à présent capable d'offrir de l'amour, et il était trop tard pour que ce soit à elle… Les larmes menacèrent à nouveau.

Elle le vit prendre une profonde inspiration.

— Clara… J'ai un projet.

— Ah ? Lequel ?

— Mon projet, c'est de t'aimer, et je ne te demande rien d'autre que d'essayer de m'aimer aussi. Mais avant de me donner ta réponse, tu dois savoir ce qui t'attend.

Elle remarqua que sa main tremblait. Il était si courageux ! Et elle le croyait parce qu'il avait toujours été sincère.

— Je t'aime aussi, Gabriel. Depuis le moment où je t'ai vu. J'ai eu tort de ne pas te faire confiance.

Il lui jeta un regard surpris.

— Tu resteras avec moi et tu accepteras ce que la vie nous offre ?

Elle lui passa les bras autour du cou.

— Oui. Entre. Je t'avertis, il faut pomper l'eau pour la douche, et elle n'est jamais très chaude. Et le sommier grince.

— Parfait.

Quand il la souleva dans ses bras, elle lui entoura la taille de ses jambes. Elle ne lui refuserait rien puisqu'il venait de lui offrir son cœur.

Épilogue

Une semaine plus tard

Assise sur la terrasse au coucher du soleil, Clara guettait le nuage de poussière qui annoncerait le retour de Gabriel.

Toute la semaine, ils ne s'étaient pas éloignés l'un de l'autre de plus d'un mètre. Ils avaient réfléchi sur leur relation, et elle l'avait assuré qu'il lui suffisait d'être certaine de son amour. Tous les jours, ils avaient parcouru à pied les trois kilomètres qui les séparaient du village pour acheter de quoi cuisiner au barbecue. Tels des naufragés sur une île déserte que la présence de Gabriel transformait en paradis.

Mais les meilleures choses avaient une fin… Aujourd'hui, il avait dû s'absenter pour une affaire urgente non sans lui jurer qu'elle lui manquerait à chaque minute.

Enfin, il s'approcha d'elle en souriant et la serra dans ses bras comme s'ils ne s'étaient pas vus depuis des mois.

— J'ai du champagne glacé dans la voiture.

— Hum, génial ! On n'en trouve pas au village.

— Je l'ai acheté en ville. Ils ont eu la gentillesse de me fournir un seau de glace, et j'ai roulé aussi vite que j'ai pu.

Elle éclata de rire.

— Je vais chercher des verres.

Elle courut à la cuisine, ravie. Boire du champagne sur la plage au coucher du soleil avec l'amour de sa vie… Que rêver de mieux ?

Quand elle revint, il les servit tous les deux puis ils

descendirent vers le rivage enlacés et ôtèrent leurs chaussures pour tremper leurs pieds dans l'eau.

— Alors, cette journée ? Tu as pu faire ce que tu voulais ?

— Pas tout.

Fronçant les sourcils comme s'il hésitait, il posa la bouteille sur le sable puis lui entoura les épaules de son bras.

Elle se haussa sur la pointe des pieds pour l'embrasser.

— Qu'y a-t-il ? Nous devons rentrer en Angleterre ?

— Pas encore.

Elle le vit inspirer à fond.

— Clara, veux-tu m'épouser ?

Elle ne s'y attendait pas… Sa gorge se serra.

— Gabriel… Non. Nous en avons déjà parlé. Si c'est pour me donner une preuve que tu ne me quitteras pas, ce n'est pas nécessaire. Je ne veux pas que tu te sentes obligé…

Son regard intense la fit taire. Elle reconnaissait l'homme qui savait ce qu'il voulait et braverait tous les obstacles pour l'obtenir. Il lui saisit les mains et posa un genou en terre.

— Je m'y suis mal pris, donc je recommence depuis le début… Clara Holt, je t'aime et je sais que tu m'aimes. La seule chose qui pourrait me rendre encore plus heureux, c'est que tu acceptes de m'épouser.

Elle se pencha vers lui pour tenter de le relever, mais ce fut peine perdue.

— Oui, Gabriel. Je t'épouserai, bien sûr que oui.

Elle lui tomba dans les bras et l'embrassa.

— J'ai apporté une bague…

— C'était ça, ton affaire urgente ? Je croyais que tu devais téléphoner à ton père…

Il sourit.

— J'ai parlé d'affaire urgente, oui, mais je ne crois pas avoir mentionné mon père.

Elle tendit la main et s'aperçut qu'elle tremblait. Il lui embrassa l'annulaire avant d'y glisser la bague sertie d'un diamant brillant de mille feux sous les derniers rayons du soleil.

— Elle est magnifique. Merci d'être venu me rejoindre, de m'aimer et de m'avoir demandée en mariage…

— C'est moi qui te remercie d'être l'amour de ma vie et d'avoir accepté, Clara.

— D'accord pour l'Italie. Quand ? demanda Gabriel.

Elle le regarda. Ils avaient dansé sur la plage au doux rythme des vagues sous le clair de lune, parlé de leur avenir et fait l'amour jusqu'au lever du jour.

— Bientôt. Le temps de tout organiser…

— Ce qui nous importe, c'est d'être ensemble. La semaine prochaine ? On ne peut pas se marier si vite en Italie. Nous devrions aller à Las Vegas.

— Tu es sérieux ?

Il lui embrassa chaque doigt de la main.

— Pourquoi pas ? Je ne veux pas attendre, Clara.

— Moi non plus, mais je ne veux pas être mariée par un sosie d'Elvis Presley.

Il éclata de rire.

— Pas question ! Le Grand Canyon est à une heure d'hélicoptère d'ici.

— Quoi ? Mais tes parents ?

— J'ai appelé ma mère pour lui demander si elle serait contrariée. Elle m'a répondu que non, à condition que nous fassions une grande fête chez eux à notre retour. Qu'en penses-tu ?

Comment refuser devant un tel sourire ? Il en serait ainsi désormais : il transformerait l'impossible en une réalité excitante. Et elle était impatiente de commencer le voyage.

— Eh bien… Vegas, nous voilà !

ANNIE CLAYDON

Retrouvailles à Londres

Intégrale
Héros de Londres

SAGAS
HARLEQUIN

Titre original :
SECOND CHANCE WITH THE SINGLE MUM

Ce roman a déjà été publié en 2019

1

Raina Elliot, habitée par un insurmontable sentiment de malaise, était assise sur un banc du square, à l'ombre d'arbres qui prodiguaient une fraîcheur toute relative par cette chaude journée d'été.

Cela faisait près d'une heure qu'elle scrutait les bureaux de la fondation Watchlight, surnommée « La Veilleuse », à la recherche du courage de pousser la porte.

Solliciter l'aide d'un organisme de bienfaisance n'était pourtant pas si difficile ? Les personnes qui y travaillaient étaient généralement des gens agréables, compréhensifs. Mais quand l'une de ces charmantes personnes était votre ex-mari, les choses devenaient soudain beaucoup plus compliquées.

Si sa requête n'avait concerné qu'elle cela aurait été plus simple. Elle aurait renoncé et serait partie. Mais elle s'était engagée à faire tout son possible pour Anya et, pour le moment, s'adresser à la Watchlight n'était pas seulement la meilleure option, c'était aussi la seule.

— Tu te considères avant tout comme une mère, n'est-ce pas ? murmura-t-elle pour elle-même.

Devenir mère avait été à peu près la seule belle chose qui lui était arrivée, ces dernières années. Chaque fois qu'elle y pensait, un frisson de plaisir accompagnait l'envie folle de serrer Anya dans ses bras.

Et en tant que mère elle devait tout faire pour son enfant, aussi difficile que cela puisse être. Elle avait rempli le formulaire de candidature réclamé par la fondation et y avait joint tous les documents pouvant appuyer sa demande. Il lui suffisait à présent de déposer ce dossier à la réception.

Sortant de son sac l'enveloppe en papier kraft, elle regarda fixement l'adresse qu'elle y avait écrite.

M. le directeur Alistair Duvall
Fondation Watchlight

C'était là la pierre d'achoppement. Devait-elle demander à parler à Alistair, lui expliquer ? Mais lui expliquer quoi ? Qu'elle n'aurait pas repris contact avec lui après cinq ans de silence s'il n'y avait pas eu Anya ? Qu'elle espérait qu'il ne pensait plus à leur histoire ?

Allez, fais-le. Dépose simplement l'enveloppe.

Parler ou non à Alistair n'avait aucune importance ; dès qu'il lirait le dossier, il saurait qui elle était. Si collaborer avec son ex-femme lui posait un problème, il n'aurait qu'à rejeter sa candidature.

Raina se leva et prit une profonde inspiration. Soudain, les portes de la fondation Watchlight s'ouvrirent, et deux femmes apparurent. Elles s'arrêtèrent sur les marches pour s'adresser à l'homme qui se trouvait derrière elles. Alistair.

Il était toujours aussi beau. Il portait ses cheveux blond foncé un peu plus courts qu'autrefois, et cela lui allait bien. Il souriait. Le col de sa chemise était ouvert et ses manches roulées jusqu'au coude. En le voyant, elle crut que son cœur s'arrêtait de battre.

Alistair avait accompagné les deux femmes en bas de l'escalier, ils se quittèrent sur le trottoir. Après avoir consulté sa montre, il partit dans la direction opposée à celle des deux femmes.

Sans réfléchir, Raina traversa la rue d'un pas chancelant pour le rejoindre.

— Alistair…

Son appel était resté coincé au fond de sa gorge. Alistair continuait d'avancer.

Elle le rattrapa, lui toucha le bras. Il se retourna, et son visage changea d'expression.

— Raina ? fit-il, visiblement sous le choc.

Il la regardait comme si un fantôme se tenait devant lui.

— Alistair… Je suis venue déposer quelque chose à ton intention.

Comment lui en vouloir de contempler l'enveloppe d'un œil méfiant ? La dernière enveloppe qu'elle lui avait envoyée contenait les papiers de leur divorce.

— Je… C'est un formulaire de candidature. J'ai une fille, Anya, et je voudrais postuler pour la faire entrer dans le projet de prothèse lancé par la Watchlight. Si tu me pardonnes assez pour prendre mon dossier en considération, bien sûr…

Soudain, sa demande lui parut vraiment déplacée.

— C'est moi qui devrais te demander pardon, répondit-il.

— Je ne le pense pas.

Malgré la chaleur, elle frissonna. Il n'avait peut-être pas envie d'en parler, mais c'était bien elle qui l'avait quitté.

Soudain, il parut reprendre ses esprits. Elle le retrouvait tel qu'elle le connaissait, un homme capable de prendre la bonne décision en un instant, en faisant toujours preuve d'une grande humanité.

— Si ta fille a besoin de nous, alors nous nous occuperons d'elle, Raina. Le reste ne compte pas.

— Merci. Anya a trois ans, bientôt quatre, et…

Elle vit qu'Alistair faisait rapidement le calcul. Anya avait été conçue quelques mois après leur divorce.

Mieux valait tout expliquer depuis le début, aussi douloureux que cela puisse être pour elle.

— C'est la fille d'Andrew et de Theresa. Ils ont été tués lors d'un accident de voiture dans lequel Anya a perdu sa main gauche et une partie de son avant-bras. Je l'ai adoptée.

Le regard d'Alistair s'embrasa puis s'adoucit de nouveau.

— Je suis désolé, Raina. J'aimais beaucoup ton frère et sa femme, c'étaient des gens bien.

— Je… J'aurais dû te mettre au courant de… de l'accident. Je suis désolée.

— Tu avais bien d'autres choses à gérer. N'y pense plus.

Raina tremblait si fort qu'elle put seulement lui tendre l'enveloppe, en espérant qu'il allait la prendre. Il regarda de nouveau sa montre, puis lui adressa un mince sourire.

— Écoute, je sors d'une longue réunion et j'avais l'intention de m'acheter un sandwich. Pourquoi ne m'accompagnerais-tu pas ? J'aimerais en savoir un peu plus sur Anya et sur les raisons qui te font penser qu'elle a besoin de nos services. Ensuite, tu me donneras ces documents.

— Oui. Merci, Alistair.

Elle remit l'enveloppe dans son sac et le suivit en direction du petit café du square.

Alistair restait silencieux, ce qui était assez compréhensible après les chocs successifs qu'elle venait de lui infliger. Il lui fallait un peu de temps pour assimiler tout cela et faire face à la situation comme il le faisait toujours : avec calme et intelligence, et sans beaucoup communiquer.

Lorsqu'ils entrèrent dans le café, la fraîcheur de l'air conditionné la fit frissonner. Après une heure assise en pleine chaleur sur le banc du square, elle avait besoin de se passer un peu d'eau sur le visage.

Elle s'excusa et se rendit aux toilettes.

— Le plus dur est fait…, murmura-t-elle à son reflet dans le miroir au-dessus du lavabo.

Mais quelque chose lui disait qu'en réalité il n'en était rien. Ce n'était que le début.

Le divorce s'était mal passé. La grossesse de Raina avait été une surprise, et la joie qu'elle avait éprouvée l'avait empêchée de voir qu'Alistair se demandait s'ils étaient prêts à avoir un bébé, s'ils s'en sortiraient financièrement, bref, qu'il se faisait du souci. Puis découvrir que c'était une grossesse extra-utérine et que le bébé ne pouvait pas être sauvé avait été un cauchemar pour elle. Alistair s'était renfermé sur lui-même, ne montrant d'inquiétude que pour elle, mentionnant à peine l'enfant qu'ils avaient perdu. Elle s'était dit que peut-être, tout au fond de lui-même, il pensait que c'était mieux ainsi, et ce soupçon avait tout gâché entre eux. Une fois rétablie, elle s'en était prise à lui, se déchargeant ainsi de sa douleur.

Elle l'avait déjà quitté lorsqu'elle avait découvert son infection. L'une de ses trompes de Fallope avait dû être enlevée et, l'autre étant partiellement bloquée, elle avait désormais peu de chance de tomber enceinte.

Et maintenant elle devait surmonter tout cela et convaincre Alistair qu'ils pouvaient travailler main dans la main. Elle donnerait ainsi à Anya la chance dont elle avait tant besoin.

Lorsqu'elle revint dans la salle, Alistair avait deux gobelets de café en main. Il lui en tendit un en montrant la porte.

— Cela ne t'ennuie pas si nous marchons un peu ? Je suis resté enfermé toute la matinée.

— Avec plaisir.

Elle avala une gorgée de café, qui la troubla ; Alistair n'avait pas oublié ses préférences en la matière : un cappuccino très peu sucré. La tâche à laquelle elle s'attelait s'annonçait difficile. Collaborer avec lui allait lui rappeler tout ce qu'elle avait eu tant de mal à effacer de sa mémoire.

Alistair avait eu un vrai choc en voyant Raina. Combien de fois avait-il cru l'apercevoir au milieu d'une foule pour se rendre compte en y regardant de plus près qu'il s'était trompé ? Mais là c'était bien elle.

Si elle avait eu le choix, elle ne serait pas venue le voir. Il ne devait pas l'oublier.

Malgré sa nervosité, elle paraissait en bonne forme. La dernière fois qu'il l'avait vue, elle avait les yeux cernés et le regard fuyant. Mais aujourd'hui elle ressemblait davantage à la Raina qu'il avait connue à la faculté de médecine. Une magnifique jeune femme brune aux grands yeux marron dont la beauté l'avait laissé sans voix. De toute évidence, le divorce lui réussissait.

Ce constat avait un goût amer et le déstabilisait plus encore que la musique qui inondait le café. Celle-ci le rendait pourtant presque complètement sourd, au point qu'il avait renoncé à s'asseoir dans la salle. Il devait pouvoir entendre tout ce que Raina avait à lui dire.

Dans la rue, à condition d'éviter les grosses artères, le bruit de la circulation n'était pas trop gênant. S'il marchait à la gauche de Raina, sa bonne oreille pourrait capter presque tout ce qu'elle dirait.

— Tu as lu sur notre site web tout ce qui concernait notre projet ? dit-il.

Elle l'avait fait, bien sûr. Il savait à quel point elle était minutieuse.

Elle hocha la tête et ajouta peut-être aussi quelque chose. Il ralentit le pas afin de pouvoir lire sur ses lèvres. Cela l'aidait à compenser les défaillances de son audition.

— Alors tu sais que ce projet marque le début d'un développement important des activités de la fondation Watchlight. Jusqu'à présent, notre principal souci a été de venir en aide aux personnes victimes d'accidents, mais les techniques que nous utilisons ont des applications plus vastes, nous l'avons toujours su. Mon codirecteur, Gabriel DeMarco, et moi-même travaillons depuis un certain temps à développer ce potentiel.

Il reprenait presque mot pour mot ce qu'elle avait déjà lu sur le site web. Mais il était compréhensible qu'il s'appuie sur des données solides pour se rassurer après le choc qu'il venait de subir.

— Nous hébergeons actuellement l'équipe de développement dans nos bureaux, et les services médicaux sont installés dans notre clinique, juste à côté. L'objectif à long terme est de créer un secteur à part dans la fondation. Sa mission serait d'explorer les nouvelles technologies et d'en faire profiter nos patients.

— C'est un projet ambitieux qui pourrait bénéficier à de nombreuses personnes.

Il avait vu les choses ainsi, lui aussi. Puis une soudaine perte auditive avait transformé ses journées de travail en une lutte permanente pour comprendre les phrases qu'on prononçait autour de lui et qu'il n'entendait qu'à moitié. Gabriel avait fait tout son possible pour l'aider, mais cela n'avait fait qu'accroître son sentiment d'être inutile. Il en était réduit à regarder les autres mettre toute leur énergie pour réaliser le projet qui lui tenait tant à cœur.

Mais, à présent, il avait un objectif. Relever le défi que Raina lui lançait, trouver le moyen de lui venir en aide.

— Nous travaillons encore à perfectionner notre produit et les procédures, et nous espérons faire des progrès grâce aux parents et aux enfants que nous choisissons pour participer au projet pilote.

— J'aimerais avoir la chance d'en faire partie et contribuer de mon mieux à cette belle entreprise.

Fixer les lèvres de Raina n'avait pas que des avantages, comprit Alistair. Il saisissait mieux ce qu'elle disait, mais cela lui rappelait toutes les fois où il avait observé son visage quand ils étaient blottis l'un contre l'autre, ne faisant plus qu'un…

Assez ! Ce temps-là était révolu et, aujourd'hui, une lourde tâche l'attendait. Il se força à recentrer toute son attention sur Anya. Elle seule comptait.

— Ta fille a-t-elle déjà été équipée d'une prothèse ?

— Oui, il y a six mois. Il a fallu beaucoup de temps pour fabriquer une prothèse qui, finalement, s'est avérée mal adaptée. On a dû attendre qu'elle soit modifiée. Mais, entre-temps, Anya a décidé qu'elle ne voulait pas en porter, malgré tous nos efforts pour l'encourager. Utiliser une imprimante 3 D est un procédé plus rapide et plus souple qui, je pense, répondrait mieux à ses besoins.

— Alors, dis-moi pourquoi tu penses qu'elle devrait avoir une prothèse.

Il posait toujours cette question aux parents et recevait des explications très variées.

Raina sourit. Elle se sentait soudain très sûre d'elle.

— Je ne pense pas qu'elle doive faire quoi que ce soit. Je veux lui laisser le choix ; mais pour pouvoir choisir, il faut qu'elle découvre ce qu'elle pourrait faire avec une prothèse. Je veux qu'elle connaisse les différentes options qui s'offrent à elle.

Tout cela était en parfaite adéquation avec ce que lui-même pensait.

— Nous avons la même approche, dit-il. Nous croyons que la rapidité et le faible coût des imprimantes 3D peuvent nous aider à résoudre certains des problèmes rencontrés avec les enfants qui ont déjà rejeté des prothèses. Mais nous ne nous limitons pas à un seul type de solution.

— C'est aussi ma position. Je veux juste…

Au même instant, une voiture passa près d'eux, empêchant Alistair de saisir la fin de la phrase.

— Désolé, je n'ai pas entendu ce que tu disais.

— J'ai juste envie qu'Anya soit heureuse et épanouie. C'est mon seul et unique but, et jamais je n'y renoncerai.

Il la croyait volontiers. Raina était un excellent médecin qui n'abandonnait jamais personne. Comment l'imaginer ne faisant pas tout pour sa propre fille ?

Ils se remirent en marche en direction de la Tamise. Traversant la chaussée, ils se retrouvèrent sur le large trottoir qui bordait le fleuve. Comme Alistair cherchait un endroit où s'asseoir, il s'avança vers un banc proche de l'Aiguille de Cléopâtre avant de se rendre brusquement compte de l'endroit où ils se trouvaient.

« J'ai une demi-heure. Tu peux venir me retrouver sur le banc près du fleuve ? »

À l'époque déjà, l'un ou l'autre apportait des cafés. Ils étaient alors jeunes médecins et assuraient des gardes qui n'en finissaient pas. Ils avaient besoin de caféine et d'air frais, tout autant que d'échanger des regards pleins d'amour.

Il était trop tard désormais pour choisir un autre endroit. Raina s'était assise à côté de lui et sirotait son café. Il se tourna vers elle pour pouvoir la regarder bien en face.

— Nous espérons associer les parents de très près à ce projet. Est-ce que cela te poserait un problème, compte tenu du temps dont tu disposes ?

Elle secoua la tête.

— Je me suis mise en congé pour m'occuper d'Anya. Elle est mon unique priorité, et je peux consacrer tout le temps qu'il faudra pour que tout cela soit un succès.

Elle qui avait une carrière prometteuse devant elle, elle avait choisi de la mettre entre parenthèses. Il n'en était pas surpris, mais avait un peu honte. Lui-même aurait-il été capable d'un tel choix ?

— Tu peux me parler de ta fille ?

— Eh bien, Anya a trois ans, bientôt quatre. Elle est très jolie. Elle s'intéresse à tout. Tiens, regarde…

Elle sortit son téléphone portable, fit défiler quelques photos, et lui tendit l'appareil.

Une petite fille aux boucles brunes et aux yeux marron souriait en examinant des coquillages sur une plage. Elle ressemblait tellement à Raina qu'il en eut le cœur serré et sut à cet instant que si la petite avait été leur fille, à Raina et à lui, il aurait, lui aussi, tout sacrifié à cette enfant.

Il fut tenté d'informer Raina que sa fille et elle faisaient d'ores et déjà partie du projet pilote, mais il y avait une procédure à suivre, tous les dossiers devaient suivre les mêmes étapes d'évaluation.

— Tu as rempli ta fiche de candidature ?

— Oui, et j'y ai joint les documents demandés. J'en ai parlé avec le médecin d'Anya, il pensé que ce pourrait être bénéfique pour elle. Je lui ai montré le site de la Watchlight, il apprécie votre approche axée sur le patient. Selon lui, ce serait une bonne option pour Anya.

Elle tira de son sac la grosse enveloppe en papier kraft et en sortit un dossier qu'elle tendit à Alistair. Sur la première page s'étalait une photo d'Anya avec des crayons et un carnet à dessin, preuve que Raina se focalisait essentiellement sur ce que l'enfant pouvait faire et sur ses capacités à développer son potentiel.

Soudain, il prit conscience que Raina était en train de lui parler…

— Désolé… Que disais-tu ?

— Je… Je veux te remercier de parler d'Anya avec moi.

— C'est avec plaisir.

Il commença à feuilleter le dossier. La plupart des gens réagissaient bien lorsqu'il leur parlait de sa surdité, mais quelque chose l'empêchait d'en faire part à Raina. Peut-être à cause de l'attitude positive qu'elle conservait, malgré toutes les épreuves qu'elle avait traversées. Ses problèmes à lui ne comptaient pas.

Soudain, il sursauta en entendant de l'eau jaillir de la rue derrière lui. Sans réfléchir, il tendit la main pour protéger Raina et comprit alors que le bruit venait du fleuve.

Raina posa la main sur son bras.

— Ça va ? demanda-t-elle.

— Oui… Mais il faut que je retourne au bureau.

Il n'avait pas grand-chose à y faire, mais ce n'était pas la première fois qu'il se réfugiait dans le travail pour éviter une discussion difficile avec Raina.

— Comme je suis à la tête du projet, il y a clairement un conflit d'intérêts avec ton dossier, et je veux m'assurer que tout sera fait dans les règles. Je vais donc transmettre ta candidature à mon codirecteur, Gabriel DeMarco, pour qu'il l'étudie. Il te donnera sa réponse dans la semaine.

— Merci, Alistair. J'apprécie ta gentillesse.

Par le passé il aurait fait n'importe quoi pour elle et il venait de comprendre que rien n'avait changé.

Il avait confiance en Gabriel. Son ami étudierait le dossier de Raina de façon équitable. Quant à lui, il devait désormais se mettre en retrait.

2

Raina s'interrogeait. Alistair l'avait mieux accueillie qu'elle ne le méritait mais il semblait absent, écoutant à peine à certains moments ce qu'elle disait.

À quoi s'était-elle attendue ? À ce que le divorce et tout ce qui l'avait précédé ne soient plus que de l'histoire ancienne ? En cinq ans, on pouvait oublier beaucoup de choses, mais il restait toujours des traces.

— Que se passe-t-il là-bas ? dit-elle.

Il ne réagit pas mais lorsqu'elle désigna un groupe de personnes qui s'était formé près du parapet, il se retourna pour regarder.

— Nous devrions aller voir. Quelqu'un s'est peut-être blessé.

Elle prit son sac et, sans attendre Alistair, se dirigea vers le petit rassemblement.

Autrefois, quand ils étaient mariés, il leur suffisait d'un regard pour intervenir ensemble si une urgence se présentait. À deux, ils se croyaient indestructibles. Ce n'était pas le genre d'Alistair d'hésiter.

— Je suis médecin, dit-elle en arrivant à la hauteur du groupe. Y a-t-il un blessé ?

Personne ne lui répondit. Tous ces dos devant elle l'empêchaient de voir ce qui se passait. Soudain, elle sentit un bras sur son épaule. Alistair.

Il fendit la foule, l'entraînant avec lui.

— Que se passe-t-il ?

Une femme, un petit enfant dans les bras, s'agitait

frénétiquement en montrant le parapet en pierre de taille qui bordait le fleuve. Elle ne prêta aucune attention à la question d'Alistair. Ce fut un homme qui répondit.

— Un gamin est passé par-dessus la barrière…

En se penchant, Raina vit un garçon d'environ six ans accroché de l'autre côté. Il commençait à glisser, cherchant à tâtons un appui pour ses pieds.

— Tiens bon, mon chéri, hurla la femme. Je vous en prie… quelqu'un doit l'aider…

Raina sentit, plus qu'elle ne vit, Alistair lui remettre l'enveloppe contenant son dossier de candidature. Puis il grimpa sur le parapet et glissa prudemment de l'autre côté pour s'approcher de l'enfant.

— Aidez-moi à monter là-dessus, voulez-vous ? demanda-t-elle à l'homme qui se trouvait juste à côté d'elle.

Mais Alistair intervint.

— Reste où tu es, Raina. Anya a besoin de toi à la maison ce soir.

Autrefois, jamais ils n'auraient raisonné ainsi. Elle l'aurait rejoint immédiatement. Maintenant, il agissait seul. Mais il avait raison, Anya avait besoin de la revoir ce soir, elle ne pouvait pas perdre à nouveau un parent. Et la corniche sur laquelle Alistair se trouvait était trop étroite pour deux. Raina l'aurait gêné plus qu'elle ne l'aurait aidé.

Soudain, il faillit perdre l'équilibre. Il s'arrêta et raffermit sa prise. Soudain, elle vit qu'il la cherchait du regard.

— Va doucement, dit-elle. Tu y es presque.

Il hocha la tête et s'approcha avec mille précautions du petit garçon. Alors qu'il était sur le point de l'atteindre, la mère cria le nom de l'enfant qui leva aussitôt les yeux vers elle. Cela lui fit perdre l'équilibre, il tomba en arrière en tournoyant sur lui-même. Lorsqu'il toucha l'eau, il était sur le ventre.

Alistair n'eut pas une seconde d'hésitation. Il se débarrassa de ses chaussures, sauta dans le fleuve et disparut quelques secondes. Puis il refit surface et regarda autour de lui à la recherche du garçon.

L'enfant avait atterri au milieu d'un tas de détritus flottants, et le courant l'avait coincé contre un gros morceau de bois. Il se débattait faiblement, comme assommé par le choc. Allongé sur le ventre, il avait le visage plongé dans l'eau. Il n'allait pas tarder à s'enfoncer et, alors, Alistair aurait le plus grand mal à le retrouver dans cette eau trouble.

Il entendit Raina l'appeler. Elle pointait le doigt vers l'enfant. Aussitôt il nagea dans la direction qu'elle lui indiquait. Arrivé à la hauteur du petit garçon, il le souleva pour lui mettre la tête hors de l'eau. L'enfant commença à tousser et à s'agiter, mais Alistair le tenait fermement.

— Il s'étouffe… Il se noie, cria la mère, cramponnée à son autre enfant, les yeux braqués sur son fils.

— Mon collègue est bon nageur et il est médecin, dit Raina pour tenter de la calmer. Et si votre enfant suffoque, cela prouve qu'il respire.

Elle chercha du regard où Alistair pouvait regagner la rive. Les remous provoqués par les bateaux qui circulaient sur la Tamise risquaient de les projeter, lui et l'enfant, contre le mur qui bordait le fleuve. Elle aperçut un bateau de plaisance amarré non loin de là à un embarcadère.

— Hé, il y a quelqu'un dans l'eau ! hurla-t-elle.

Il y eut un moment de confusion à bord du bateau, puis un homme se précipita vers la rambarde, une bouée de sauvetage à la main. Il la jeta à l'eau aussi loin qu'il pouvait. Alistair se mit à nager vers elle.

Raina courut vers l'embarcadère et s'engagea sur la rampe en bois qui donnait accès au petit bateau. Un homme lui bloqua le passage.

— Je suis médecin. Laissez-moi passer !

L'homme hocha la tête, la prit par le bras et la conduisit auprès du petit garçon. Il était allongé sur le pont, enveloppé dans une couverture de survie. Alistair était encore dans l'eau, mais Raina eut à peine le temps de lui jeter un regard, l'enfant réclamait toute son attention.

Un policier arriva sur les lieux, escortant la mère du petit rescapé. Celui-ci se mit à pleurer et voulut la rejoindre.

— Tout va bien, Jamie, dit-elle. Laisse le docteur t'examiner.

L'enfant avait reçu un choc et avalé de l'eau, mais il respirait et semblait relativement en forme malgré la bosse qu'il avait derrière la tête. Après l'avoir examiné du mieux qu'elle pouvait, Raina se tourna vers le policier.

— Il semble s'en être bien sorti, mais il faut qu'il aille à l'hôpital pour des examens complets.

L'homme hocha la tête et passa aussitôt un message par radio. Raina sentit qu'on la tirait par la manche. C'était la mère de l'enfant.

— Est-ce que Jamie va bien ? demanda-t-elle, l'implorant du regard.

— Il respire et il est sauvé. Mais je veux qu'on étudie de plus près cette bosse qu'il a sur la tête. Les médecins vont vérifier qu'il n'a pas d'eau dans les poumons et nettoieront soigneusement toutes ses écorchures afin d'éviter les risques d'infection.

— Merci, docteur.

Elle tint la main de son fils tandis que Raina enveloppait l'enfant dans les couvertures que l'équipage du bateau avait fournies. Le bruit d'une sirène se fit entendre, annonçant l'arrivée imminente d'une ambulance.

Dès que Raina eut confié le petit garçon aux paramédicaux, elle se mit en quête d'Alistair qui était assis dans un coin, la tête penchée, les mains sur les genoux. Quelqu'un lui avait posé une couverture sur les épaules.

Lorsqu'elle s'approcha, il leva la tête et lui sourit, le regard brillant. Autrefois, elle aurait tout donné pour ce sourire et la chaleur qui émanait de ces yeux aux reflets dorés. Cette époque ne lui semblait pas aussi lointaine qu'elle l'aurait cru.

— Eh, salut, comment te sens-tu ?

— Je vais bien. Et l'enfant ?

Elle observa Jamie, accroché à sa mère qui répondait aux questions des ambulanciers.

— Il ne semble pas trop affecté par l'aventure. Mais il doit aller se faire examiner à l'hôpital.

Alistair hocha la tête. Jamie risquait toutes sortes d'infections pour être resté dans des eaux sales, il pouvait aussi souffrir d'une commotion cérébrale.

— L'équipe paramédicale s'en occupe ? demanda-t-il, la main sur l'oreille comme s'il vérifiait son audition.

— Oui, ils contrôlent la situation. Ils savent exactement ce qui s'est passé et ce que les médecins doivent rechercher. Tu as un problème avec tes oreilles ?

Elle était sûre qu'il avait un problème, et pas seulement parce qu'il avait plongé dans de l'eau trouble. Elle avait envie de le serrer dans ses bras pour s'être montré si courageux, et aussi de découvrir ce qui le gênait, afin d'y remédier. Au lieu de cela, elle prit un mouchoir en papier dans son sac et tamponna une coupure qu'il s'était faite près de l'œil gauche.

— Arrête, Raina, dit-il, une certaine impatience dans la voix. Tout va bien…

— Ah ! Jamie risque une infection due à la saleté de l'eau, mais pas toi. Qui êtes-vous, docteur Invincible ?

Elle se mordit la lèvre. Ce sobriquet datait de l'époque où ils étaient mariés. Maintenant qu'ils étaient divorcés, il semblait d'assez mauvais goût de l'utiliser. Mais le voir dans cet état… Cela réveillait son instinct protecteur, et elle supportait mal qu'il refuse toute aide de sa part.

Mais cela lui ressemblait bien. Il était ainsi. Lorsque les choses étaient devenues difficiles, lorsqu'elle était tombée enceinte puis avait perdu le bébé, Alistair s'était renfermé sur lui-même. Alors qu'elle aurait voulu partager cette épreuve avec lui, le voir ressentir le même chagrin qu'elle, il l'avait repoussée.

Elle déglutit. Tout cela appartenait au passé. Il fallait penser au présent. Elle était médecin et elle avait devant elle quelqu'un qui souffrait. Il était normal qu'elle s'inquiète pour lui.

Elle lui tourna le dos.

— Tu ne m'entends pas, n'est-ce pas ? dit-elle en articulant clairement chaque mot.

Il fronça les sourcils.

— Qu'est-ce que… ;?

— Je disais…

Elle se retourna pour lui faire face.

— Tu n'entends pas. C'est bien cela, n'est-ce pas, Alistair ?

Alistair eut un rictus. Dire qu'il s'était donné tant de mal pour dissimuler sa surdité. S'il n'avait pas été trempé jusqu'aux os et encore sous la peur de ne pas pouvoir sauver le petit Jamie, il aurait sans doute réussi à éluder la question de Raina. Mais, là, maintenant, il avait envie de lui parler de son problème.

Il voulait qu'elle soit au courant. Il voulait lui voir ce regard inquiet qui faisait battre son cœur plus vite.

— C'est… Ce n'est pas parce que j'ai plongé dans l'eau. J'avais déjà des difficultés d'audition avant.

Il essayait de garder un ton professionnel pour oublier ses douleurs et ses peurs. Il aurait voulu qu'elle le rassure. La perspective de vivre dans un monde fait de silence et de bruit blanc dénué de toute signification le terrorisait.

— J'imagine que tu as parlé de ce problème à quelqu'un ? répondit-elle avec un regard inquisiteur.

— Oui, j'ai consulté dès les premiers symptômes

— Je sais que cela ne me regarde pas, mais…

Il ressentit le besoin irrépressible de tout lui dire.

— C'est un SSHL. Une perte auditive neurosensorielle soudaine.

— Quand est-ce arrivé ?

— Il y a deux mois. J'ai senti une assez forte pression dans mon oreille, j'ai pensé que j'avais un rhume. Et puis j'ai entendu un bruit sec et j'ai compris que j'étais complètement sourd de l'oreille gauche. J'ai aussi des problèmes avec mon oreille droite, mais ce n'est pas aussi grave. J'ai passé tous les tests possibles, et on n'a rien décelé d'autre…

Il était sourd, et c'était une catastrophe pour lui, même si personne ne s'apercevait de son handicap.

— Tu es donc un cas typique de perte auditive neurosensorielle soudaine.

— Oui. Je vais bientôt porter une aide auditive.

— Tu as des acouphènes ?

— Oui, mais ça semble s'améliorer, de ce côté-là.

Il n'en était pas certain. Sans doute était-ce plutôt un vœu pieux car ces bruits parasites qui l'empêchaient de connaître un vrai silence lui étaient insupportables.

— Lorsque tu auras ton appareil, il te sera plus facile de te focaliser sur autre chose.

— Oui, c'est ce que dit mon audiologue. Mais je ne veux pas nourrir trop de faux espoirs.

Elle hocha la tête, l'air pensif.

— Nous aurions dû aller dans un endroit plus calme pour parler.

— J'ai entendu ce que j'avais besoin d'entendre. Et je dois prendre l'habitude de fonctionner dans n'importe quelle situation.

— Alors, tu serres les dents ?

Il faillit protester et répondre qu'à présent il l'entendait parfaitement bien, mais c'était parce qu'elle faisait exactement ce qu'il demandait d'habitude à ses interlocuteurs : elle lui faisait face et articulait très clairement. Elle avait toujours su lui donner ce dont il avait besoin…

Mais lui, non. Il l'avait laissée partir, pensant qu'un autre pourrait la satisfaire et lui donner la famille qu'elle désirait tant, alors que lui ne s'y sentait pas prêt, à l'époque. Mais maintenant, même s'il se battait pour trouver sa place dans un monde qui lui paraissait soudain étrange, il pouvait lui donner quelque chose.

— Je veux que tu retournes dans nos bureaux, dit-il. Demande Heidi Walker. C'est notre assistante, à Gabriel et à moi. Remets-lui ton dossier de candidature pour que Gabriel le lise ce soir. Je lui téléphonerai plus tard.

— Cela peut attendre demain, Alistair. Il faut d'abord que je te ramène chez toi.

Il commençait à trembler, par cet après-midi ensoleillé et, malgré lui, il était content qu'elle se soucie de lui. Mais il s'était déjà suffisamment dévoilé, bien plus qu'il n'aurait voulu. Et, à présent, il ne voulait qu'une chose : qu'elle s'en aille avant qu'il ne laisse échapper d'autres confidences.

— Donne-moi l'enveloppe, dit-il. Tu as un stylo ?

Au regard qu'elle lui lança, elle n'était pas d'accord, mais elle lui tendit un stylo à bille. Il écrivit une note destinée à Heidi sur l'enveloppe tandis que Raina l'observait. Elle était visiblement décidée à ne pas s'en aller en le laissant là, trempé, mal en point et à moitié sourd. Et c'était justement pour cette raison qu'il tenait tant à ce qu'elle quitte les lieux.

— Pendant que tu étais avec Jamie, dit-il, l'agent de police est venu me voir, il a demandé par radio une voiture pour me ramener chez moi.

— Mais…

Elle n'allait pas si facilement abandonner la partie, pourtant il le fallait, car si la fondation Watchlight prenait sa fille en charge, leur relation devait rester exclusivement professionnelle. Seuls comptaient les besoins de l'enfant.

— Allez, va, Raina. Je veux que tu t'en ailles.

À certains moments, Alistair avait paru abandonner sa soif d'indépendance, et Raina avait eu l'impression qu'il était content qu'elle soit là, près de lui. Mais, maintenant, il se montrait froid et autoritaire. Il avait beau prétendre aller bien, il fallait évidemment désinfecter ses plaies, après ce bain forcé dans une eau boueuse. Que cela lui plaise ou non.

Après avoir remis l'enveloppe dans son sac, elle se dirigea vers les ambulances qui s'apprêtaient à partir. Elle s'assura que Jamie n'avait pas besoin d'elle puis demanda un paquet de lingettes antiseptiques et une paire de gants jetables.

Alistair fit la grimace en la voyant revenir avec ce matériel, mais il ne dit rien. Il ne protesta pas non plus lorsqu'elle lui nettoya le visage et, quand elle lui demanda de montrer ses mains, il s'exécuta en silence.

— As-tu avalé de l'eau ? demanda-t-elle.

— Non. Elle était trop sale pour que j'aie envie d'y goûter.

— Prends-les, dit-elle en lui tendant le reste du paquet de lingettes. Tu nettoieras de nouveau cette coupure quand tu seras chez toi, et fais-le sur toutes tes autres égratignures.

— Oui. Merci. Tu devrais filer, maintenant, les bureaux vont bientôt fermer.

— Dois-je leur dire ce qui s'est passé ? Pour qu'ils n'attendent pas ton retour ?

— Oui, merci. Dis-leur que je serai au bureau demain.

Il aurait pu consacrer la matinée du lendemain à se soigner et à s'assurer que son plongeon dans la Tamise n'avait pas d'autres conséquences fâcheuses, mais elle ne le souligna pas. Il lui avait clairement fait comprendre qu'elle n'avait plus rien à faire sur place.

— Ton téléphone fonctionne encore ?

Il sortit son portable de sa poche. L'écran était brisé, et l'eau était rentrée dans l'appareil.

— Je ne crois pas, dit-il. Mais j'en ai un autre à la maison, au cas où je perdrais celui-ci.

Là encore, elle le retrouvait tel qu'elle l'avait connu. Il ne pensait qu'à son travail, le reste ne comptait pas.

Elle fouilla dans son sac.

— J'aimerais que tu me donnes de tes nouvelles, dit-elle en notant son numéro de téléphone sur un bout de papier qu'elle glissa dans le paquet de lingettes.

— Je t'envoie un texto dès que je suis rentré et que j'ai pris une douche.

— Merci. Prends soin de toi, Alistair.

Elle se leva, essayant de ne pas le regarder de crainte que cela ne lui donne envie de rester.

Elle arriva sur le quai en même temps qu'une voiture de police conduite par une femme en uniforme. C'était elle qui ramènerait Alistair chez lui.

Raina le vit se lever, deux membres de l'équipage du bateau de plaisance vinrent lui serrer la main. Puis la femme policier, tout sourires, le guida doucement vers la passerelle.

Le moment était venu pour Raina de partir, avant qu'Alistair ne s'aperçoive qu'elle était encore là.

3

Alistair resta une demi-heure sous la douche dans l'espoir de se débarrasser de l'odeur du fleuve.

Fut un temps où, rien qu'en le touchant Raina guérissait tout chez lui. Ce temps-là n'était plus. Désormais, une barrière impénétrable se dressait entre eux. Raina lui avait apporté un bonheur fou et, lorsqu'elle était partie, il n'avait plus ressenti que de la douleur et du chagrin. Se noyer dans le travail pour se sortir du marasme avait renforcé en lui l'idée que jamais il ne serait devenu le père et le mari qu'il aurait rêvé d'être.

Il sortit de la douche et enfila des vêtements propres. L'odeur du fleuve n'avait pas complètement disparu, mais s'il l'ignorait elle finirait probablement par s'en aller. Ses yeux piquaient encore un peu. Il découvrit le bout de papier sur lequel Raina lui avait laissé ses coordonnées et battit des paupières.

Raina Elliot. Elle avait repris son nom de jeune fille. Cela n'avait rien de surprenant, notamment parce que sa nièce aussi s'appelait Elliot. C'était une sorte de message qu'elle adressait à l'enfant qui était désormais sa fille.

— Raina Duvall. Tu aimes ?

Il avait posé la question à Raina lorsqu'ils avaient dansé ensemble le soir de leur mariage. Elle avait souri.

— J'adore. Pourquoi crois-tu que je t'ai épousé ?

Il savait qu'il y avait bien d'autres raisons qui toutes pouvaient se résumer par le mot amour. Un amour vrai. Absolu.

Lui donner son nom l'avait fait aimer un peu plus son patronyme. Jusqu'alors, c'était seulement pour lui une chose qu'il avait hérité de son père, en même temps que son ADN et une propension à consacrer toute son énergie au travail.

Mais Raina avait pris son nom et se l'était approprié. C'était une créature solaire, qui exprimait tout ce qu'elle ressentait alors que lui s'en était toujours montré incapable. C'était en partie ce qui avait provoqué leur séparation. En partie seulement.

Il n'avait pas très bien connu son père, mais sa mère lui avait toujours dit qu'il lui ressemblait beaucoup. Ce qui voulait dire qu'il savait parfaitement subvenir aux besoins de sa famille. Alistair avait grandi dans un foyer confortable où il ne manquait de rien. Cela voulait dire aussi que le travail passait toujours avant la famille. Il avait du mal à se rappeler un souvenir d'enfance où figurait son père.

Lorsque Raina était tombée enceinte sans que la grossesse ait été programmée, il s'était dit qu'il n'était pas prêt, comme si, avec le temps, il pourrait l'être un jour. Mais la vérité, c'était qu'il ressemblait à son père bien plus qu'il ne voulait l'admettre. Il était happé par son travail, sacrifiait tout à sa vie professionnelle. Le jour où Raina avait perdu le bébé, il était au travail, téléphone éteint. S'il avait un regret dans la vie, c'était d'avoir laissé Raina traverser cette terrible épreuve seule.

Mais il ne regrettait pas de l'avoir laissée partir. Il y avait sûrement quelque part un homme capable d'être un père pour les enfants que Raina désirait tant. Il avait trouvé normal de s'effacer, même si cela lui avait été très douloureux.

Il prit son téléphone et composa le numéro de Raina. Il n'avait pas imaginé qu'elle deviendrait mère dans des circonstances aussi tragiques. Mais vu l'amour qu'il avait lu sur son visage lorsqu'elle lui avait montré les photos d'Anya, elle n'était manifestement pas rongée par les regrets.

Probablement ne regrettait-elle pas non plus leur séparation. Aussi ne devait-il pas se laisser envahir par la nostalgie.

Elle lui avait demandé de lui envoyer un texto lorsqu'il serait rentré chez lui et c'était ce qu'il allait faire.

Elle lui répondit presque aussitôt.

Tu vas bien ?

Non, pas vraiment. Ses blessures physiques n'étaient rien, mais son cœur, lui, continuait de souffrir.

Oui, très bien, merci.

Il venait d'envoyer son texto lorsqu'il comprit qu'il avait une question à poser.

As-tu déposé ton dossier de candidature ?

Oui. Heidi a promis de le remettre aussitôt à Gabriel.

Bien. Gabriel avait sans doute lu le dossier, à présent. Alistair allait l'appeler.

Merci. Restons en contact.

Merci à toi, encore une fois.

Ce dernier texto n'appelait pas de réponse. Alistair composa le numéro de Gabriel.

Raina fronça les sourcils. C'était très bien de garder ce ton professionnel dans les échanges avec Alistair, mais il éludait toute question relative à sa santé et à son bien-être.

— Maman…

Dans la baignoire, Anya tendit la main et caressa le visage de Raina. Elle savait d'instinct ce que ressentait sa mère adoptive, même si elle ne comprenait pas bien les sentiments qui l'agitaient.

— C'est juste un texto, mon cœur.

— Un texto de qui, maman ?

Raina lui fit une grimace. La petite fille rit et l'éclaboussa avec l'eau du bain.

— C'est quelqu'un que je suis allée voir aujourd'hui quand tu étais chez grand-mère. Il s'appelle Alistair.

— Il est méchant ?

— Oui. Très… Mais ne parlons plus de lui. Tu vas sortir de ton bain et mettre ton pyjama.

— Méchant Alistair, chantonna Anya.

Raina regretta d'avoir parlé sans réfléchir. Elle s'abstiendrait de prononcer le mot méchant durant toute la semaine, et peut-être Anya oublierait-elle cet incident. Si son dossier était accepté et qu'elle intégrait le projet pilote, il valait mieux que personne ne l'entende parler du méchant Alistair.

— Non, je suis désolée, mon cœur, je me suis trompée. Il est vraiment très gentil, Alistair.

— Tu lui as envoyé des bisous ?

— Non, les bisous, c'est juste dans les textos qu'on envoie à grand-mère.

Pas question d'envoyer des baisers à Alistair, ce serait aller au-devant de bien des problèmes. Le genre de problèmes qui vous brisaient le cœur. Elle avait déjà connu cela une fois dans sa vie, et c'était largement suffisant. Elle n'avait aucune envie de renouveler l'expérience.

— Alors, c'est un méchant, dit Anya avec un sourire qui fit fondre Raina.

Elle sortit la petite fille de son bain et, l'enveloppant dans une grande serviette, la serra étroitement contre elle.

La seule personne qui comptait, c'était Anya.

— Vous êtes Raina ?

— Oui.

Ces derniers jours, elle décrochait avec empressement chaque fois que le téléphone sonnait, mais ce n'était jamais Alistair. Et là non plus.

— Je suis Gabriel DeMarco. Je travaille avec Alistair à la fondation Watchlight, il m'a passé votre dossier de candidature concernant votre fille. Si j'ai bien compris, vous aimeriez participer à notre projet sur les prothèses des membres ?

— Oui… Oui, absolument.

Elle retint son souffle. Anya, très occupée à remplir de terre les pots alignés devant elles sur la pelouse, ne se doutait pas que sa vie était peut-être sur le point de changer.

— Nous aimerions étudier cette possibilité d'un peu plus près. Si vous êtes toujours intéressée ?

— Oui !

Sans doute n'aurait-elle pas dû parler aussi fort. Anya leva les yeux vers elle et répéta le mot en riant.

— Désolée…, dit Raina. Oui, je suis toujours intéressée.

Gabriel éclata de rire.

— Vous semblez avoir toutes les deux le même enthousiasme quant à ce projet, dit-il. Il y a un point dont je voudrais discuter avec vous avant toute chose, si cela ne vous ennuie pas. Il s'agit d'une question personnelle…

Alistair. Qu'avait-il dit à Gabriel ? De toute façon, elle n'avait pas d'autre choix que de faire confiance à l'homme dont elle avait été si proche autrefois.

— Vous voulez parler de mes liens avec Alistair ?

— En effet.

Il semblait soulagé de n'avoir pas à le préciser lui-même.

— Alistair s'est retiré de la procédure de sélection afin d'éviter tout risque de conflit d'intérêts. Si la candidature d'Anya est retenue, c'est moi qui serai son médecin référent et qui déciderai du type de prothèse qui lui conviendra le mieux. Mais comme c'est Alistair qui est à la tête du projet, vous serez inévitablement amenée à collaborer étroitement avec lui.

C'était donc en train de devenir une réalité. Elle n'avait pas osé trop penser à la perspective de travailler avec Alistair, mais elle devait désormais regarder les choses en face.

— Alistair et moi, nous n'avons pas toujours été d'accord, bien sûr. Mais j'ai toujours eu du respect pour lui, et ce projet est beaucoup trop important pour moi pour que des questions personnelles se mettent en travers. Je considérerai comme un privilège de pouvoir travailler avec lui.

Elle retint son souffle, s'était-elle montrée assez convaincante ? Le rire de Gabriel la rassura.

— Comme il m'a dit à peu près la même chose, je crois que je peux rayer cette question de ma liste. Pourriez-vous nous amener Anya demain pour que nous fassions connaissance ?

— Oui, à l'heure que vous voudrez.

— Disons 11 heures ? Vous verrez aussi Maya Powell. Elle est spécialiste de la rééducation et collabore avec nous depuis des années. Elle n'a pas l'intention d'assurer le suivi des familles sélectionnées pour participer au projet, mais elle nous aide dans le processus d'enquête et d'évaluation.

En d'autres termes, Alistair n'assisterait pas à l'entretien, ce qui offrait un certain répit à Raina.

— 11 heures, c'est parfait, je vous remercie.

— Très bien, à demain, alors. Pourriez-vous également apporter un jouet qu'Anya affectionne particulièrement ? Nous voulons apprendre à la connaître…

Après que Gabriel eut raccroché, Raina contempla le téléphone. Tout s'annonçait plutôt bien.

— Nous avons réussi, Anya. Je crois que nous le devons à ton joli sourire.

Anya ne parut pas particulièrement impressionnée.

— Maman, on peut mettre les plantes dans les pots ?

Raina se pencha pour embrasser la petite fille sur la joue.

— Oui, nous allons le faire tout de suite. Et demain, nous irons voir quelqu'un. Le gentil Gabriel.

Gabriel les attendait devant la réception. Cet homme de haute taille, à la resplendissante chevelure noire, semblait très souriant de nature. Il leur fit traverser un grand hall lumineux pour les emmener vers deux bureaux aux cloisons vitrées. L'un d'eux avait les volets baissés, garantissant ainsi une certaine confidentialité.

Lorsque le trio y entra, une femme se leva du siège qu'elle occupait dans un coin de la pièce aménagé en salon.

— Raina, voici Maya Powell.

Gabriel et Maya semblaient tous les deux détendus et se montraient très souriants. Des boissons et des biscuits étaient disposés sur la table basse entourée d'un canapé et de deux fauteuils en cuir. Cette ambiance accueillante ne pouvait que faire du bien à Anya.

Maya serra la main de Raina puis se pencha vers la petite fille.

— Tu dois être Anya. Moi, je m'appelle Maya. Nous avons des boissons pour toi, ici, si tu en as envie.

Anya murmura un bonjour timide en serrant très fort la main de sa mère et en se collant à ses jambes.

— Tu veux peut-être t'amuser avec tes briques, ma chérie ? proposa Raina en sortant de son sac une boîte de briques en plastique de toutes les couleurs.

Elle la posa sur la table basse et Anya, l'air hésitant, regarda fixement son jouet favori.

— Des briques ?

Gabriel, assis sur le canapé, contemplait avec un regard ébloui la boîte posée sur la table.

— C'est avec cela que je joue le plus, dit-il. Tu veux bien me les montrer, Anya ?

Son enthousiasme était si communicatif qu'Anya lâcha la main de Raina et se précipita pour ouvrir la boîte. Gabriel, grand sourire aux lèvres, tendit le cou pour voir ce qu'elle contenait. Anya commença à vider la boîte, montrant tout son contenu à Gabriel.

— Elles sont fantastiques, dit-il.

Il se tourna vers Raina.

— Je vais bientôt être papa.

Maya, levant les yeux au ciel, éclata de rire.

— Y a-t-il une seule personne à Londres à qui vous ne l'ayez pas encore dit, Gabriel ?

— Non, probablement pas.

Il aida Anya à extraire les briques de la boîte.

— Où as-tu eu tout cela ?

— Tu vas au magasin et tu les achètes.

Au ton pris par Anya, c'était le genre d'information que n'importe qui devait connaître.

— Vraiment ? Dans quel magasin ?

Anya haussa les épaules. Ce fut Raina qui répondit.

— Ça se trouve dans n'importe quelle boutique de jouets. Mais, de toute façon, vous avez le temps, vous n'en aurez pas besoin tout de suite. Félicitations.

C'était agréable de voir un homme aussi heureux à la perspective de devenir père.

— Merci. Nous sommes allés à l'échographie des trois mois hier, et ma femme m'a donné tous les détails pour qu'on puisse partager la nouvelle. C'était une vraie surprise.

Raina sentit une boule se former dans sa gorge. Sa grossesse aussi avait été une vraie surprise, mais elle avait du mal à imaginer Alistair enquêtant sur les briques et brûlant d'annoncer sa future paternité à tout le monde.

Elle n'avait jamais oublié l'enfant qu'elle avait perdu, mais, pour l'instant, c'était à Anya qu'elle devait penser.

Maya l'invita à s'asseoir et lui servit un café.

— Nous allons aborder toutes les questions, voulez-vous, pendant qu'Anya s'amuse avec Gabriel.

Maya se livra à un véritable interrogatoire, mais si gentiment, et avec un tel sourire, que Raina se détendit rapidement.

— Elle se débrouille très bien, dit doucement Gabriel.

Il lançait de temps en temps quelques remarques qui montraient qu'il écoutait la conversation des deux femmes même s'il semblait focaliser toute son attention sur Anya.

— Oui, dit Raina. Mais, étant médecin, je sais que beaucoup de gens ayant un membre défaillant surcompensent en faisant trop travailler l'autre, ce qui crée des problèmes à long terme. Et je veux qu'Anya ait le plus de choix possible.

— Quels choix ? demanda Maya.

— Je ne sais pas. Elle me dira ce qu'elle a envie de faire, et quand elle voudra le faire. Je veux simplement pouvoir répondre à son désir. S'il faut du temps et de l'argent pour fabriquer des prothèses sur mesure, cela n'empêche pas qu'elle essaye autre chose entre-temps, comme le font la plupart des enfants.

— Bien vu, dit Gabriel en lui décochant un sourire.

Et il retourna à la construction dans laquelle Anya l'avait entraîné.

Durant toute la matinée, Alistair avait été incapable de faire quoi que ce soit. Il avait pensé prendre du temps pour lui pendant que Raina et Anya auraient leur entretien. Il était monté au bureau d'études pour passer un moment avec l'équipe de développement qui travaillait sur le projet des prothèses, mais il avait du mal à entendre ce qui se disait et à suivre les échanges d'idées. Il avait fini par s'asseoir dans un coin, buvant du café en pensant à Raina.

Si Gabriel et Maya décidaient qu'un autre enfant conviendrait mieux qu'Anya pour le projet pilote, il n'aurait plus l'occasion de voir Raina. Elle disparaîtrait de nouveau.

Il avait envie de guetter sa sortie et de tomber sur elle et Anya comme par hasard, mais cela risquait d'avoir l'air prémédité. Après avoir rôdé en vain près de la réception, il décida de retourner dans son bureau. Au moins était-il sûr de les apercevoir au moment où elles s'en iraient.

Tandis qu'il s'en approchait, il vit que la porte du bureau de Gabriel était ouverte.

Raina apparut sur le seuil, accompagnée de Maya. Elle était vêtue d'un pantalon noir et d'un chemisier crème, une tenue parfaite pour un entretien décontracté. Elle était magnifique. Une petite fille dans une robe d'été bleu et blanc était à côté d'elle. Gabriel se montra à son tour et échangea une poignée de main avec Raina. Puis il baissa les yeux vers l'enfant qui le tirait par la manche.

Alistair retint son souffle, incapable de faire un geste. Gabriel se pencha vers la petite fille qui lui planta un baiser sur la joue. Maya rit, et Gabriel se redressa, un grand sourire aux lèvres. Une jalousie féroce envahit Alistair. C'était lui qui aurait dû se trouver à la place de Gabriel…

Non. Ce n'était pas possible. Il avait déjà décidé qu'il serait un aussi mauvais père que l'avait été le sien, et que Raina serait bien plus heureuse avec quelqu'un d'autre.

Soudain, il n'eut plus du tout envie de la revoir avec cette enfant qui lui ressemblait tellement. Mais c'était trop tard. Gabriel l'avait aperçu et lui faisait signe de les rejoindre. Il n'y avait pas d'échappatoire possible. Se forçant à sourire, il se dirigea vers le bureau de son ami.

L'entretien s'était bien passé. Raina avait pu s'exprimer et répondre à toutes les questions de Maya. Elle avait vu Gabriel hocher la tête plusieurs fois et, même s'il n'avait pas dit grand-chose, peut-être soutiendrait-il sa candidature. Si Anya n'était pas retenue pour le projet, au moins Raina aurait-elle fait tout son possible.

Et puis… Il y avait eu Alistair. Il était apparu alors qu'elle saluait Gabriel et Maya. Si elle ne l'avait pas connu aussi bien, elle aurait pu se laisser prendre par le sourire qu'il affichait. Un sourire qui se voulait de bienvenue, exprimant une heureuse surprise.

— Raina. C'est bon de te revoir.

— Moi aussi, je suis contente. Et voici Anya.

Anya leva les yeux vers lui, se demandant qui était cet inconnu.

— Mais oui, bien sûr. Hello, Anya.

Il l'avait à peine regardée. Raina ne put s'empêcher de penser qu'il s'était plus inquiété pour le gamin qu'il avait repêché dans la Tamise qu'il n'avait l'air de se soucier d'Anya.

Peut-être essayait-il seulement de garder ses distances et le faisait-il d'une façon un peu trop marquée. Aucune décision n'avait été prise pour l'instant, et il ne voulait pas introduire de biais. Elle non plus. Elle ne lui parlerait donc pas de la coupure qu'il avait au visage. La zone était gonflée, il avait un gros bleu sous l'œil.

— Votre œil semble aller mieux, Alistair, dit Maya. Comment vous sentez-vous, maintenant ?

— Beaucoup mieux, merci. Les antibiotiques que Gabriel m'a prescrits se sont avérés efficaces. J'avoue que j'aurais dû écouter Raina, dit-il d'un air contrit.

— Oui, tu aurais dû…

Elle avait parlé sans réfléchir et le regrettait déjà.

Anya regarda fixement Alistair.

— Méchant Alistair.

Cela aurait pu être pire. Anya aurait pu lancer cela dans un tout autre contexte. Gabriel éclata de rire.

— C'est vrai, Anya, je pense la même chose que toi.

Il ignora le regard furieux d'Alistair et les joues écarlates de Raina.

— Nous devons partir, dit-elle en prenant Anya par la main. Merci beaucoup de nous avoir accordé tout ce temps. J'apprécie vraiment que vous ayez accepté de nous rencontrer.

— Cela a été un vrai plaisir pour moi, répondit Gabriel. Merci beaucoup, Anya, de m'avoir laissé jouer avec tes briques.

— Avec plaisir, dit l'enfant.

Et, cette fois, tout le monde sourit.

Raina quitta les lieux avec Anya, laissant Gabriel et Maya suivre Alistair dans son bureau.

Raina ne pouvait s'empêcher de trembler. En lui disant au revoir, Alistair lui avait simplement glissé un « bonne chance ». Si cela signifiait bien ce qu'elle croyait, le malaise qu'ils avaient éprouvé l'un et l'autre lors de cette rencontre inopinée n'avait plus aucune importance. Gabriel et Maya décideraient seuls d'inclure ou non Anya dans le projet pilote. Mais Alistair venait de lui faire comprendre très clairement sa position.

4

Alistair considérait que tout s'était bien passé, Gabriel et Maya partageaient-ils son impression ? Le projet pilote ne se limitait pas à sélectionner les enfants. Il s'agissait aussi de sélectionner des parents capables de rendre compte des progrès de leurs enfants et d'aider l'équipe à opérer les modifications nécessaires dans les procédures. Anya et Raina étaient toutes les deux parfaites.

Maya et Gabriel l'avaient suivi dans son bureau. Gabriel voulut observer la blessure qu'il avait près de l'œil.

— Cela va mieux. Je sais que j'aurais dû t'en parler plus tôt.

— Oui, tu aurais dû, répondit Gabriel avec un grand sourire. La prochaine fois que tu décideras de jouer les héros, suis les conseils du médecin présent.

Alistair le fusilla du regard, mais il ne dit rien. Il en était toujours ainsi entre eux. Ils étaient liés par une amitié solide et, lorsqu'ils n'étaient pas d'accord, ils n'en gardaient jamais rancune. Leurs deux personnalités, si différentes, créaient une synergie qui tirait le meilleur de chacun d'eux.

— Je me suis fait mon opinion, dit Maya, Raina pourrait apporter énormément au projet et elle semble prête à s'impliquer.

— Je suis d'accord, déclara Gabriel. Et Anya est l'une des meilleures candidates que nous ayons vues.

— Alors c'est décidé ? demanda Alistair.

Maya échangea un regard avec Gabriel qui hocha la tête.

— Oui, c'est officiel. Nous allons garder une place pour

Anya. Nous avons deux autres enfants dont les familles ont déjà accepté, et tu devais parler à trois autres familles, Alistair.

— Je l'ai fait. Deux d'entre elles aimeraient participer, et les parents de Sam Ross préféreraient attendre. Il doit subir une opération. Il faut qu'il ait complètement récupéré avant que nous puissions travailler avec lui.

— Ce qui fait cinq enfants en tout. La *dream team* peut en prendre six.

— Oui. Cependant, je préfère qu'il y ait moins d'enfants, mais être sûr qu'ils conviennent parfaitement pour le projet.

— Cela me parait bien, approuva Maya. Et... Êtes-vous certain de vouloir travailler aussi étroitement avec votre ex-femme, Alistair ? Si cela vous pose le moindre problème, je serais ravie de m'occuper d'Anya.

— Non, ce n'est pas un problème. Raina veut faire ce qu'il y a de mieux pour Anya, et moi aussi. Le reste est secondaire. Nous pouvons très bien faire face à la situation.

— Ce serait une bonne idée d'inviter Raina à la conférence que vous organisez.

Alistair fronça les sourcils. En effet, c'était une très bonne idée, mais cela revenait à réserver à Raina un traitement différent de celui des autres parents participant au projet. Or il s'était promis de n'en rien faire.

— Nous avons prévu de garder une journée pour que les associations caritatives qui assistent à la conférence présentent leur propre travail, dit-il. Gabriel et moi pensions proposer aux parents d'y participer, s'ils le souhaitent.

— Mais Raina est médecin. Elle pourrait apporter beaucoup à la discussion, durant les trois jours que durera cette rencontre. Elle a à la fois l'expérience d'une mère et la compréhension des problèmes médicaux.

Alistair échangea un regard avec Gabriel. Les choses s'avéraient plus difficiles qu'il ne l'avait cru et il ne voulait pas prendre la décision tout seul.

— Je pense que nous devrions le lui demander, dit Gabriel. Je sais que tu ne veux pas que Raina profite d'un traitement spécial, Alistair, mais ses compétences de mère et de médecin font que sa contribution pourrait être très enrichissante. L'exclure de cette conférence sous prétexte qu'elle est ton ex-femme serait disproportionné.

Alistair éprouvait malgré tout un certain malaise à l'idée de lancer cette invitation à Raina.

— Tu lui en parleras, alors ? Lorsque tu procéderas au premier examen médical d'Anya ?

— Oui, je lui demanderai de réserver cette date. C'est dans un peu plus d'un mois.

— C'est d'accord, alors, dit Maya en souriant. J'ai deux heures devant moi avant de devoir retourner à mes consultations. Lequel d'entre vous me propose autre chose que les sandwichs de la cantine ?

Alistair rit. Le déjeuner était un sujet de conversation plus léger.

— Allons prendre quelque chose au café. Il y a certains points dont j'aimerais discuter avec vous, Maya, pendant que vous êtes là.

Ni le bruit des conversations ni la musique tonitruante du café n'entamèrent la bonne humeur d'Alistair. Soudain, il se sentait de nouveau utile. Il s'était mis en congé quelque temps lorsque le SSHL était survenu et, quand il avait repris le travail, il avait constaté que la jeune épouse de Gabriel, Clara, avait été d'une grande aide. Elle faisait le plus grand bien à Gabriel. Alistair n'avait jamais vu son ami aussi heureux. Clara canalisait son côté instable et créatif, orientait son énergie dans la bonne direction. Autrefois, c'était Alistair qui jouait ce rôle et, même s'il était content que, sans lui, tout se déroule bien au bureau, il s'interrogeait. Sa présence était-elle vraiment aussi nécessaire qu'il l'avait imaginé ?

Il se sentait diminué professionnellement. Les gens vaquaient à leurs occupations, passaient des coups de téléphone qu'il ne pouvait pas entendre et tenaient des conversations qu'il ne captait qu'à moitié. Il avait beaucoup de mal à suivre ce qui se passait autour de lui.

Mais le projet dans lequel Gabriel l'avait poussé à se lancer commençait à porter ses fruits. Et Raina allait en faire partie. Il n'aurait su dire ce qui, de ces deux perspectives, l'excitait le plus et il ne voulait pas trop s'interroger à ce sujet.

Gabriel avait raison. Il avait eu besoin de relever un défi. Et c'était exactement ce qu'il allait faire.

Raina portait un pantalon noir moulant et un chemisier blanc. Alistair savait d'expérience qu'elle faisait toujours attention à la façon dont elle s'habillait et, là, sa tenue était parfaitement adaptée à un rendez-vous professionnel.

Anya, elle, était vêtue d'une robe d'été rouge et blanc sans manches. Rien n'avait été fait pour cacher ses bras, et la petite fille ne montrait aucun signe de gêne. Personne ne lui avait jamais dit qu'il lui manquait quelque chose. Alistair savait, de l'expérience qu'il avait eue avec d'autres mères, qu'il fallait mettre cela au crédit de Raina.

Il l'accueillit à la porte de son bureau avec un grand sourire.

— Salut, Anya.

— Bonjour. Maman dit que je ne dois pas t'appeler méchant Alistair.

Elle le regardait, l'air solennel. Alistair sentit soudain son cœur s'emplir d'une bouffée de tendresse pour la petite fille. Il glissa un coup d'œil vers Raina qui avait les joues écarlates.

— Alors, dis-moi, comment voudrais-tu m'appeler ?

Anya haussa les épaules et abandonna la main de sa mère pour prendre la petite boîte en plastique qu'elle tenait.

— J'ai fait un gâteau pour toi, dit l'enfant.

Raina parut nettement soulagée que sa fille passe à autre chose.

— Nous avons fait de la pâtisserie, et Anya a aidé pour le glaçage.

Alistair ouvrit la boîte.

— Une brioche à la cannelle ! Merci, Anya.

— Avec plaisir, nous en avons encore plein, dit l'enfant en passant devant lui pour entrer dans le bureau.

Sa mère et Alistair la suivirent.

— Gabriel t'a-t-il donné des précisions concernant notre conférence ? demanda-t-il.

— Oui, nous en avons parlé lorsqu'il a procédé à l'examen médical d'Anya. Cette rencontre me semble vraiment intéressante, j'aimerais beaucoup y participer.

Il avait espéré qu'elle trouverait un prétexte pour ne pas y assister, mais inutile de se faire du souci maintenant. Il serait toujours temps de s'inquiéter, le moment venu.

— Bien. Gabriel a prescrit une prothèse myoélectrique pour Anya. As-tu des questions à poser à ce sujet ?

— Non… Une prothèse myoélectrique lui permettrait de bouger les doigts et d'effectuer des tâches manuelles plus complexes, mais il faut montrer de la persévérance pour apprendre à se servir des muscles du bras afin de contrôler la prothèse.

Alistair s'assit derrière son bureau, posa le gâteau à côté du téléphone et fit signe à Raina de prendre un siège.

Elle sortit de son sac une poupée passablement usée qu'elle donna à Anya. L'enfant la prit et alla s'asseoir sur une chaise à l'autre bout de la pièce. Tenant sa poupée sur ses genoux, elle commença lui murmurer des choses qu'Alistair ne pouvait entendre, contrairement à Raina.

— Est-ce que cela t'inquiète ? demanda-t-il.

— Je ne sais pas. Peut-être. Une prothèse fixe ou semi-flexible coûte moins cher à fabriquer et dure plus longtemps. Ce serait peut-être une option plus pratique pour commencer. D'autant plus que nous ne savons pas encore comment Anya réagira.

Alistair hocha la tête.

— Nous sommes tombés d'accord qu'il fallait offrir différents choix à Anya. Ce projet prend en compte les rêves et les possibilités. Alors, dis-moi ce que tu souhaites pour ta fille.

Au sourire contraint de Raina, elle ne croyait guère aux

rêves. Les dernières années l'avaient obligée à se confronter à une dure réalité.

— La main myoélectrique.

Elle avait encore au moins un rêve, se dit Alistair.

— Nous allons donc travailler dans cette direction, dit-il. Ne t'inquiète ni du prix ni de la difficulté de la tâche, ton travail à toi, c'est de soutenir ta fille.

Ce serait sûrement difficile pour elle qui n'avait pas l'habitude de laisser autrui régler ses problèmes. Mais c'était à cela qu'elle s'était engagée lorsqu'elle avait accepté de participer au projet. Gabriel s'était sûrement montré très clair sur ce point.

— Oui, dit-elle soudain en hochant la tête. Merci.

Le plus dur était fait. Maintenant il pouvait passer à l'étape suivante.

— Dans ce cas, donnons à Anya une idée de la façon dont nous pouvons réaliser les choses qu'elle imagine. J'ai pensé que, pour commencer, nous pourrions passer un moment avec notre équipe de développement. Nous l'appelons la *dream team*.

Raina sourit et regarda sa fille.

— Cela me semble une excellente idée.

La petite fille était encore en grande conversation avec sa poupée. Chaque fois qu'Alistair regardait Anya, il avait le cœur serré. Mais cela finirait bien par disparaître.

Il se leva et, prenant la boîte qui renfermait son aide auditive, il la mit dans sa poche.

Cela n'avait pas échappé à Raina.

— C'est ton nouvel appareil auditif ? demanda-t-elle.

— Oui. Je ne l'ai que depuis quelques jours et je dois le porter deux heures par jour, pour commencer.

— Je crois me rappeler, du temps où j'étudiais l'audiologie, que c'est au moins deux heures par jour.

Raina avait fait un stage dans le service d'audiologie de l'hôpital au cours de sa formation, et c'était sa spécialité que de ne jamais rien oublier.

— Oui. Maintenant que tu le dis…

Il reprit la boîte dans sa poche, l'ouvrit et, conscient qu'Anya ne le quittait pas des yeux, il lui montra l'appareil.

— Qu'est-ce que c'est ? demanda l'enfant.

— C'est… Heu…

Il lança un regard interrogateur à Raina. Comment expliquer à une enfant de trois ans ce qu'était une aide auditive ? Raina vint à son secours.

— C'est ce qui permet à Alistair de mieux entendre, ma chérie. Son oreille ne fonctionne plus très bien, et cet appareil l'aide à entendre tout ce que nous lui disons.

Elle en parlait comme si elle décrivait un miracle. Alistair avait vu les choses de cette façon, au début, avant que ne surviennent les sons étranges produits par l'appareil qui lui apparut alors plutôt comme un instrument de torture. Ce qu'il entendait était bien différent des sons dont il se souvenait. Mais Anya croyait aux miracles et ouvrait de grands yeux.

Il plaça l'appareil dans son oreille et l'ajusta soigneusement. Soudain, les sons étouffés qu'il percevait jusque-là devinrent si aigus que c'en était presque douloureux, mais Alistair continua malgré tout de sourire.

— C'est toi qui l'as fabriqué ? demanda l'enfant.

Quelqu'un avait visiblement expliqué à Anya pourquoi elle était là.

— Non, mais nous fabriquons plein d'autres choses. Tu veux les voir ?

Aujourd'hui, il s'agissait de montrer à Anya que la science pouvait aider les gens. Et peut-être devrait-il, lui aussi, retenir la leçon.

Raina se sentait tendue. Tout cela était si important pour Anya. Et, même si elle refusait de l'admettre, c'était important aussi pour elle qu'Alistair prenne son cas en charge.

Il était engagé dans ce projet et, lorsqu'il s'engageait quelque part, il échouait rarement. Il ferait certainement tout son possible pour Anya. C'était un vrai professionnel qui savait ne pas montrer ses émotions face aux situations qu'il affrontait. Il était expert en ce domaine.

À l'étage, il les invita à entrer dans un vaste bureau où il fit les présentations. Kaia, Ben et Alfie avaient clairement pris le contrôle de leur environnement qui ressemblait à une chambre d'adolescent. Kaia, la plus extravertie des trois, quitta l'écran de son ordinateur pour venir bavarder avec ses visiteurs. Vêtue d'une robe chasuble sur un T-shirt, et chaussée de sneakers, elle avait un style simple et naturel.

— J'ai des briques en plastique, Anya, dit-elle en se penchant vers l'enfant. Je les ai fabriquées moi-même. Je te les montre ?

Anya hocha la tête et regarda sa mère.

— Oui, dit Raina. Va avec Kaia.

Elle les regarda se diriger vers un canapé violet placé dans un coin de la pièce. Une pile de briques était posée sur une table basse voisine. Anya en prit une, de couleur vive. Cela lui donnait une idée plaisante de ce que l'on pouvait fabriquer avec une imprimante 3D, pensa Raina.

Alistair lui sourit et l'emmena vers l'espace de travail de Ben. Lorsqu'ils étaient arrivés dans la pièce, celui-ci les avait salués d'un simple signe de tête et d'un geste de la main, gardant le regard braqué sur les écrans des deux ordinateurs installés devant lui.

— Vous voulez quelque chose ? demanda-t-il en les voyant s'approcher.

— Non, dit Alistair. Juste nous intéresser à ce que vous faites. Et faire semblant de comprendre ce que c'est, ajouta-t-il en montrant les écrans.

Ben esquissa un demi-sourire. Ces trois-là étaient visiblement de jeunes surdoués, et Ben semblait travailler sur quelque chose que peu de gens étaient capables de comprendre. Alistair avait la tâche difficile de les diriger et de faire en sorte qu'ils gardent les pieds sur terre.

— C'est le mécanisme permettant de fermer la main, expliqua Ben. Il n'est pas tout à fait au point.

Alfie éclata de rire.

— Oui. Fermez le poing, Alistair. Ben a rendu tout le monde complètement fou ici…

— Fermer le poing est quelque chose de complexe, dit Ben en fronçant les sourcils. Si tu veux me boxer, ton pouce n'aura pas la même position que pour saisir quelque chose.

Alfie, clairement prêt à boxer Ben, leva les yeux au ciel. Alistair afficha alors ce sourire décontracté capable d'apaiser les ambiances les plus tendues.

— Et si nous prenions en considération les attentes qu'on a dans le monde réel ?

À en croire le haussement d'épaules de Ben, ce n'était pas là sa préoccupation principale. Il n'était pas surprenant que ces trois-là aient reçu le nom de *dream team*. L'équipe de rêve, ou peut-être rêveuse ? Ce devait être une rude tâche de les amener à se montrer réalistes, au moins une partie du temps.

— Qu'en penses-tu, Raina ? demanda Alistair en souriant.

— Eh bien, la plupart des parents diraient qu'ils préfèrent leurs enfants capables de saisir un objet plutôt que de boxer quelqu'un. J'ai vu des enfants qui se servaient de leur prothèse comme d'une arme. Ils ne la mettaient que lorsqu'ils voulaient frapper sur quelque chose. Moi, je pense que le bras devrait être utilisé comme un outil plutôt que comme une arme.

Ben hocha la tête.

— Oui, la forme et la fonction. Enfin, murmura-t-il, un peu de bon sens.

— J'ai entendu, Ben, dit Alistair en riant. J'ai mis mon aide auditive.

Ben était déjà perdu dans ses pensées.

— Vous savez, un jour nous serons capables de fabriquer un membre qui pourra ressentir les choses. Évaluer la température, reconnaître une texture au toucher.

Soudain, il sourit comme s'il s'agissait d'une réalité qui, simplement, n'était pas encore arrivée.

— Un jour, dit Alistair. Pas aujourd'hui. Dans l'immédiat, nous cherchons ce qui serait le mieux pour Anya.

— Oui, d'accord... Eh bien, j'ai besoin de voir notre sujet saisir des objets. Dans un environnement contrôlé.

— Oubliez cela, Ben, rétorqua Alistair. Nous sommes dans le monde réel et nous ne pouvons pas demander à une petite fille de trois ans de saisir des objets de taille et de poids différents et de les reposer, et cela des centaines de fois, pendant que vous l'observerez. Au fait, elle s'appelle Anya.

— Euh... Oui, désolé, fit Ben en adressant un regard repentant à Raina.

Et il retourna aussitôt à son écran.

— Et si nous demandions à Anya de dessiner quelque chose que nous nous fabriquerions ensuite avec une imprimante 3D ? dit Alistair. Vous pourriez alors l'observer tandis qu'elle jouera avec et vous verrez comment elle le manipule.

Il regarda tour à tour Raina et Ben, guettant leur réaction.

— Ce serait génial, dit Raina. Elle va adorer. Et ce serait un moyen de lui montrer que ce qu'elle imagine peut devenir réalité.

Elle marqua une hésitation.

— Si cela ne prend pas trop de temps à Ben, dit-elle.

Alistair secoua la tête.

— Ce projet vise à découvrir ce qui fonctionne. Rien de tout cela ne peut être considéré comme une perte de temps.

— Qu'allons-nous imprimer ? demanda Ben.

— Quelque chose qu'elle aime. Comme dit Raina, il s'agit de lui montrer que ses rêves à elle peuvent devenir réalité.

— Je pourrais fabriquer un vélociraptor, dit Ben, le visage rayonnant. Ce sont des créatures fascinantes. Ils utilisaient probablement leur queue comme balancier.

— Anya ne sait pas ce qu'est un vélociraptor, dit Raina, mais elle adore les dinosaures.

— Parfait, dit Alistair, l'air ravi. Nous allons donc lui demander de dessiner un dinosaure, et Ben pourra opérer quelques ajustements pour éviter que le dinosaure ne tombe face contre terre. Je crois que nous sommes tous désormais sur la même longueur d'onde.

D'une certaine façon, c'était vrai. Raina hocha la tête. Elle n'avait jamais douté de la capacité d'Alistair à négocier entre deux points de vue radicalement différents. Mais de son point de vue à lui, elle ne savait rien.

Après tout, cela ne la regardait pas.

Alistair avait la tête en feu et les oreilles qui bourdonnaient. Une rafale de bruits aussi forts qu'inexplicables semblaient venir de quelque part. En regardant autour de lui, il comprit qu'il s'agissait du sifflement de la machine à café. À ce compte, cela tenait du miracle qu'il arrive à garder le contact avec une enfant de trois ans, une ex-femme, et trois jeunes designers hyper doués mais sans aucune expérience pratique pour transformer leurs idées en solutions réalisables.

Au moins n'avait-il aucun mal à entendre ce que disait Raina, sans doute parce qu'elle se débrouillait pour lui permettre de la suivre facilement. Ce projet était important pour elle, et la communication en était la clé.

Mais comme tout le monde semblait très bien échanger sans lui, il se retira dans un coin de la pièce et ôta son aide auditive. Soudain, tous les sons devinrent feutrés et indistincts, comme s'il s'était mis un sac sur la tête. Au moins, il ne sursautait plus à tout instant.

— Tu vas remettre ton appareil ? demanda Raina.

Elle parvenait à lui parler de manière à être audible pour lui tout en gardant à leur conversation un caractère privé. Comment réussissait-elle une telle performance ?

— Euh… Non, pas pour le moment. Je pense que l'audiologue l'a mal réglé, tous les sons ont l'air déformés.

Il ouvrit le compartiment de la batterie pour éteindre l'appareil avant de le mettre dans sa poche.

— C'est normal, dit Raina. Ton appareil fonctionne bien puisque tu perçois des sons que tu n'entendais plus depuis quelques mois. Ton cerveau a simplement besoin d'un peu de temps pour réapprendre à les traiter.

— L'audiologue m'avait parlé de cela. Mais je ne crois pas que ce soit bon. Avec cet appareil, je suis constamment sur les nerfs.

— Mais bien sûr ! Nous réagissons instinctivement aux sons que nous ne reconnaissons pas et écartons ceux que nous reconnaissons mais qui n'ont pas d'importance pour nous.

Avec les explications qu'elle lui donnait, tout apparaissait sous un meilleur jour. L'avenir s'avérait plein de promesses, atténuant les bruits stridents qui parfois le submergeaient.

— Demander à une enfant de trois ans de saisir des objets avec une prothèse alors que j'ai enfoui mon appareil auditif au fond de ma poche… Je devrais moi-même mettre un peu plus en pratique les conseils que je donne.

Raina haussa les épaules.

— Je suis sûre qu'Anya aura besoin, ellc aussi, d'être un peu cajolée. Kaia a l'air très douée pour cela.

D'un mouvement du menton, elle désigna la jeune femme qui avait soulevé Anya dans ses bras pour lui montrer, à travers une baie vitrée, la pièce où se trouvait l'imprimante 3D. Alistair avait considéré que des briques en plastique scintillantes pouvaient retenir l'attention d'Anya et, comme elles étaient petites, leur fabrication prenait peu de temps.

— Et c'est ce que tu fais ? dit-il. Tu me cajoles ?

Elle sourit et se rapprocha de lui. Il perçut son parfum et, soudain, tout son corps réagit à la présence de Raina.

— Je pourrais peut-être demander à Ben de te fabriquer un étui scintillant pour ton appareil auditif, dit-elle.

Alistair le sortit de sa poche et le remit dans son oreille.

— Ne fais pas cela, dit-il. Il voudrait sûrement y ajouter quelque chose d'utile. Un GPS qui avertirait toute l'équipe que j'arrive, par exemple.

— Cela serait utile, en effet.

Elle parut soudain prendre conscience que leur conversation devenait plus intime. Ils se tenaient très près d'un de l'autre, se touchant presque. Elle rougit et recula. Alistair hésita à lui présenter ses excuses, mais cela risquait de rendre la situation plus gênante encore. Il s'éclaircit la voix et se força à se recentrer sur la question qui les occupait à l'instant présent.

— Bien. Nous pouvons très facilement équiper Anya d'une nouvelle prothèse. La vraie difficulté sera de lui montrer quels bénéfices elle peut en tirer.

— As-tu des idées là-dessus ? lui demanda Raina avec un regard confiant.

Il en eut presque honte. Il avait si peu mérité sa confiance. Mais peut-être cela pourrait-il changer. S'il payait ses dettes envers elle, peut-être cela l'aiderait-il à avancer dans la vie.

— Oui, quelques-unes. Mais, pour commencer, j'aimerais qu'Anya passe un peu de temps ici. Kaia est très douée pour imaginer des objets amusants et j'espère que, si Anya participe à ce processus, elle se dira qu'une prothèse n'est qu'un objet amusant de plus parmi tous ceux que nous sommes capables de fabriquer.

— Génial ! Quand veux-tu que nous revenions ?

— Aussi souvent que tu voudras. Kaia travaille le matin avec un autre enfant participant lui aussi au projet, mais elle peut réserver ses après-midi pour Anya.

— Demain ? demanda Raina en affichant un grand sourire.

— Demain, c'est parfait.

5

La *dream team* avait donné son maximum, et même un peu plus, pour Anya. Ben lui avait fabriqué un dinosaure, réplique exacte de celui qu'elle avait dessiné, allant jusqu'à reproduire le sourire dont elle l'avait doté. Les briques furent imprimées en un temps record, et Anya commençait à comprendre que tout ce qu'elle ou la *dream team* imaginaient pouvait sortir de l'imprimante magique.

Les bureaux des deux directeurs ressemblaient de plus en plus à des salles de jeux. Celui de Gabriel se remplissait chaque jour de nouveaux jouets dont il testait l'intérêt en vue d'en faire profiter les jumeaux que sa femme Clara et lui attendaient.

— Il exagère, disait Alistair en se moquant de l'enthousiasme de son ami. Gabriel ne fait jamais les choses à moitié.

Raina secouait la tête avec un sourire forcé. Gabriel avait raison de se comporter comme il le faisait. Il aimait déjà ses enfants, et elle savait d'expérience que cet amour ne s'effacerait jamais.

Le bureau d'Alistair, lui, était un peu plus sobre. Cinq boîtes s'y trouvaient, dont l'une portait le nom d'Anya. Elle contenait des briques et le dinosaure. Chaque fois que Raina venait avec sa fille, Alistair portait la boîte à l'étage et restait un moment observer les séances avec Kaia.

— Ta fille est naturellement droitière ? demanda-t-il alors qu'il venait de regagner son bureau avec Raina.

Ils avaient laissé Anya avec Kaia et étaient redescendus pour préciser certains points.

— Oui, autant que je sache. Andrew et Theresa étaient tous deux droitiers et, statistiquement, il est plus que probable qu'Anya le soit aussi. Elle était trop jeune au moment de l'accident pour avoir déjà montré une préférence quelconque.

Alistair enregistra sa réponse sur son ordinateur. Il notait tout, rédigeant ainsi un rapport détaillé sur le développement et les progrès d'Anya.

— Il existe des preuves montrant que, chez les adultes qui perdent l'usage de leur main dominante, le cerveau compense. As-tu remarqué chez Anya des signes indiquant qu'elle ressentirait la présence d'un membre fantôme ?

— Non, pas que je sache. Elle ne parle jamais de son autre main. Manifestement, elle a pris conscience que la plupart des gens ont leurs deux mains, mais c'est normal pour elle de n'en avoir qu'une.

— Il semble que ce soit généralement le cas.

— Oui. Je crois me souvenir…

Elle s'interrompit.

— Te souvenir de quoi ? demanda-t-il.

— Rien. C'est juste que j'ai lu beaucoup de choses à ce sujet… Mais tout cela est maintenant bien vague dans mon esprit, dit-elle, l'air coupable.

Il se renversa sur sa chaise. Son visage prit une expression plus douce.

— C'est normal. Tu étais en deuil et tu apprenais à t'occuper d'un enfant. Tu devais être épuisée.

C'était la première fois qu'ils évoquaient ses sentiments à elle. Jusque-là, il ne s'était agi que d'Anya. Le fait qu'il l'interroge sur ce qu'elle-même ressentait la mettait mal à l'aise et soulevait des questions auxquelles elle aurait préféré ne pas répondre.

— Oui, sans doute.

— En as-tu parlé à quelqu'un ?

En avait-elle parlé ? Lui n'avait guère été là pour l'écouter lorsqu'elle avait perdu leur bébé. C'était ce qui avait en grande partie provoqué leur séparation.

— Oui.

Elle n'en dit pas plus. Il n'avait pas besoin de savoir où elle avait trouvé du soutien. Lui raconter combien cette première année avait été dure pour elle ne lui ferait pas mieux comprendre ce qu'elle ressentait.

— Bien. Parfait.

Cette fois, il ne prit pas de note.

— Et toi, Alistair, quels sont tes sentiments ?

Cela faisait des jours qu'elle se posait la question. Et elle venait de la lui adresser presque malgré elle.

— Mes sentiments ?

Il s'était montré amical et gentil avec Anya, s'assurant qu'elle ne manquait de rien, mais jamais il n'avait joué avec elle. C'était à peine s'il lui adressait la parole.

— Je veux dire… Tu as sûrement des sentiments ?

— Oui, bien sûr.

Son visage restait impassible. Il ne changerait jamais, et elle devait l'accepter. Elle sentit une larme rouler sur sa joue, qu'elle se hâta de chasser. Elle ne voulait pas qu'il la voie pleurer.

— Viens avec moi, dit-il en se levant.

Elle le suivit, monta l'escalier et, passant devant le bureau de la *dream team*, elle entra avec lui dans la salle de conférences.

— Ici, nous serons tranquilles pour parler, dit-il en refermant la porte.

Elle sentit ses genoux trembler.

— D'accord, dit-elle en s'asseyant. De quoi veux-tu que nous parlions ?

— Tu peux tout me dire, Raina. Cela ne changera en rien l'intégration d'Anya dans le projet. Elle y a sa place, quoi qu'il arrive.

— Nous nous étions promis de ne pas laisser notre relation compromettre notre travail, Alistair.

— Oui, c'est vrai. Et tu reviens sur cette promesse.

— Moi ? explosa-t-elle soudain. Moi, je reviens sur cette promesse ? Tu diriges ce projet et…

La rage l'empêchait presque de respirer. Peut-être aurait-elle dû lui dire qu'elle ne pourrait pas avoir un autre enfant. Il aurait compris pourquoi elle était tellement en colère. Mais c'était trop tard, maintenant, et ce secret était trop profondément enfoui en elle. Elle avait caché cette souffrance à tout le monde.

— Et… ?

— Et c'est à peine si tu peux regarder Anya.

Il s'assit en face d'elle.

— Crois-tu vraiment que je ne ressente rien quand je vois Anya ? Que je ne pense pas à l'enfant que nous avons perdu ?

Elle fut frappée par sa véhémence.

— Mais tu n'as jamais vraiment voulu avoir un enfant, Alistair. Tu disais que tu n'étais pas prêt…

— Je n'étais pas prêt. Cela ne veut pas dire que je ne désirais pas avoir notre enfant et que je n'ai pas eu de chagrin quand nous l'avons perdu. Mais tu étais traumatisée, physiquement et psychologiquement, tu avais besoin qu'on prenne soin de toi.

— J'avais surtout besoin de savoir ce que tu ressentais. Je ne voulais pas traverser cette épreuve toute seule.

Elle se mit à marcher de long en large dans la pièce. Il se leva et la prit par les épaules.

— Non, Raina, ne fais pas cela. Arrête. Tu dois me parler bien en face, sinon je ne peux pas entendre ce que tu me dis.

Elle ne pouvait faire autrement que de céder à sa requête qui avait dû lui coûter un gros effort. Il ne formulait presque jamais aucune demande concernant sa surdité.

— Qu'as-tu ressenti, Alistair ?

— Soudain, tu veux le savoir ? C'est toi qui m'as quitté, Raina.

Il avait fait mouche. Elle était partie en laissant son alliance sur la table de la cuisine et, deux semaines plus tard, avait demandé le divorce.

— Je sais. Et je sais que cela a pu te faire mal, mais tu passais tout ton temps à travailler, à tel point que nous n'avions jamais l'occasion de parler.

Le visage d'Alistair s'assombrit.

— Je me sentais coupable de ne pas avoir été là lorsque tu as perdu le bébé.

Elle avait cherché à le contacter, lui laissant message sur message, mais il était au travail et il avait éteint son téléphone.

— Tu n'aurais rien pu faire.

— Et c'était bien cela le problème, non ?

Il lui tourna le dos, comme s'il ne voulait plus entendre parler de tout cela.

— Il n'y avait rien que je pouvais faire, murmura-t-il. Jamais.

Peut-être ne lui avait-elle pas donné l'occasion de ressentir quoi que ce soit. Elle avait eu tant de chagrin que cela avait occupé tout l'espace autour d'elle. Peut-être avait-elle laissé Alistair à l'écart, mais seulement parce qu'elle savait comment il réagissait. Lorsqu'il devait affronter quelque chose de trop dur, il se noyait dans le travail.

Elle le prit par le bras, l'obligeant à la regarder en face.

— Maintenant, je t'écoute.

Il posa sur elle un regard froid et dur, comme s'il voulait se protéger.

— Lorsque tu as perdu le bébé, j'ai eu le cœur brisé. C'est cela que tu veux m'entendre dire ?

Il était sincère, elle le vit. Sa souffrance était bien réelle. Elle éprouva une forme de soulagement tandis que ses doutes s'évanouissaient. Lui aussi avait désiré cet enfant.

— C'est ce que j'avais besoin d'entendre, dit-elle tandis que des larmes roulaient sur ses joues.

Il la prit dans ses bras et l'attira contre lui, la laissant sangloter contre son torse.

— Nous ne pouvons pas nous laisser déborder par nos émotions, dit-il enfin. Nous devons songer à Anya…

Elle s'essuya les yeux du revers de la main et le regarda.

— Nous nous l'étions promis, mais c'est plus dur que je ne l'imaginais.

Il hocha la tête.

— Je ne peux pas faire comme si la présence d'Anya ne me rappelait pas l'enfant que nous avons perdu. Pas plus que je ne peux faire comme si j'allais me réveiller demain en pouvant de nouveau bien entendre. Tout cela, c'est fini.

Il la lâcha et recula.

— Ce n'est pas facile, reconnut-elle. Je t'ai demandé beaucoup lorsque j'ai posé ma candidature pour ce projet. Il est normal que tu aies besoin de temps.

Il lui adressa un regard lourd de reproches.

— Ne me laisse pas tomber maintenant. Cesse d'essayer d'être si gentille avec moi et dis-moi ce que tu penses. Je ne peux pas y arriver tout seul.

— Tu veux que je sois la méchante sorcière, c'est ça ?

Il sourit. L'atmosphère commençait à devenir plus légère.

— Non, je veux juste connaître tes opinions. Je sais que tu en as…

— Serais-tu en train d'affirmer que je suis opiniâtre ? Je pourrais en dire autant de toi.

Il rit.

— Tu veux vraiment avoir le dernier mot ? Mais je pourrais trouver quelques arguments irréfutables !

Elle afficha un grand sourire.

— Inutile de perdre ton temps. J'ai le dernier mot.

— Bon, Edward, voyons comment tu te débrouilles…

Alistair posa soigneusement l'ours en peluche près de la petite table et de la chaise d'enfant installées dans un coin de son bureau pour Anya.

Il appuya sur le bras d'Edward, et les doigts artificiels de la peluche se fermèrent. Puis il appuya de l'autre côté, et les doigts se rouvrirent. Ce n'était pas exactement le mécanisme qu'Anya utiliserait pour contrôler sa prothèse, mais ce dispositif avait le mérite de mettre en évidence le lien entre le bras d'Edward et la nouvelle main.

Kaia et Ben avaient fabriqué cette petite prothèse, et Alistair s'était chargé d'en équiper l'ours en peluche.

Raina et Anya devaient revenir dans l'après-midi, et Alistair ne pouvait s'empêcher de sourire à cette perspective. Au cours des deux dernières semaines, il avait commencé à développer une relation avec Anya et constaté qu'il avait de moins en moins tendance à la comparer à l'enfant que Raina et lui avaient perdu. Sous le regard vigilant de Raina, il avait commencé à accepter qu'il avait besoin d'une aide auditive, et mis en pratique toutes les petites techniques qui lui permettaient de mieux entendre.

La journée était chaude. Lorsque Raina arriva, vêtue d'une petite robe légère de couleur bleue, Alistair l'accueillit avec un sourire.

— J'ai un nouvel ami, dit-il.

Il désigna Edward, et Raina ouvrit de grands yeux. Anya avait l'air moins impressionnée.

— Qui est-ce ? demanda-t-elle.

— Il n'a pas encore de nom. Tu veux lui en donner un ?

Elle réfléchit un moment.

— Non.

— Bon. Et si nous l'appelions Edward ?

Anya parut peu intéressée par la question. Alistair ne se découragea pas pour autant.

— Veux-tu voir ce qu'il est capable de faire ?

Il s'approcha de l'ours et appuya sur son bras. Les petits doigts se fermèrent puis se rouvrirent. Alistair bougea alors le bras de la peluche et, appuyant de nouveau, il amena Edward à saisir l'une des briques en plastique posées sur la table d'Anya.

— C'est génial ! s'exclama Raina.

Alistair lui sourit et, croisant son regard, sentit un frisson le traverser.

Anya se dirigea vers Edward et lui murmura quelque chose à l'oreille tandis qu'Alistair allait s'asseoir un peu plus loin. L'enfant se tourna alors vers sa mère.

— Il n'aime pas cela, maman.

— Qu'est-ce qu'il n'aime pas, mon cœur ?

— Cela, répondit l'enfant en touchant la prothèse de l'ours. Il faut lui enlever ce bras.

— Mais regarde, Anya, cela lui permet de saisir les briques.

Raina pressa le bras d'Edward et trouva le mécanisme qui contrôlait la fermeture et l'ouverture des doigts. Elle essaya d'attraper une brique.

— Non, maman…

Anya semblait sur le point d'éclater en sanglots, et sa mère aussi paraissait abattue. Alistair les rejoignit.

— D'accord, Anya, nous allons le lui enlever, si cela ne lui plaît pas.

Il ôta la prothèse et la posa sur son bureau.

— Il a envie de faire un dessin, dit la petite fille.

— C'est une bonne idée, dit Alistair.

Il prit l'ours en peluche et le posa sur les genoux d'Anya. Après quoi, il poussa la boîte de crayons vers l'enfant.

Le dessin terminé, il fut admiré et épinglé sur le mur. Alistair proposa alors d'aller à l'étage rejoindre la *dream team*.

Raina, préoccupée, restait silencieuse. Soudain, elle demanda à Kaia de veiller sur Anya pendant qu'elle s'absentait un moment. La voyant quitter la pièce, Alistair la suivit quelques instants plus tard.

La réceptionniste lui dit que Raina était sortie, et il l'aperçut, assise sur un banc dans le square de l'autre côté de la rue.

Il alla jusqu'au petit café au coin du pâté de maison et revint rapidement vers le square, deux gobelets à la main.

Raina avait le regard dans le vague. Elle ne fit pas un mouvement lorsqu'il s'assit à côté d'elle sur le banc.

— Tiens, dit-il en lui tendant l'un des cafés.

— Merci.

Sans même lui jeter un regard, elle prit le gobelet. Ils restèrent silencieux un moment.

— Qu'est-ce qui te préoccupe ? demanda enfin Alistair.

Elle soupira.

— L'ours en peluche… C'était une si bonne idée. Et elle l'a rejeté.

— Ce n'est pas grave. Nous savons que tous les enfants ne

réagissent pas de la même façon. Edward aura peut-être plus de succès auprès d'un autre enfant.

— Crois-tu qu'elle acceptera un jour d'essayer une prothèse ?

— Je ne sais pas. Mais je ne vais pas la laisser tomber. Lorsque nous vous avons proposé, à Anya et à toi, de participer à ce projet, nous vous avons demandé de vous y engager pleinement. Eh bien, de notre côté, nous vous devons d'être aussi engagés que vous.

Elle hocha lentement la tête.

— Je pourrai toujours apporter mon aide aux autres enfants. Si tu penses que j'ai quelque chose à offrir…

— Je pense que tu as beaucoup à offrir, et nous serions ravis que tu nous aides. Ce pourrait être bénéfique aussi pour Anya. Si elle te voit aider des enfants portant des prothèses, elle aura peut-être envie d'en essayer une, elle aussi.

Il lui toucha la main pour s'assurer qu'il avait toute son attention.

— Écoute, Raina. Je t'ai fait une promesse et je la tiendrai. Si Anya accepte sa prothèse maintenant, c'est parfait, mais si ce n'est pas le cas, sache que tu pourras toujours revenir me voir, à n'importe quel moment, et nous essayerons autre chose. Anya sera toujours la bienvenue. Peut-être Ben a-t-il raison. Il est possible que nous ayons dans l'avenir des dispositifs capables de réaliser des choses dont nous n'avons même pas idée aujourd'hui.

Cela ressemblait à un engagement de sa part. Un engagement différent de celui qu'il prenait vis-à-vis de ses autres petits patients et de leur famille, car celui-là impliquait qu'il resterait en lien avec Anya toute sa vie durant.

Il essaya de ne pas penser à l'autre engagement qu'il avait pris un jour avec Raina. Leur divorce y avait mis fin, mais son cœur n'avait jamais complètement accepté cette séparation.

— C'est très généreux de ta part, dit-elle. Je ne vais pas dire non, dans l'intérêt même d'Anya.

— Nous sommes loin d'avoir épuisé toutes les options

possibles. Il faut juste que tu tiennes bon le temps que nous explorions les différentes solutions.

— Merci.

— Ne me remercie pas.

Il lui tendit la main.

— Dis-toi que nous concluons un marché.

Elle sourit et posa la main dans la sienne.

— Marché conclu.

— Bien, maintenant que c'est fait, peut-être devrions-nous aller voir ce que ta fille fabrique avec mon équipe de développement. Je ne voudrais pas qu'elle les détourne du droit chemin.

Il lui offrit son bras, mais l'accepterait-elle ? Jusqu'à présent, elle avait toujours évité tout contact physique avec lui, et il avait respecté sa réserve. Mais là, il avait besoin de ce contact.

— Ils sont parfaitement capables de le faire tout seuls, pas vrai ? dit-elle, souriante, en lui prenant le bras.

— Oui. Ben veut fabriquer un robot pour Anya. Ils semblent avoir noué une belle amitié.

Ils retournèrent au bureau, et elle ne lui lâcha le bras qu'au moment où ils pénétrèrent dans le hall.

— Nous trouverons une solution, Raina. Nous y arriverons. C'est juste un retard mineur, nous en connaîtrons probablement d'autres. Mais nous y arriverons.

Elle se tourna vers lui.

— Tu as raison. Je ne dois pas me laisser abattre à la moindre déception.

— Ta réaction est naturelle. Tu es la mère d'Anya et tu es très investie dans ce projet. Tu as le droit de ressentir des émotions.

Soudain, elle éclata de rire.

— D'accord. J'assume mes changements d'humeur et, toi, tu te charges d'être la voix du bon sens.

— Marché conclu.

Désormais, la mission d'Alistair était de rendre la prothèse plus acceptable aux yeux d'Anya. Et il devait y parvenir le plus rapidement possible, dans l'intérêt à la fois de Raina et d'Anya.

— J'ai une idée, dit Alistair dès que Raina décrocha.

Il n'avait même pas pris la peine de dire bonjour ni de demander s'il l'avait réveillée ! Elle se frotta les yeux et s'assit dans son lit.

— Ça ne pouvait pas attendre ? demanda-t-elle en se levant d'un pas chancelant.

— Désolé… Tu ne dormais pas, n'est-ce pas ?

— Non, pas vraiment. Accorde-moi quelques instants.

Elle alla jeter un coup d'œil dans la chambre d'Anya pour s'assurer que la sonnerie du téléphone ne l'avait pas réveillée, mais l'enfant dormait paisiblement. Descendant l'escalier sur la pointe des pieds, elle se rendit dans la cuisine pour mettre la machine à café en route.

— Je vais bientôt pouvoir boire un café, dit-elle en reprenant sa conversation téléphonique avec Alistair. Ne me dis rien de trop difficile à comprendre tant que je n'ai pas bu ma première gorgée.

— Ah ! Tu veux que je te rappelle plus tard ?

— Non, tu peux me parler maintenant. Quelle est ton idée ?

— J'ai pensé à une attaque en deux temps…

Il s'arrêta soudain.

— Je veux dire… Enfin, il ne s'agit pas d'attaquer Anya, bien sûr.

Raina éclata de rire. C'était bon d'entendre Alistair se montrer aussi enthousiaste.

— Tout va bien, dit-elle. Elle est solide, Alistair.

— Je n'en doute pas. Bon, la première étape de… heu… de la stratégie est de renoncer pour l'instant à lui donner la prothèse myoélectrique et de lui faire porter, pour commencer, une main semi-flexible. Ce serait plus léger pour elle, et cela l'aiderait à explorer ce qu'elle peut faire en utilisant deux bras au lieu d'un seul. Nous pourrions imaginer différents jeux pour elle, comme de lancer et de rattraper une balle.

— C'est bien vu. Et quelle serait la deuxième étape ?

— Anya a déjà vu beaucoup d'hôpitaux. Pour elle, passer la journée dans nos bureaux doit s'apparenter à une visite à l'hôpital. Peut-être a-t-elle besoin d'un autre décor, d'un endroit qu'elle a envie d'explorer et où elle se sentirait en confiance.

Raina hocha la tête.

— Oui, je crois que tu as raison. Le personnel médical est génial avec elle à l'hôpital, mais elle est toujours contente de rentrer à la maison.

— Je me suis demandé si nous ne pourrions pas passer du temps avec Anya en la voyant chez toi toute une journée, ou même un week-end. Qu'en penses-tu ?

— Quoi ? Toute l'équipe ?

— Non, seulement moi. Nous ne voulons pas lui mettre la pression. Qu'en dis-tu ?

L'idée était intéressante. Le seul souci, c'était qu'elle trouvait déjà assez dur de devoir côtoyer Alistair, car elle remarquait toutes les petites choses qui l'avaient fait tomber amoureuse de lui.

— C'est vraiment très gentil de me faire cette proposition, mais cela te prendrait beaucoup de temps…

— Peu importe, je prendrai tout le temps nécessaire.

— Les journées n'ont que vingt-quatre heures. Tu ne pourras jamais consacrer autant de temps à chaque enfant.

— Non, mais ce projet vise à explorer toutes les possibilités. Si cela marche pour Anya, et je crois que ce sera le cas, nous pourrons envisager d'appliquer ce dispositif aux autres enfants.

L'argument était solide. Et Alistair semblait déterminé. Son enthousiasme faisait plaisir à voir. Elle devait mettre ses scrupules de côté.

— Eh bien… Si tu es sûr. Nous serons ravies de t'avoir à la maison, au moment qui te conviendra.

— C'est entendu, alors. Si nous disions ce week-end ? Y a-t-il quelque chose qu'elle aime tout particulièrement faire ?

Raina réfléchit.

— Nous aimons bien sortir le samedi après-midi. Nous allons parfois au parc, Anya adore donner à manger aux canards. Nous aimons aussi découvrir de nouveaux endroits et jouer les touristes.

— Parfait. 10 heures, ça te va ?

Visiblement, il n'avait pas une idée très claire de ce que c'était que d'occuper une enfant de trois ans toute une journée.

— 10 heures, c'est très bien

Alistair s'y était préparé. Des parents lui avaient confié à quel point le regard des autres sur leur enfant pouvait être gênant. Mais il n'aurait jamais imaginé que c'était aussi dur à supporter.

Il avait été convenu qu'il arriverait le samedi chez Raina et qu'il y resterait jusqu'au lendemain. Il était passé les chercher à 10 heures et les avait emmenées en voiture jusqu'à Hyde Park. Ils marchèrent jusqu'au lac, où Raina sortit une boîte en plastique avec des boulettes pour les canards. Elle coinça la boîte sous le bras d'Anya pour que celle-ci puisse nourrir les canards à sa guise. Le temps était superbe, Raina semblait détendue et Anya, de toute évidence, s'amusait beaucoup en observant les canards qui venaient vers elle.

— Maman, regarde, cette fille n'a qu'une main. Et elle nourrit les canards !

Alistair se retourna. Sur le sentier qui longeait le lac, une jeune mère, les joues écarlates, réprimandait son petit garçon. Raina lui sourit.

— Je suis vraiment désolée…, dit la jeune femme en lui adressant un regard navré.

Alistair jeta un coup d'œil à Anya qui semblait fixer toute son attention sur les canards.

— Ce n'est rien, répondit Raina d'un ton rassurant. Ma fille s'appelle Anya.

La jeune femme sourit à son tour.

— Voici Tom.

Tom savait qu'il avait fait quelque chose de mal. Penaud, il se cachait dans les jupes de sa mère.

— Est-ce qu'il veut venir nourrir les canards avec nous ?

Après un bref moment d'hésitation, la mère de Tom accepta en souriant.

— Oui, sûrement. Merci beaucoup.

Raina sortit de son sac une autre boite en plastique dans laquelle elle mit de la nourriture pour les canards. Une fois les présentations faites, les deux enfants se tinrent au bord du lac, l'un à côté de l'autre, et nourrirent leurs protégés tandis que leurs mères bavardaient tout en veillant à ce que personne ne tombe à l'eau.

Anya ayant vidé sa boîte, Tom lui tendit la sienne afin qu'elle puisse continuer à donner à manger aux canards.

Bientôt Tom et sa maman dirent au revoir et s'éloignèrent. Raina prit alors sa fille par la main et proposa d'aller un peu plus loin, voir d'autres canards.

Alistair leur emboîta le pas, et le trio prit le sentier qui faisait le tour du lac.

— Bien joué, dit-il à Raina.

Lui n'aurait pas su quoi faire. Son désir de défendre Anya contre les regards insistants de certains promeneurs créait un malaise en lui.

Raina haussa les épaules.

— Les gens regardent. Certains se montrent vraiment grossiers, et on ne peut rien y faire. Mais, la plupart du temps, il s'agit juste d'un réflexe, d'une réaction humaine.

Elle soupira.

— La meilleure défense que j'ai trouvée, c'est d'établir un dialogue. En général, les gens sont gentils. Ils ne savent pas quoi dire, voilà tout.

— Anya y fait-elle attention ?

La petite fille était en train de contempler un couple de cygnes qui évoluait avec grâce sur le lac. Elle semblait se désintéresser de tout le reste.

— Elle n'aime pas que les gens la regardent fixement. J'ai l'habitude de sourire et, ou bien les gens détournent le regard ou bien ils sourient à leur tour. Une fois, elle a dit à une femme de s'en aller.

— Vraiment ? Que s'est-il passé ?

— Eh bien, cette femme était venue vers moi. Elle voulait savoir ce qui était arrivé à Anya, et si elle était née comme cela. J'étais vraiment déconcertée et… je n'avais pas envie d'expliquer à une inconnue comment les parents d'Anya avaient trouvé la mort dans un accident de la route et comment Anya avait perdu sa main.

— Alors Anya est venue à ton secours. Quelle brave enfant !

— Oui. Elle a dit : « va-t'en ! » La femme s'est mise à rire, j'ai alors ajouté : « vous avez entendu ». Et elle a filé.

— J'espère qu'elle a eu honte d'elle.

— Oh ! probablement pas. J'imagine qu'elle a dû raconter cette histoire en me faisant passer pour une horrible femme qui encourageait sa fille à se montrer mal élevée…

Elle s'interrompit, car Anya venait de la tirer par la manche.

— Qu'y a-t-il, mon cœur ?

— On peut avoir une glace, maman ?

Elle désigna un panneau accroché devant le café au bord du lac.

— D'accord, c'est une bonne idée.

— Je m'en occupe, dit Alistair. Tu m'accompagnes pour m'aider à choisir, Anya ?

Elle hocha la tête et le prit par la main.

La présence d'Alistair faisait toute la différence. Raina n'avait plus à jongler entre porter les sacs et tenir la main d'Anya. Et il semblait vraiment aimer jouer avec sa fille. Il lui avait fabriqué un bateau en papier qu'ils avaient fait flotter sur le lac, il l'aidait à nourrir les canards et la portait quand elle était fatiguée de marcher. Et il parlait avec elle de tout ce qu'ils voyaient, partageant ses centres d'intérêt et répondant à ses questions.

Cela permettait à Raina de savourer cette journée paisible. En essayant de ne pas trop penser à ce qui aurait pu être.

Alistair n'était là que dans un but bien précis, elle ne devait pas l'oublier.

Après leur promenade dans le parc, Alistair les emmena prendre le thé dans un hôtel très chic. Lorsqu'ils entrèrent dans le hall au luxe discret, Raina se demanda si ce n'était pas un peu trop pour Anya. Mais Alistair prit l'enfant par la main et lui montra le vaste escalier qui menait à l'étage.

— Voici l'escalier que toutes les princesses doivent prendre, dit-il.

Anya hocha la tête, l'air sérieux.

— Oncle Alistair…

Elle lui tendit les bras. Il la souleva afin qu'elle voie les lumières scintillantes qui illuminaient la cage d'escalier et commença à gravir les marches recouvertes d'un épais tapis rouge.

La table à thé, recouverte d'une nappe d'un blanc immaculé, était dressée avec de la fine porcelaine de Chine et des pièces d'argenterie. Une serveuse toute souriante apporta une chaise haute pour Anya.

— C'est vraiment ravissant, dit Raina en s'asseyant sur la chaise qu'Alistair venait de lui avancer.

Il hocha la tête.

— Qu'en dis-tu, Anya ? Est-ce que cela te plaît ?

— Oui. J'aime bien ces jolies tasses.

— Elles sont belles, n'est-ce pas ?

Il en saisit une et la tint tandis qu'Anya la tournait dans sa main, l'examinant de près. Tout ce qu'il faisait était destiné à permettre à Anya de toucher et de manipuler des objets.

— Et si nous consultions le menu ? proposa-t-il.

Il commença à lire le menu avec Anya, et Raina saisit le sien. Elle fut effarée par les prix affichés.

— Alistair, dit-elle tout bas, c'est vraiment très cher.

— Vous êtes mes invitées.

Il lui lança un regard décidé pour l'empêcher de protester.

— Fais-moi plaisir, accepte, dit-il. Anya serait vraiment déçue si elle ne pouvait goûter à ces gâteaux.

Il désigna d'un geste les pâtisseries exposées sur un présentoir, prêtes à être servies. Anya se tourna vers elles et, émerveillée, ouvrit de grands yeux.

— Que puis-je répondre à cela ? dit Raina. Merci, Alistair, tu nous gâtes.

Il fit signe à la serveuse et commanda un thé complet pour trois. La jeune femme disparut et revint peu après, poussant une table roulante chargée de petits sandwichs, de gâteaux et d'une théière. Il y avait aussi un gobelet de jus d'orange pour Anya et une coupe de champagne pour Raina.

— Alistair ! protesta Raina.

— Allez, je sais que tu aimes le champagne.

Attrapant la bouteille d'eau gazeuse que la serveuse avait apportée, il s'en servit un verre.

— Ah, c'est donc cela, ta stratégie ! Tu rends les mères pompettes pendant que tu gâtes les enfants.

Elle choisit deux sandwichs qu'elle posa sur une assiette destinée à Anya.

— C'est l'une de mes stratégies. Je l'essaye sur toi pour voir si cela marche.

Il lui souriait, l'air tellement ravi qu'elle ne put s'empêcher de sourire, elle aussi.

— Et ça marche, dit-elle.

Elle était sincère. Il avait fait de cette journée un merveilleux moment, pour elle et pour Anya.

Lui aussi appréciait cette sortie, cela se voyait. Il était aux petits soins pour Anya qui, en retour, se montrait sous son meilleur jour. Raina se détendit. L'endroit était charmant, et bien au-dessus de ses moyens. Jamais, ces temps-ci, elle n'aurait pu s'offrir le luxe de venir y prendre le thé.

Et elle prenait plaisir à parler avec Alistair. Elle avait oublié à quel point ces conversations lui avaient manqué. Avec lui, elle pouvait parler de tout. Il savait la faire rire et avait toujours quelque chose d'intéressant à dire…

— Maman…

Anya s'était mise à se balancer sur sa chaise, comme si elle avait envie d'en descendre. Puis elle fit glisser la manche de son cardigan, dégageant son bras mutilé.

Raina sentit son cœur se serrer. Non, pas maintenant. Par pitié, non. Ils passaient un si bon moment ensemble.

Deux femmes d'âge mûr venaient de s'asseoir à la table voisine de la leur. Toutes deux regardaient fixement Anya. L'une d'elles avait même tourné sa chaise pour mieux voir.

Alistair leur adressa un grand sourire, et elles détournèrent le regard. Raina se pencha vers Anya, essayant d'attirer son attention sur le choix d'un gâteau.

Mais les deux femmes n'avaient pas renoncé à manifester leur curiosité. Elles chuchotaient entre elles, jetant de temps à autre des regards insistants à Anya.

Raina saisit quelques-uns de leurs propos.

— Elle devrait couvrir ce bras. Ce n'est pas très beau à voir…

Elle se sentit rougir, et le visage d'Alistair s'assombrit.

— Cela m'a coupé l'appétit, dit l'une des femmes. Les gens devraient faire preuve de plus de considération.

Alistair se retourna brusquement, sous l'œil inquiet de Raina.

— Bonjour, je m'appelle Alistair Duvall.

Il prit dans son portefeuille une carte de visite qu'il posa sur la table des deux femmes.

— Je dirige une association caritative qui fabrique des prothèses pour les enfants, comme ma nièce ici présente. Vous semblez intéressées, et je cherche toujours des bénévoles prêts à nous aider.

L'une des femmes détourna les yeux, et l'autre lança un regard outré à Alistair. Il la gratifia de son plus beau sourire.

— Nous sommes très souples en ce qui concerne les horaires…

— Quel toupet ! s'exclama la femme en le fusillant du regard.

Elle se leva, et sa compagne lui emboîta le pas. Alistair fit un clin d'œil à Anya qui lui sourit. Elle avait visiblement compris qu'il venait de remporter une victoire après s'être battu pour elle.

Les deux femmes allèrent parler à la serveuse et désignèrent une table située près de la fenêtre. La jeune femme secoua la tête et pointa du doigt une pancarte indiquant que cette table était réservée. Abandonnant la partie, elles quittèrent les lieux tandis que la serveuse s'approchait d'Alistair et de Raina.

— Je suis vraiment désolée. J'ai entendu ce que ces femmes disaient, et c'est absolument inacceptable. Voulez-vous que je fasse venir le directeur ?

— Oui…

— Non, corrigea Raina.

D'un regard, elle imposa silence à Alistair.

— Je vous remercie, reprit-elle, nous sommes très sensibles à votre proposition, mais je crois qu'il vaut mieux laisser tomber, maintenant.

— Comme vous voudrez. J'aurais fait n'importe quoi pour empêcher que cela n'arrive…

La serveuse semblait profondément bouleversée par la scène à laquelle elle venait d'assister.

— Dites-moi si je peux faire quelque chose… Vous voulez peut-être un peu plus de thé ?

— Avec plaisir, dit Alistair. Et merci pour votre gentillesse, fit-il en la gratifiant d'un sourire éblouissant.

Il rapprocha la table roulante pour qu'Anya choisisse une pâtisserie puis posa sur une assiette devant elle le petit gâteau décoré d'un glaçage rose et de perles de sucre pour lequel elle avait craqué.

Raina savait ce qu'il ressentait. Elle lisait sur son visage la même indignation que celle qu'elle éprouvait lorsque les gens traitaient sa fille comme si elle était dépourvue de tout sentiment.

Et il avait présenté Anya comme sa nièce qui, elle, avait commencé à l'appeler oncle, comme elle le faisait avec tous les adultes qu'elle aimait bien. S'ils étaient restés mariés, Anya aurait vraiment été la nièce d'Alistair.

Mais mieux valait ne pas nourrir ce genre de pensées. Le mieux qu'elle pouvait faire, à présent, c'était de montrer à Alistair que l'incident ne leur avait pas gâché la journée.

6

Alistair se laissa tomber sur le canapé et ferma les yeux.

— Je ne réalisais pas à quel point les petits enfants pouvaient être épuisants.

Raina rit.

— Tu en fais beaucoup plus que moi. Je ne pourrais pas jouer toute une journée avec elle à un tel rythme.

Alistair s'était donné à fond. Lorsqu'ils étaient revenus chez Raina, il avait passé tout son temps avec Anya et, quand le moment était venu de la coucher et de lui lire une histoire, elle s'était endormie dès la première page.

— C'est plus dur que je ne le pensais, dit-il. Je savais que les gens pouvaient se montrer curieux, mais il faut l'avoir vécu pour voir à quel point c'est dur. Je ne comprends pas comment on peut être aussi ignoble que ces deux femmes.

— Cela arrive très rarement, dit Raina en s'installant dans un fauteuil. Et il y a beaucoup de gens aussi gentils que cette adorable serveuse. Tu as vu la tête qu'a faite cette horrible femme quand tu lui as proposé de devenir bénévole ? Je ne savais pas si j'allais éclater de rire ou te supplier d'arrêter !

— Il n'y a rien de tel que de demander aux gens de se porter volontaire ! dit Alistair en riant. Il y en a qui sont toujours prêts à être bénévoles, et d'autres qui prennent leurs jambes à leur cou.

— Qu'aurais-tu fait si elle avait accepté ?

— Crois-moi, il n'y avait pas de danger.

C'était agréable d'avoir quelqu'un à qui parler le soir.

Quelqu'un avec qui partager sa journée. Cela lui avait manqué. Alistair lui avait manqué.

— La vie n'a pas été facile pour toi ces dernières années, dit-il soudain.

— Oui, c'est vrai. J'ai dû tenir le coup, dans l'intérêt d'Anya.

— Mais tu devais faire face aussi à ton propre chagrin…

C'était comme s'il l'invitait à se confier.

— Je ne pouvais pas me permettre de trop y penser. Mes parents étaient effondrés. Papa ne pouvait pas aller voir Anya à l'hôpital sans craquer. Et maman restait avec moi au chevet d'Anya jusqu'à tomber de fatigue. Il lui arrivait de rester trente-six heures sans dormir.

— Et toi ?

— Je me suis dit que je devais tenir bon. J'ai fixé des horaires à maman, je l'obligeais à rentrer chez elle manger et se mettre au lit, même si elle n'arrivait pas à dormir. J'ai tenu papa au courant de ce qui se passait pour Anya et, au bout d'un moment, il a pu revenir la voir. Ils ont réussi à faire leur deuil et à prendre de nouveau soin d'Anya sans penser constamment à Andrew.

— Et maintenant ?

— Ils l'adorent. Ils sont toujours là pour moi et prêts à s'occuper d'elle si je ne suis pas disponible. Et ils m'aident financièrement lorsque Anya a besoin de quelque chose que je n'ai pas les moyens de lui acheter.

— Et toi, quand pleurais-tu ?

C'était une question laquelle elle ne savait pas trop quoi répondre.

— Je… Je ne sais pas.

— En as-tu parlé avec quelqu'un ?

Il lui avait déjà posé la question, sans obtenir de réponse. Cette fois, elle voulut se montrer sincère.

— Non, pas vraiment. En parler aurait été trop dur, j'aurais pu craquer. Garder tout cela pour moi me rendait plus forte.

— Ce n'est pas la Raina que j'ai connue, dit-il en la regardant d'un air pensif.

— La vie nous oblige à changer.

Peut-être voyait-il, lui aussi, ce don elle venait juste de se rendre compte. Elle comprenait mieux pourquoi il taisait ses sentiments, puisqu'elle avait fait la même chose. Elle avait refoulé son chagrin parce qu'elle avait dû aider ses parents et Anya.

Et elle ne lui avait pas encore tout dit. Le chagrin qu'elle avait eu en découvrant qu'elle ne pourrait plus avoir d'enfant.

Chacun avait ses secrets. Plus elle y réfléchissait, plus la façon dont elle se comportait ressemblait à ce qu'elle lui avait reproché.

— T'es-tu accordé un peu de temps pour toi ?

— Le premier anniversaire de l'accident nous a tous fait du mal mais, ensuite, les choses sont allées un peu mieux. À ce moment-là, mon chagrin m'a rattrapé, et j'ai beaucoup pleuré la nuit, pendant des mois. Ensuite, j'ai pu aller de l'avant.

Il resta un long moment silencieux, perdu dans ses pensées.

— Je crois que nous avons tous besoin de prendre conscience de ce que nous avons perdu. Même si c'est douloureux, cela nous aide à avancer.

Il paraissait ne pas vouloir pousser plus loin la conversation. Mais un autre pan du mur qui les séparait venait de s'effondrer. Et le Alistair qu'elle commençait à percevoir n'était pas très différent de la personne qu'elle voyait lorsqu'elle se regardait dans la glace.

— Veux-tu que je fasse du thé ? demanda-t-il.

Encore un souvenir du passé. Lorsqu'ils rentraient chez eux, épuisés par une longue journée de travail, ils s'écroulaient tous deux sur le canapé, puis Alistair lui préparait un thé. Ensuite, ils allaient se coucher et s'endormaient, blottis l'un contre l'autre.

— Oui, merci, je boirai un thé avec plaisir.

Raina avait montré la chambre d'amis à Alistair en s'excusant de le faire dormir dans une pièce aussi petite. Mais, après une journée épuisante, il ne rêvait que de se mettre au lit et de sombrer dans un sommeil réparateur.

Raina s'était révélée beaucoup plus courageuse qu'il ne l'avait imaginé. Lorsqu'ils avaient divorcé, ils avaient partagé tous leurs biens en parts égales. Cela avait permis à Alistair de verser un acompte pour une maison et repartir de zéro. Ils gagnaient alors à peu près le même salaire, celui de deux jeunes médecins travaillant dur pour bâtir leur carrière. Il avait pensé que Raina avait pu s'acheter un logement du même type que le sien.

Et maintenant, il se sentait coupable. Le petit cottage de Raina ressemblait à un palais, mais uniquement parce qu'elle y avait mis sa touche personnelle. Des photos sur le manteau de la cheminée. Des bougies un peu partout et des couleurs chaudes pour les coussins et les rideaux. Les jouets d'Anya et les livres de Raina. Le minuscule jardin était rempli de fleurs qui attiraient les papillons et les abeilles, et il y avait une mangeoire pour les oiseaux. Mais la maison n'offrait pas autant de place que la sienne, et il était clair que Raina avait fait elle-même presque toute la décoration.

Elle avait pris la décision sur laquelle lui-même avait achoppé. Lorsqu'elle lui avait annoncé qu'elle était enceinte, il s'était fait du souci, s'était demandé comment il allait pouvoir les faire vivre, le bébé et elle. Sa seule préoccupation, c'était de savoir s'il pourrait rembourser son crédit tout en subvenant aux besoins de sa famille.

Raina, elle, avait eu une tout autre approche. Elle avait cessé de travailler et réduit ses dépenses, comptant chaque pièce pour l'utiliser sagement. Elle avait choisi la vie qu'il avait tant redouté d'avoir, et s'était créé un foyer rempli d'amour.

Et ce foyer s'était construit sans lui. Il n'y avait pas sa place.

Il se réveilla de bonne heure et attendit dans son lit que Raina et Anya libèrent la salle de bains. Puis il prit une douche et descendit à la cuisine.

Anya ouvrit de grands yeux, elle ne s'attendait manifestement pas à le voir chez elle à une heure aussi matinale.

— Tu vois, dit Raina, je t'avais dit qu'oncle Alistair jouerait avec toi aujourd'hui.

Raina se tourna vers lui et sourit.

— Tu as bien dormi ? J'espère que nous ne t'avons pas réveillé, cette nuit.

— Non, dit-il en prenant place à la table de la cuisine.

Raina posa une tasse de café devant lui.

— Pourquoi t'es-tu levée, cette nuit ? demanda-t-il.

Anya a eu un cauchemar, formula-t-elle silencieusement, hors de la vue de sa fille.

— Il y avait un monstre, dit Anya avec un grand sérieux.

— Et que s'est-il passé ? Il ne t'a pas mangée, puisque tu es là ce matin.

— J'ai crié, alors maman est venue et elle l'a chassé.

— C'était juste une ombre sur le rideau, mon cœur, dit Raina en riant.

Anya vint vers Alistair.

— C'était un vrai monstre, lui dit-elle à l'oreille. Maman lui a fait peur, et il a sauté par la fenêtre.

— Je suis sûr qu'il a eu très peur. Maman est incroyablement courageuse. Et assez effrayante quand elle veut bien s'en donner la peine.

Raina eut un petit rire.

— Oui, c'est vrai, répondit Anya.

— C'est une chance qu'elle soit dans notre camp, pas vrai ?

Anya réfléchit quelques instants.

— Oui, c'est une chance.

Il avait dormi comme un bébé toute la nuit. Comment n'avait-il pas entendu les cris d'Anya ?

Soudain, il comprit. S'il dormait sur le côté droit, il était complètement sourd, sa bonne oreille étant collée contre l'oreiller. Or, ce matin, en se réveillant, il était couché sur le côté droit…

Contrairement à Raina, il n'était d'aucune aide contre les

ombres se profilant sur les rideaux, il était incapable de calmer les frayeurs d'Anya.

— Des toasts ? proposa Raina. Ou bien préfères-tu des céréales ?

— Des toasts, s'il te plaît. Merci.

Elle posa un pot de beurre de cacahuètes sur la table, et il sourit. Elle se souvenait donc…

— Je n'ai pas mangé de beurre de cacahuètes depuis des siècles, dit-il.

— Tu as besoin d'un solide petit déjeuner. On peut devoir chasser un monstre à n'importe quel moment.

— Je tenterai le coup. S'il est trop effrayant, je t'appellerai à la rescousse.

Il sourit à Anya.

— Ta maman est la meilleure chasseuse de monstre que je connaisse.

Elle hocha la tête, elle le savait déjà. Et lui savait que, malgré tous ses efforts, jamais il ne serait un aussi bon parent que Raina.

Raina avait fait la vaisselle et s'accordait à présent un moment de répit. Alistair était très occupé, une fois de plus, à jouer avec Anya. La petite fille lui avait montré le jardin, les plantations qu'elle avait faites avec sa mère, l'arbre où vivaient les fées, l'arbre à papillons et la mangeoire pour les oiseaux. Il avait joué au football avec elle, et elle avait repris sa danse de la victoire lorsqu'elle avait réussi à marquer un but.

Pendant ce temps-là, Raina sirotait son thé et se détendait au soleil, puis ils regagnèrent tous le salon. Alistair s'assit par terre, jouant avec une balle qu'il lançait de temps en temps à Anya. Soudain, il prit une boîte posée sur le sol, à côté du canapé, et, tout en bavardant avec Raina, l'ouvrit pour en sortir une prothèse. Comme Anya secouait la tête, il reposa la prothèse par terre.

Ils recommencèrent à se lancer la balle, puis il fit une

nouvelle tentative. Cette fois, Anya attrapa la prothèse et s'en servit comme d'une pelle pour lui renvoyer la balle. Il attrapa celle-ci et s'assit près de l'enfant.

Il était si patient. Si gentil. Raina retint son souffle, il était en train d'installer avec soin la prothèse sur le bras mutilé d'Anya. Puis il prit la balle et la tendit à la petite fille.

Anya ne savait pas quoi faire. Elle s'était débrouillée si longtemps avec une seule main qu'elle ne comprenait pas qu'elle lancerait mieux la balle avec deux mains. Alistair lui montra comment s'y prendre.

— C'est très bien, Anya. Si on montrait cela à maman ?

Il regarda Raina qui avait du mal à retenir ses larmes.

— Que voulez-vous me montrer ? demanda-t-elle.

Elle s'assit par terre, les jambes croisées. Alistair aida Anya à saisir la balle et à la faire rouler sur le sol. Raina la ramassa et la renvoya à sa fille qui tendit une seule main pour l'attraper. Alistair la poussa alors à avancer l'autre bras, et Anya saisit la balle. Raina, étranglée par l'émotion, ne la quittait pas des yeux.

— Bravo, Anya ! dit Alistair. Voyons si nous pouvons marquer un but, d'accord ?

Au premier essai, la balle atterrit sur les genoux de Raina. Alistair fit mine de se montrer très déçu.

— Bon, on fera mieux au prochain coup.

Raina leur renvoya la balle, et Anya la jeta à nouveau. Cette fois, la balle rebondit contre le mur.

— Et voilà ! s'écria Alistair. On fait la danse de la victoire ?

Il se leva et se lança avec Anya dans une danse endiablée tandis que Raina les applaudissait en riant de tout son cœur.

Anya avait utilisé sa prothèse durant près d'une heure, ce qu'Alistair avait jugé suffisant. Après déjeuner, ils avaient joué avec des briques en plastique et, contre toute attente, Anya s'était aidée de sa prothèse pour se redresser.

— Je ne sais comment te remercier, dit Raina comme Alistair prenait congé.

— C'est moi qui devrais te remercier, j'ai passé un excellent moment, répondit-il en attrapant son sac de voyage. Demain, tu feras de nouvelles tentatives avec elle ?

— Oui, j'espère parvenir à lui faire mettre sa prothèse.

Serait-elle aussi patiente et détendue qu'Alistair ?

— Propose-lui simplement de la porter ; si elle refuse, n'insiste pas. Vous viendrez me voir, mardi prochain ?

— Oui. À quelle heure ?

— Je me disais qu'on pourrait déjeuner ensemble et aller quelque part ensuite.

— Mais tu ne dois pas travailler ? Faire tout ce que tu n'as pu faire ce week-end…

— Ça peut attendre. Je crois important de maintenir le rythme et de consolider les progrès que nous avons obtenus. Et je dois avouer que j'ai beaucoup aimé ce week-end, dit-il en souriant.

— Moi aussi. Laisse-moi apporter le déjeuner, mardi.

Elle ne pouvait pas se permettre de l'inviter dans un luxueux salon de thé, mais elle pouvait préparer un bon petit plat.

— Nous pourrions peut-être aller au musée de la Science ? dit-elle.

Il éclata de rire.

— C'est une sortie pour moi ou pour Anya ?

— Ça lui plaira beaucoup, à elle aussi.

— Dans ce cas, c'est d'accord. J'ai hâte…

Au moment où il allait s'en aller, elle lui toucha le bras et, sans réfléchir, se hissa sur la pointe des pieds et l'embrassa sur la joue.

— Merci pour tout ce que tu fais pour Anya.

La façon dont il la regardait la troubla. Comme elle lui frôlait les lèvres d'un baiser léger, elle sentit qu'il tremblait.

— Et celui-là, c'est pour quoi ? demanda-t-il.

— C'est juste pour moi.

— Alors, je le garde comme un trésor.

Il quitta la maison et se dirigea vers sa voiture sous le regard de Raina. Elle agita la main lorsqu'il démarra puis rentra dans une maison qu'elle trouvait bien silencieuse, maintenant qu'il était parti.

Elle monta dans la chambre d'Anya lui poser un baiser sur le front. Avant que la petite n'aille au lit, Alistair avait soigneusement inspecté la chambre et déclaré qu'aucun monstre ne s'y était caché. Si Anya se réveillait dans la nuit, ce souvenir la rassurerait peut-être.

Quant à elle, si elle parvenait à s'endormir, peut-être rêverait-elle d'Alistair.

Assise sur le banc du square qui faisait face à la Watchlight, Raina gardait un œil sur Anya qui courait autour de la pelouse pour se détendre après une séance de jeu avec Kaia. Alistair était parti chercher des cafés. C'était devenu un rituel qui ponctuait chaque après-midi.

Il revint, les deux gobelets habituels dans ses mains. Raina accepta son café avec un sourire.

— Alors, comment cela s'est-il passé avec Kaia ? demanda-t-il en s'asseyant à côté d'elle.

— Très bien. Elle sait comment s'y prendre avec Anya, et il est clair qu'elle adore travailler avec les enfants. Elle comprend leurs besoins.

— Oui, elle est très compétente. Je songe à lui confier la direction de la partie technique du projet. Ben a exprimé le désir de se consacrer à autre chose dans quelques semaines, lorsque nous aurons mis la touche finale à nos prothèses.

— Cela me paraît une bonne idée, pour l'un comme pour l'autre. Kaia a envie de voir le projet aboutir, et Ben a toujours de nouvelles pistes en tête.

— Et toi ? Vois-tu comment nous pourrions améliorer les choses ?

C'était l'une des qualités d'Alistair qui lui attirait le respect de son équipe et de ses patients. Il était à l'écoute.

— Je pense… C'est une magnifique expérience, et je sais que les autres parents le pensent aussi. Cependant, il y a une chose…

— D'accord, dit-il en souriant. Vas-y !

— Lorsque nous avons commencé, je savais à quoi m'attendre. Je connaissais les problèmes médicaux et je devais simplement comprendre ce que la *dream team* était capable ou non de faire. Mais certains parents se sentent un peu dépassés par tout cela.

Le visage d'Alistair s'assombrit.

— Vraiment ? Gabriel et moi faisons de notre mieux pour tout leur expliquer…

— Je sais, et vous faites du bon travail. Mais certains parents sont venus me voir avec des questions car ils savaient que j'étais médecin. Nous avons fini par former notre propre petit groupe de soutien.

— Oui, j'avais remarqué que lorsque vous vous retrouviez dans les bureaux vous veniez ensuite déjeuner tous ensemble ici. Je pensais que vous étiez en train de constituer une sorte de groupe de parole et j'ai décidé de ne pas m'en mêler. Je me suis dit que, si vous aviez besoin de moi, tu m'en parlerais.

Elle lui adressa un grand sourire.

— Oui, et c'est ce que je suis en train de faire. Notre groupe fonctionne bien, parce que je suis médecin et que je comprends un certain nombre de problèmes. Mais pour d'autres groupes…

— Où veux-tu en venir ? Tu penses que nous devrions mettre quelque chose en place pour chaque nouvelle intégration d'enfants dans le projet ? Mais cela ne gâcherait-il pas tout ? Votre groupe a fonctionné parce qu'il était informel.

— Je pensais simplement que la fondation Watchlight pourrait offrir une aide matérielle, par exemple en fournissant un lieu de réunion, et peut-être des boissons. Le groupe viendrait y discuter librement des questions qui intéressent les parents. Cela pourrait se faire une fois par semaine, en présence d'un parent qui a déjà vécu cette expérience.

Il hocha la tête.

— L'idéal serait que ce parent ait des connaissances

médicales lui permettant de répondre aux questions. Une perle rare pas facile à trouver.

— Oh ! inutile de tourner autour du pot avec moi, Alistair. Cela ne te va pas.

Il éclata rire.

— Ah ! Tu préfères que je sois plus direct ?

— Absolument.

— D'accord. Offrir aux familles un groupe de soutien informel est une idée magnifique, et je me demandais si tu nous apporterais ton aide, comme tu es à la fois médecin et maman.

— Je serais ravie de vous aider.

— Génial. Comment vois-tu les choses ?

— Eh bien, je pourrais rassembler quelques notes pour une séance d'introduction. Sur ce qu'on attend du projet, des choses de ce genre. Ce pourrait être un bon point de départ.

— Et si l'on faisait intervenir l'un des psychologues de la clinique ? Qu'en dis-tu ?

Il avait fait savoir à tous les parents que le service psychologique de la clinique voisine des bureaux de la fondation leur était ouvert.

— Oui, dit-elle, ce pourrait être une bonne idée. Juste pour une séance, pour que les parents les rencontrent et leur fassent confiance s'ils ressentaient le besoin d'un soutien psychologique.

— Très bien. Je me charge d'organiser cela. Et je te laisse le soin de faire la séance d'introduction, d'accord ?

— Entendu.

Ils restèrent silencieux un moment, regardant Anya qui jouait au soleil. Puis il eut un grand sourire.

— Alors, comment m'en suis-je tiré ? C'était assez direct ?

— Tu as été parfait. 10 sur 10.

Et elle éclata de rire.

Voyant Anya se pencher pour examiner quelque chose dans l'herbe, elle se leva pour la rejoindre. Alors qu'elles revenaient ensemble vers le banc, Alistair reçut un message sur son biper.

— Désolé, dit-il à Raina. La clinique me réclame.

Abandonnant son café sur le banc, il quitta le square à la hâte.

C'était comme au bon vieux temps, songea Raina. Sauf qu'à l'époque, ils répondaient tous les deux présents lorsqu'on les bipait et qu'elle restait désormais sur la touche. Elle ramassa le gobelet d'Alistair et le jeta avec le sien dans la poubelle voisine.

Alistair avait traversé la rue et grimpait quatre à quatre les marches de la clinique.

— On retourne là-bas ? demanda Anya qui, elle aussi, le suivait du regard.

— Oui, mon cœur. Et nous allons courir aussi vite que nous le pouvons…

Elle prit son sac et la main d'Anya.

7

L'une des infirmières de la clinique croisa Alistair alors qu'il arrivait près de la réception. Elle n'attendit pas ses questions pour lui dire ce qui se passait.

— On a des problèmes là-haut, dans la salle de thérapie de groupe.

Il hocha la tête et se dirigea vers l'escalier. La clinique s'occupait d'un certain nombre de patients souffrant d'un syndrome de stress post-traumatique. Même si les encadrants savaient parer aux conflits, avec les SSPT le risque de violence était réel.

Lorsqu'il arriva à l'étage, un petit groupe stationnait devant la porte de l'une des salles de thérapie d'où sortaient des cris perçants. Tout le monde s'écarta pour laisser passer Alistair.

— Je vous remercie, dit-il. Et si vous redescendiez, à présent ?

Les gens se dispersèrent, et il se mit à la recherche de Joe, le conseiller qui devait prendre ce groupe en charge. Il n'était nulle part. Sans doute était-il encore dans la salle, avec la personne qui ne cessait de hurler.

Soudain, Raina arriva en courant.

— Où est Anya ? demanda-t-il.

Ce n'était pas la place d'une enfant, d'être témoin d'une scène de ce genre.

— Je l'ai laissée avec Kaia. Je suis passée par la porte qui communique avec la clinique et je me suis laissée guider par le bruit.

Un frisson d'excitation parcourut Alistair. Cela lui rappelait leur première rencontre. Il n'était alors qu'un tout jeune médecin, et Raina une étudiante à la faculté de médecine en stage dans son service. À l'époque, lorsque son biper sonnait, il lui suffisait d'échanger un regard avec Raina pour qu'ils agissent comme un seul homme, se précipitant pour porter secours là où l'on avait besoin d'eux.

— D'accord, dit-il. Tu veux bien tendre l'oreille pour moi ?

Ainsi, si quelque chose d'important lui échappait, elle serait là pour lui répéter ce qu'il n'avait pas entendu.

Elle hocha la tête. Il s'avança vers la porte afin de jeter un coup d'œil dans la salle grâce à la petite vitre pratiquée à cet effet.

La scène n'avait rien de rassurant. Il allait avoir besoin de l'aide de Raina.

— Joe, le conseiller, est à l'intérieur et j'ai l'impression qu'il est blessé. Emma, l'une des patientes du groupe, est restée avec lui. Elle exerce dans le milieu paramédical, elle pourrait nous aider mais n'oublions pas qu'elle a ses propres problèmes à gérer dans ce type de situation. Je ne connais pas le type qui fait tout ce boucan, c'est un nouveau patient. Je vais essayer de le calmer, et si tu vois une occasion de faire sortir Joe et Emma…

Elle acquiesça d'un signe de tête, et il ouvrit doucement la porte.

L'homme hurlait à la fois sa colère et sa souffrance. Au moment où Alistair ouvrit la porte, Raina l'aperçut. Il faisait les cent pas dans la salle, ne s'arrêtant que pour se frapper la tête de ses poings.

Elle pressa le bras d'Alistair et formula avec ses lèvres un avertissement. *Attention, ce n'est peut-être pas un SSPT.*

Il hocha la tête. Il y avait visiblement eu une bagarre dans la pièce. Joe était assis dans un fauteuil, un gros bleu sur la joue et le front en sueur. Il se tenait l'épaule tout en essayant de calmer l'homme qui faisait les cent pas.

Emma était près de lui et lui soutenait le bras, le maintenant dans ce qui semblait être la meilleure position pour une épaule déboîtée.

— Pourquoi ne vous asseyez-vous pas, Stuart ? dit Joe d'une voix tendue, mais calme.

— Je ne peux pas, répondit Stuart en se frappant le front.

Soudain, il se retourna et, les poings serrés, se dirigea vers Joe. Comme Emma s'interposait entre les deux hommes, Joe essaya de l'écarter et grimaça aussitôt de douleur.

Mais Alistair était là. Il se plaça entre Joe et le patient et, d'une main ferme et douce, fit reculer Stuart, détournant son attention de Joe. En se mettant lui-même en première ligne, il permettait à Raina de faire sortir Joe et Emma de la pièce.

Raina se précipita vers eux.

— Emma, ça va ? murmura-t-elle.

Celle-ci acquiesça d'un signe.

Raina avait déjà vu les cicatrices qu'elle avait sur le cou et les trois doigts qui lui manquaient, mais Emma avait visiblement choisi d'oublier qu'elle était elle-même patiente de la clinique. Sa formation de personnel paramédical lui avait donné le courage de faire face à la situation.

— Et Joe ?

— On dirait qu'il a l'épaule luxée.

Raina se pencha vers le blessé et lui palpa l'épaule.

— Vous avez raison, dit-elle.

Joe semblait beaucoup souffrir, mas il était parfaitement conscient.

— Pensez-vous pouvoir marcher ? lui demanda Raina.

— Oui, je peux.

Entendant une claque violente, Raina se retourna et vit Alistair qui rejetait sa tête en arrière.

— Ah non, une fois ça suffit ! murmura-t-il.

Le coup était semblait-il tombé tout près de la coupure qu'il avait sous l'œil.

— Stuart, mon vieux, inutile de vous comporter comme ça.

Stuart parut se calmer, et Raina reporta son attention sur

Joe. Secondée par Emma, elle l'aida à se lever et le fit sortir de la salle. La porte était à peine refermée derrière eux qu'Emma exprima son inquiétude.

— Alistair va s'en sortir ?

— Il semble contrôler la situation, répondit Raina.

Elle l'espérait. Elle aurait aimé pouvoir s'en assurer, mais elle devait prendre soin de Joe.

Tandis que le trio avançait lentement dans le couloir, deux infirmiers passèrent en courant devant eux. Raina poussa un soupir de soulagement. Si Alistair ne parvenait pas à apaiser Stuart et que celui-ci devenait violent, les infirmiers seraient là en renfort.

Toujours accompagnée d'Emma, elle emmena Joe dans une salle de consultation où elles le firent s'allonger sur la table d'examen. Constatant qu'il souffrait d'une luxation, Raina téléphona au bureau des infirmières pour demander une radiographie.

— C'était très courageux de votre part, Emma, dit doucement Joe.

Elle haussa les épaules mais semblait contente.

— Cela fait partie du job, Joe. Et, au moins, Stuart n'avait pas de machette avec lui.

C'était donc ce qui expliquait ses cicatrices. Raina ne put s'empêcher de frissonner. Elle avait aussi remarqué qu'Emma portait un bandage au bras.

— Comment va votre poignet ? lui demanda-t-elle.

— Oh ! bien. Je me le suis fracturé il y a quatre mois. Il me fait encore mal, parfois, c'est pourquoi je le maintiens avec ce bandage.

— Comment vous êtes-vous fait cela ?

Les cicatrices d'Emma ne semblaient pas dater de quatre mois, elles, mais de beaucoup plus longtemps.

— D'une façon très stupide. J'ai trébuché sur un carton d'enveloppes dans la salle de conférences. Gabriel a eu toutes les peines à me calmer, je pleurais comme un bébé.

Malgré son courage, Emma avait les mains qui tremblaient.

Cela n'avait pas dû être facile pour elle, de faire une nouvelle fois l'expérience d'une attaque.

— Croyez-moi, Emma, dit Joe dans un murmure, je ne suis pas loin d'en faire autant.

Son épaule le faisait de toute évidence beaucoup souffrir.

— Une fois que vous aurez passé une radio, dit Raina, nous pourrons mieux soulager votre douleur.

Emma opina du chef. Se concentrer sur Joe avait l'air de l'apaiser.

— Merci, répondit Joe. Où est Alistair ?

— Je ne sais pas exactement. Je le chercherai lorsque le manipulateur en radiologie sera là. Et si Alistair est disponible, je lui demanderai de regarder vos radios et de réduire votre luxation, si c'est ce que vous souhaitez.

Joe connaissait bien Alistair et avait sans doute confiance en lui, puisqu'il faisait partie du personnel de la clinique et qu'il était spécialisé dans le traitement des blessures traumatiques des membres.

— Oui, je vous remercie.

Le manipulateur arriva, et tous se rendirent dans le service de radiologie. Au moment où le chariot de Joe était poussé dans la salle de radiographie, Alistair apparut.

— Tout va bien ?

Raina hocha la tête, tout en jetant un regard dans la direction d'Emma. Alistair comprit le message.

— Allez donc prendre une tasse de thé, Emma, suggéra-t-il. Vous avez fait du bon travail et vous pouvez désormais nous laisser nous occuper de Joe.

— Oui, j'avoue que je boirai volontiers un thé.

Alistair sourit et l'accompagna dans le couloir, tout en lui parlant. Il revint deux minutes plus tard.

— Emma va bien ? demanda Raina.

— L'un des encadrants est assis avec elle dans le coin détente, près de la machine à café. Elle est un peu secouée, mais ce qui vient d'arriver lui a fait franchir une énorme étape. Comment va Joe ?

— Il souffre sans doute d'une luxation antérieure de l'épaule. Les radios devraient le confirmer et montrer qu'il n'y a pas de fracture. Et Stuart ?

— Il est beaucoup plus calme, maintenant, et deux infirmières s'occupent de lui. Il semble y avoir un problème psychologique sous-jacent. C'est un nouveau patient et, lorsqu'il a été admis ici, rien de ce genre n'a été signalé. Sa femme a été informée de la situation. Lorsqu'elle sera là, nous déciderons de ce que nous devons faire.

Raina hocha la tête.

— Tu veux bien, cette fois, que j'examine ton œil ?

Il sourit.

— J'ai cru que tu n'allais jamais me le demander.

Il s'assit, et elle procéda à un examen minutieux de son œil, s'efforçant de rester concentrée malgré la proximité physique.

— Bon, dit-elle, aucun dégât n'a été fait à ton œil, si ce n'est que la peau, tout autour, est légèrement meurtrie. Dans deux semaines, cela aura disparu, et tu auras retrouvé toute ta beauté.

Elle avait dit cela avec le sourire, comme si elle plaisantait.

— Voilà une excellente nouvelle, répondit-il en éclatant de rire.

Voyant Joe sortir de la salle de radiographie, il l'interpella.

— Alors, Joe, comment ça va ?

— Pas trop mal.

Mais à la pâleur de son visage, on pouvait voir qu'il souffrait le martyre, à présent.

— Joe aimerait que tu regardes ses radios et que tu te charges de le soigner, dit Raina.

La requête de Joe lui semblait normale, mais elle eut néanmoins un pincement au cœur. Si le fait d'être mère la comblait, l'exercice de la médecine, cependant, lui manquait.

— Merci, Alistair, murmura Joe. Vous êtes le meilleur…

Alistair haussa les sourcils.

— Je ne suis le meilleur que lorsque Raina n'est pas là.

Elle lut dans son regard qu'il le pensait vraiment. Et cela suffit aussitôt à l'apaiser.

Après avoir étudié les radios de Joe, Alistair choisit de se faire aider par Raina pour remettre l'épaule luxée en place. Car Raina était la meilleure.

Ils travaillèrent ensemble, comme ils le faisaient cinq ans auparavant. Mais, une fois que Joe, le bras immobilisé par une attelle, fut confié à une infirmière, Raina eut l'impression que la distance entre Alistair et elle s'était encore agrandie. Elle décida alors de franchir le fossé qui les séparait.

Elle se dirigea vers le lavabo pour passer un linge sous le robinet d'eau froide puis revint vers Alistair et lui ordonna de s'asseoir.

— Ah, cela fait du bien, dit-il tandis qu'elle lui posait le linge humide sur le visage. Merci.

Son œil commençait à le faire souffrir, mais la présence de Raina et la fraîcheur du linge mouillé sur sa peau meurtrie le réconfortaient.

— Je vais devoir y aller bientôt, dit-elle. Il faut que je ramène Anya à la maison.

— Oui. Et moi, je dois aller retrouver Emma.

— Elle s'est montrée si courageuse en restant avec Joe après ce qui lui est arrivé à elle aussi.

— Oui. Tu sais, plus je travaille ici, plus j'ai l'impression de ne rien savoir. Et plus je comprends aussi que mes patients ont tout à m'apprendre.

Il doutait d'avoir lui-même les qualités dont Emma avait fait preuve dans sa façon d'accepter son passé.

— Cela prouve que tu fais bien ton métier, non ? Ferme l'œil un moment, s'il te plaît.

Il ferma les yeux, entendit l'eau couler dans le lavabo et sentit le linge et les doigts frais de Raina sur son visage.

— Anya est un exemple, dit-il. Elle ne se considère pas comme désavantagée, elle sait simplement qu'elle est un peu différente et elle compense. Je crois que je devrais prendre modèle sur elle.

Il sentit les doigts de Raina lui tapoter la joue, lui indiquant qu'il pouvait à présent ouvrir les yeux.

— Elle n'a que trois ans, dit-elle. Je ne lui souhaite pas d'avoir jamais le sentiment d'être désavantagée, mais je dois accepter qu'il viendra peut-être un temps où le monde lui renverra une autre image d'elle-même.

— Peut-être. Mais si elle continue d'écouter sa mère, elle ne risque pas de beaucoup se tromper.

Raina haussa les sourcils.

— Tu ne serais pas en train de dire que j'ai raison, par hasard ?

— Mais non ! Je ne voudrais pas que tu t'évanouisses, j'ai déjà suffisamment à faire en ce moment.

— Bien vu ! dit-elle en riant avant d'aller rincer le linge. Je crois que tu peux y aller, maintenant.

Oui, il pouvait y aller. Il se sentait mieux après ce moment passé avec elle, mais ce n'était pas une raison pour qu'ils renouent. S'il comprenait un peu mieux pourquoi ils avaient divorcé, il savait aussi qu'ils ne pouvaient pas revenir en arrière.

— On se revoit dans la semaine ? demanda-t-il en se levant.

— Oui, j'amène Anya à Kaia jeudi.

Elle marqua une pause, comme si elle venait juste de penser à quelque chose.

— Tu étais sérieux lorsque tu disais que je pourrais m'occuper du groupe de soutien des parents ?

— Oui, évidemment. Si tu en as envie, bien sûr.

— J'en ai très envie. Merci.

Raina défit son sac de voyage pour la troisième fois. D'habitude, elle ne se montrait pas aussi hésitante dans le choix de ce qu'elle devait emporter.

— J'aime bien celle-ci, maman, dit Anya.

Assise sur le lit, fouillant dans la pile de vêtements que

Raina avait sortis de l'armoire, elle brandit un chemisier dans un tissu léger, presque transparent. Elle utilisait maintenant de plus en plus souvent sa main artificielle. Et elle manipulait plus facilement les objets depuis que l'affaissement de son épaule gauche, provoqué par ses efforts pour égaliser la longueur de ses bras, avait été corrigé.

— Non, pas celle-là, mon cœur.

Pas pour aller à une conférence. Encore moins une conférence à laquelle assisterait Alistair.

Et c'était un événement important. La fondation Watchlight le préparait depuis des mois, sélectionnant avec soin la liste des participants.

— Pourquoi pas un tailleur ? dit Raina en plaquant contre elle une veste et une jupe gris foncé.

Anya plissa le nez et secoua la tête. Peut-être avait-elle raison. Raina avait acheté ce tailleur des années auparavant et le portait rarement, à cause de sa couleur terne.

— Une robe, alors ?

Cette fois, Anya acquiesça d'un signe de tête.

— Bon, alors je prends ces deux-là.

Elle choisit aussi une veste qui se mariait bien avec les deux robes. Maintenant, il lui fallait quelque chose pour le cocktail. C'était là le plus difficile. Elle possédait trois tenues élégantes, toutes achetées lorsqu'elle était mariée avec Alistair. Chacune lui rappelait des souvenirs…

— Laquelle choisir, Anya ? La bleue ou la noire ? demanda-t-elle en tenant les deux robes à bout de bras.

— La rouge !

Anya adorait cette robe. Tout comme Raina. Alistair aussi l'avait beaucoup aimée…

— Tu es sûre ?

— Oui, maman. Elle est très belle.

Raina décrocha la robe rouge de son cintre et se pencha pour embrasser sa fille.

— Je porterai celle-ci en pensant à toi, mon cœur. Tu vas me manquer.

— Ce n'est que pour deux jours. Et nous irons au zoo, grand-père me l'a promis.

— On sait que grand-père tient toujours ses promesses. Et maintenant, si tu m'aidais à ranger tout cela ?

— Oui, on va remettre toutes tes affaires dans l'armoire.

— Si on essayait de faire un arc-en-ciel ?

Dans la penderie d'Anya, les robes étaient rangées en suivant l'ordre des couleurs de l'arc-en-ciel. La mère de Raina avait même fabriqué une petite robe orange pour qu'aucune couleur ne manque.

— Bon, que mettons-nous en premier ?

— Le rouge ! lança Anya en brandissant un chemisier rouge vif qu'elle avait pris dans la pile de vêtements gisant sur le sol.

Raina éclata de rire. Soudain, la conférence lui parut beaucoup moins menaçante.

Le centre de conférences des laboratoires pharmaceutiques DeMarco était basé dans le Sussex, le père de Gabriel l'avait mis à la disposition de la Watchlight à l'occasion de la conférence.

Le bâtiment, à demi caché de la route par des arbres, s'élevait au bord d'un lac. Tout de verre et d'acier, c'était un parfait exemple de l'esthétique de l'architecture moderne. Le hall d'entrée, équipé de grandes baies vitrées, avait une hauteur de plafond équivalent à trois étages. Inondé de lumière, il s'ornait d'un mur d'eau dont le murmure créait un délicieux climat de fraîcheur contrastant avec la chaleur de la route.

En arrivant, Raina se sentit rougir lorsque Alistair laissa Heidi discuter avec la réceptionniste pour venir à sa rencontre. Il était vêtu d'une chemise bleu foncé à col ouvert et d'un pantalon de la même couleur, une tenue à la fois chic et décontractée.

— Ah, te voilà ! dit-il. Alors, que penses-tu de l'endroit ?

— C'est… superbe. Jamais on n'imaginerait une fondation de bienfaisance y tenir une conférence.

Il eut un petit rire.

— Oui. Nous avons bien précisé sur les invitations que le

centre était gracieusement mis à notre disposition. Viens, je te fais visiter.

— Mais n'as-tu pas autre chose à faire ?

— Non, Heidi s'occupe de tout, comme d'habitude. Gabriel est en route avec la *dream team,* et j'ai du temps libre jusqu'à l'arrivée des délégués. Ils seront là dans environ deux heures.

Il s'empara de la valise de Raina.

— Occupons-nous d'abord de tes bagages, veux-tu ?

Il se rendit à la réception où Heidi lui remit une clé. Il semblait vouloir jouer les porteurs, et elle le suivit au fond du hall où ils empruntèrent un couloir entièrement vitré.

Le bâtiment, en forme de croissant, s'incurvait autour d'une zone de repos où eau et végétaux se mêlaient. Le sol en ardoise était strié de lignes de verre épais qui permettaient de voir l'eau courir sous le dallage, il s'en dégageait une impression de paix et de calme. La structure conçue par l'homme se mariait parfaitement avec la nature environnante.

Les chambres se trouvaient au fond du bâtiment, aux deux pointes du croissant. Fraîches et calmes, équipées de meubles en bois clair et de grandes fenêtres, elles bénéficiaient de l'ombre des arbres qui leur offraient aussi une certaine intimité.

Alistair posa la valise à côté du lit et donna la clé à Raina.

— J'espère que tu seras bien ici.

Elle ne doutait pas du confort que lui offrirait cette chambre. Le grand lit était à la fois ferme et doux. Si elle avait du mal à s'endormir, cette nuit, ce serait à cause d'un malaise personnel. Le meilleur moyen d'éviter cela était de s'épuiser dans la journée pour tomber de sommeil le soir.

— Mais oui, certainement. Ta proposition de me faire visiter le centre tient-elle toujours ? demanda-t-elle en souriant.

— Oui, bien sûr.

Alistair avait toujours aimé cet endroit qui incitait les délégués à la détente et la concentration. Pour l'instant, lui ne se sentait pas du tout détendu, mais complètement concentré sur Raina.

Belle n'était pas le mot qui lui convenait le mieux, dans la mesure où il impliquait une forme de calcul parfaitement étranger à Raina. Elle ne choisissait pas ses vêtements pour faire sensation, mais parce qu'elle en aimait la couleur, la texture, et le résultat était éblouissant. Sa veste en lin, son pantalon bleu et son haut imprimé composaient une tenue ravissante. Et avec ses cheveux noirs, ses longues jambes et la façon gracieuse dont elle bougeait, elle était tout simplement irrésistible.

— Les panneaux solaires installés sur le toit fournissent le courant, même en hiver, dit Alistair qui prenait son rôle de guide à cœur. La nourriture vient des producteurs locaux, dans la mesure du possible, et les bois qui s'étendent sur la gauche sont protégés afin de favoriser le développement de la faune sauvage et de certaines espèces de plantes.

— Ce centre n'est donc pas aussi représentatif de la technologie de pointe qu'il en a l'air, dit-elle en souriant.

— Oh ! mais si. Attends d'avoir utilisé ta douche. Mais la technologie, ici, sert à minimiser le plus possible l'impact de l'homme sur l'environnement et à préserver les choses que nous voulons sauver pour les générations futures.

Ils continuèrent de déambuler à travers de larges espaces ouverts, ponctués de coins repos où de petits groupes pouvaient se retrouver. Ils passèrent devant les salles de conférences et le restaurant qui donnait sur le jardin au sol dallé, situé au cœur du bâtiment.

Comme ils venaient de dépasser un mur d'eau se déversant dans une vasque en pierre, Raina s'arrêta soudain et regarda Alistair.

— Comment perçois-tu tout ce bruit ?

— Euh… Cela crachote un peu.

— Cette conférence… C'est un vrai défi pour toi. Tous ces gens qui parlent en même temps.

— Je pourrai régler mon aide auditive. Avec un peu de chance, tout se passera bien. Il me reste une demi-heure avant que les délégués n'arrivent. Tu as envie d'un café ?

Il montra le bar, déjà ouvert.

— Oui, volontiers, je serai contente de m'asseoir. Et tu vas pouvoir m'en dire un peu plus sur le programme des jours à venir.

Elle alla s'installer dans un coin du jardin où l'activité du restaurant et le bruit de l'eau se faisaient moins assourdissants.

Alistair, l'air préoccupé, se dirigea vers le bar. La gentillesse de Raina, ses petites attentions, la façon dont elle essayait de lui faciliter les choses, tout cela le faisait de nouveau tomber amoureux d'elle.

8

Cette conférence était l'une des plus intéressantes auxquelles Raina avait assisté. Il y avait tant de participants, tant de nouvelles idées. C'était un jeu incessant de questions-réponses.

Chacune des associations caritatives invitées s'était vue offrir un espace pour présenter ses travaux dans les grandes salles d'exposition. Le programme de la journée prévoyait un échange d'idées et des rencontres où tous pourraient partager leurs expériences. Un groupe de parents de la fondation Watchlight était venu pour la journée. Raina les aperçut, un cercle compact ne discutant qu'entre eux.

Alistair et Gabriel, qu'elle chercha du regard, parlaient avec un délégué d'une autre association.

Ben, lui, était assis tout seul dans un coin, il avait les joues rouges et les yeux fixés sur sa tasse de café. Elle alla vers lui.

— Tout va bien, Ben ?

— Oui, merci.

— Il y a quelques idées intéressantes, ici.

— Vous avez vu le travail du groupe de Norwich ?

— Oui, et je crois qu'ils peuvent nous apporter quelque chose. Je vous ai vus parler avec eux, Alistair et vous.

Ben hocha la tête.

— Oui, c'était bien. Ils ont aimé mon idée à propos du silicone…

Elle préféra ne pas insister. Ben l'aurait probablement noyée sous un flot de détails, l'empêchant de découvrir ce qui le préoccupait.

— Qu'y a-t-il, Ben ?

— Cette femme, là-bas. Elle a dit que j'avais tout faux !

Et il rougit de nouveau. Raina avait vu la prothèse exposée par cette femme, l'une des propositions les moins imaginatives selon elle.

— Vous savez que vous n'êtes pas encore tout à fait au point, dit-elle, c'est la raison pour laquelle vous travaillez à améliorer vos modèles. Mais, une chose est sûre, Ben, vous n'avez pas tout faux.

— Elle m'a dit que personne ne voulait d'une prothèse trop compliquée. Et que nous devions fabriquer quelque chose de plus simple pour Anya…

— Il n'y a rien à reprocher au bras myoélectrique. C'est cette prothèse que nous voulons, Alistair et moi, pour Anya. Nous devons simplement l'améliorer un peu.

— Elle dit qu'elle a travaillé avec toutes sortes de patients et qu'elle sait ce qu'ils veulent.

— Mais vous aussi ! Vous travaillez avec Anya.

Ben haussa les épaules.

— Anya est une gamine très cool.

— Oui, c'est vrai. Je suis heureuse que ce soit la première chose que vous voyiez chez elle, cela vous aidera à concevoir une prothèse qui lui conviendra parfaitement. Car tout l'enjeu est là, Ben. Fabriquer des membres qui conviennent aux patients. Et vous, vous faites un excellent travail avec Anya.

— Vous le pensez vraiment ?

Ben était un génie qui manquait parfois de bon sens. Sa fascination pour la façon dont les objets fonctionnaient ne s'étendait pas aux mécanismes psychologiques de l'être humain.

— Écoutez, Ben, vous ne croyez pas que cette femme pouvait avoir le sentiment de… Eh bien, de toute évidence, elle a travaillé dur, et elle est très fière de ce qu'elle a fait. Mais elle se rend peut-être compte que d'autres personnes ont mieux travaillé qu'elle et, au lieu d'essayer de progresser grâce à eux, elle les rabaisse.

Ben réfléchit un moment.

— Non, je n'y avais pas pensé, répondit-il d'un ton indifférent.

S'exprimer de façon allusive était manifestement une erreur avec Ben. Elle devait se montrer plus directe. Elle se pencha vers lui et capta son regard.

— Ne me laissez pas tomber, Ben. Ma petite fille a besoin d'une main et, pour cela, je veux ce qu'il y a de meilleur. Je veux que ce soit vous qui lui fabriquiez sa main.

— En fait, vous voulez que ce soit Alistair qui s'en charge.

Ben était parfois d'une franchise excessive.

— Alistair connaît les besoins médicaux d'Anya, mais il ne peut pas fabriquer la prothèse. Je compte sur vous, Ben, ne laissez pas tomber ma fille. Si vous le faites, vous aurez affaire à moi.

Soudain, il afficha un grand sourire.

— Je ne le ferai pas.

— Bien. Merci.

D'un signe de tête, elle lui montra le coin café où le groupe de parents s'était assis et continuait de discuter.

— Nous devrions leur montrer un peu les différents stands et leur expliquer sur quoi travaillent les autres associations.

Ben marqua une hésitation.

— Quoi ? Pour qu'ils parlent avec cette femme ?

De toute évidence, cela revenait pour lui à se jeter de nouveau dans la gueule du lion.

— Je pense qu'ils voudront tout voir. Mais si elle leur tient les mêmes propos qu'à vous, je saurai quoi lui répondre.

Ben lui lança un regard admiratif.

— Vraiment ? Vous feriez cela ?

— Bien sûr. Et je suis certaine que les autres parents me soutiendraient.

Elle se dirigeait vers le groupe lorsqu'elle prit conscience que Ben n'avait pas bougé.

— Alors, vous venez ?

Il sourit.

— Oui, j'arrive !

L'un des problèmes pour s'adapter à une surdité partielle, c'était que les choses devenaient moins prévisibles. Parfois, Alistair n'entendait pas un mot de ce que lui disait un interlocuteur tout près de lui, alors qu'à d'autres moments il percevait des propos tenus dans une pièce bondée…

Il avait rejoint le groupe des parents qui s'intéressaient aux différents travaux exposés et lui posaient tout un tas de questions, ne lui laissant aucune occasion de parler à Raina. Tout en s'habillant pour le cocktail, il n'avait cessé de penser à elle.

La réception battait désormais son plein et Gabriel, l'air décidé, circulait de groupe en groupe. Il faisait chaud et les portes vitrées qui donnaient sur le jardin central avaient été ouvertes.

Alistair sursauta, quelqu'un lui touchait le bras en lui disant quelque chose.

— C'est beau, n'est-ce pas ?

Raina avait répété ce qu'elle venait de lui dire sans même qu'il ait eu besoin de le lui demander. Elle lui montrait les lumières qui se reflétaient dans l'eau.

— Oui.

Il ne put rien ajouter. Raina lui apparaissait telle qu'elle était restée gravée dans ses meilleurs souvenirs. Elle était là, devant lui, et il ne pouvait s'empêcher de la dévorer du regard tandis qu'elle rougissait légèrement.

— Tu es… très belle.

— Merci.

Elle semblait aussi gênée que lui par ce compliment.

— Anya m'a dit que je devais porter du rouge, et c'est la seule robe rouge que je possède…

C'était une robe sans manches, froncée à la taille. Raina portait également une petite montre en argent que lui avait offerte sa grand-mère. Alistair la trouvait si magnifique qu'il en avait presque le vertige.

— Elle a bon goût, dit-il dans un murmure.

Elle hocha la tête.

— J'ai vu Gabriel, il te cherchait, dit-elle.

— Ah, je ferais mieux d'aller lui prêter main-forte.

— Oui. Moi, je vais essayer de trouver Ben. Il n'avait pas très envie d'assister à la soirée, et je lui ai proposé que nous l'affrontions ensemble.

C'était gentil de sa part. Ben n'était pas dans son élément lors de mondanités.

Au moment où Raina allait partir, il ne put s'empêcher de se pencher vers elle.

— Je suis content que tu aies gardé cette robe, lui dit-il à l'oreille. Tu as toujours été fabuleuse dedans.

Elle rougit puis passa la main sur le revers de son veston.

— Et moi, je t'ai toujours trouvé magnifique en costume.

Tournant les talons, elle s'éloigna.

Il avait besoin d'un verre, mais mieux valait ne pas boire. S'il succombait si facilement sobre au charme de Raina, l'alcool ne l'aiderait pas.

Au bar, il demanda un verre d'eau pétillante. Après quoi, il partit à la recherche de Gabriel.

Alistair avait observé Raina toute la soirée et ressentait un besoin urgent de lui parler. Finalement, il la vit toute seule dans un coin. Aussitôt, il traversa la salle où se pressait une foule compacte et il la rejoignit.

— Veux-tu danser ?

Un piano jouait une musique douce, et une partie de la salle s'était transformée en piste de danse improvisée.

— Est-ce que nous avons le droit ?

— Pourquoi pas ?

Elle rougit.

— Je ne sais pas. Laisse-moi réfléchir un instant.

— Nous avons respecté notre accord, Raina. Maya a choisi d'inclure Anya dans le projet, et Gabriel est son médecin. C'est lui qui la suit. Tu ne travailles pas pour la fondation…

Elle lui donna un coup de coude.

— Il me semble que j'apporte bien ma contribution !

— Et plus encore, mais nous ne te payons pas pour ce que tu fais pour nous. Je pense que nous avons parfaitement le droit de danser ensemble.

— Tu es mon ex-mari.

— Ce qui veut dire que j'ai déjà dansé avec toi. Et rien ne nous interdit de le faire encore si nous en avons envie.

— Tu as raison, dit-elle tandis qu'elle s'accrochait à son cou.

En sentant la chaleur de son corps contre le sien, il retint son souffle.

— C'est agréable, murmura-t-il.

— Simplement agréable ?

Elle savait aussi bien que lui que ce mot ne rendait pas justice à toute la force de ce qu'il ressentait. Mais aucun mot n'aurait pu le faire.

— J'utilise un euphémisme pour accentuer l'intensité de ce que j'éprouve.

Elle éclata de rire.

— Dans ce cas, disons simplement que c'est assez agréable. Peut-être…

— Oui. Peut-être.

Il aurait pu l'embrasser. Ils étaient si proches qu'il aurait pu poser un baiser dans son cou en ayant seulement l'air de s'être penché vers elle pour lui murmurer quelque chose à l'oreille. Mais il n'en avait pas envie. Un baiser ne lui aurait pas suffi.

Peut-être Raina l'embrasserait-elle plus tard, à un moment où il pourrait lui rendre son baiser et en faire autre chose qu'une sensation délicieuse et fugace.

Pour l'instant danser avec elle lui suffisait.

Le cocktail touchait à sa fin, et la musique s'était tue. Quelques personnes étaient encore assises au bar, qui resteraient peut-être là jusque tard dans la nuit.

Danser avec Alistair avait profondément troublé Raina. Elle s'était accrochée à lui, incapable de le lâcher. Il lui avait alors donné le bras et l'avait entraînée vers un coin du jardin plongé dans l'ombre. Là, ils étaient à l'abri des regards. La nuit avait été si parfaite que Raina aurait voulu n'en jamais voir la fin.

— Ah, le silence ! dit Alistair avec un soupir de satisfaction.

— Le silence ? Vraiment ?

— Oui. Au début, cela ne m'arrivait que de temps en temps. Puis ces moments de silence se sont prolongés, et j'avais du mal à y croire. Mais à présent, mes acouphènes ont complètement disparu. Je n'en ai eu aucun depuis deux jours.

— C'est merveilleux. Tu l'as dit à ton audiologue ?

— Non, pas encore. Je ne sais pas si cela va durer, alors je me contente de profiter du moment présent.

— Je pense que c'est le conseil qu'il te donnerait. On ne sait pas très bien comment fonctionnent les acouphènes, mais c'est plutôt bon signe qu'ils aient disparu.

— Oui, je trouve aussi.

— Et que peux-tu entendre d'autre, mis à part le silence ?

— J'entends… la brise. Je parie que toi tu ne peux pas, fit-il en souriant.

— Non, c'est vrai. Tu l'entends quand elle vient frapper l'arrière de ton aide auditive ?

Il hocha la tête.

— Je n'entends rien d'autre. Mais ce n'est pas grave puisque, toi, je t'entends.

Elle se dressa sur la pointe des pieds et lui planta un baiser sur la joue. C'était risqué, mais cela lui donnait encore plus envie de le faire. Il se tourna vers elle et la prit dans ses bras en murmurant son nom. Et il l'embrassa.

Le cœur d'Alistair battait à tout rompre. Raina venait de l'embrasser en y mettant tout son cœur. Elle était absolument sincère, il en était certain. Plus rien ne se dressait entre eux, à présent. Ni la souffrance ni la solitude. Pas même de la colère pour tout ce qui s'était passé autrefois et qui les avait dressés l'un contre l'autre.

Mais si ce baiser se prolongeait, il ne pourrait plus la

laisser partir. Il devait lui laisser une chance de s'en aller, de lui souhaiter bonne nuit avec un sourire, même si c'était la dernière chose dont il avait envie.

— Tu devrais partir, dit-il en la lâchant.

— C'est ce que tu veux ?

— Non, bien sûr. C'est bien pour cela que tu devrais le faire.

— Nous avons déjà vécu tout cela…

Elle se servait de l'argument qu'il avait lui-même utilisé pour la convaincre de danser avec lui. « Rien ne nous interdit de le refaire si nous en avons envie. »

— Beaucoup de choses se sont passées depuis, dit-il.

Elle hocha la tête.

— Je croyais te haïr, mais ce n'était pas vrai. Je n'ai jamais pu.

— Moi aussi je croyais te haïr. Il s'est avéré que non.

Il avait toujours aimé Raina. Toujours voulu ce qu'il y avait de meilleur pour elle, même si cela impliquait un autre homme que lui dans sa vie.

— Nous sommes simplement trop différents l'un de l'autre, dit-elle. Et cela ne changera pas. Mais nous pouvons encore nous permettre d'être ensemble, pas vrai ?

— Oui, je le pense aussi.

Il sortit des clés de sa poche. Outre la clé de sa chambre, il en avait une autre qui ouvrait toutes les portes donnant accès au bâtiment. Passant son bras autour de la taille de Raina, il l'entraîna vers la porte la plus proche qui conduisait presque directement à sa chambre.

Dès qu'ils furent entrés, elle se pendit à son cou, et il eut du mal à grimper les quelques marches qui menaient à sa chambre. Tout en refermant la porte derrière eux, il sentait la chaleur du corps de Raina qui se pressait contre lui. Il l'embrassa de nouveau et, comme ses jambes commençaient à trembler, il se força à reprendre son sang-froid.

— Raina… Si tu n'as pas de préservatif…

— Non, je n'en ai pas. Mais nous pouvons improviser, pas vrai ?

Elle se lécha les lèvres. Elle venait de marquer un point. La simple idée de ce qu'elle était capable de faire avec ses doigts et sa bouche le rendait fou.

— Attends…

Incapable de la lâcher ne fut-ce qu'un bref instant, il continua de l'embrasser et l'entraîna vers la salle de bains. Il ouvrit un placard et trouva ce qu'il cherchait.

— Je t'avais dit qu'il y avait tout, ici.

Elle lui arracha les préservatifs des mains et, dressée sur la pointe des pieds, lui murmura quelque chose à l'oreille.

Oui, lui aussi voulait faire l'amour avec elle. Très, très longtemps. Il avait l'impression que son sang bouillait dans ses veines.

— Tu es sûre, Raina ?

Il voulait l'entendre le dire à haute voix. Elle lui saisit la tête entre ses mains.

— Oui, je suis sûre. Est-ce suffisant pour toi ?

Plus que suffisant. Il la souleva dans ses bras et l'emmena vers le lit.

L'une des choses que Raina avait toujours aimée chez Alistair, c'était que, dans l'intimité, sa nature accommodante se modifiait complètement. Lorsqu'ils faisaient l'amour, il n'y avait chez lui ni hésitation ni compromis. Il avait l'art de tout oser.

Il la coucha sur le lit et la dévêtit avec des gestes précis qui la firent frissonner de plaisir. Lorsque à son tour il ôta sa chemise, elle sourit.

— Tu as toujours été si beau, Alistair…

— Je suis juste un peu plus vieux. Mais toi, non. Tu es encore plus ravissante aujourd'hui.

— Prendre de l'âge te va bien.

Son corps était un peu plus lourd qu'autrefois, mais tout en muscles. Il avait vraiment pris soin de lui, après leur séparation.

Avait-il ôté son aide auditive ? Elle la vit posée sur la table de chevet.

Il s'allongea à côté d'elle et la serra étroitement contre lui.

— Je veux t'entendre, Raina. Entendre chacune de tes respirations. Chaque mot…

Cela voulait dire qu'ils ne se quitteraient pas des yeux en faisant l'amour. Ils capteraient tous les indices qu'ils n'avaient pas oublié comment se donner mutuellement du plaisir, jusqu'au moment où ils perdraient tout contrôle d'eux-mêmes.

— Moi aussi je veux t'entendre, Alistair.

Il la couvrit de son corps, et elle s'accrocha à lui tandis qu'il la caressait et lui glissait sa main entre les jambes. Il y mettait beaucoup de douceur, avec cependant la promesse d'un plaisir intense à venir.

Leurs regards étaient rivés l'un à l'autre et ce lien précieux, né d'une nécessité, devenait une source de sensations délicieuses. Les jambes nouées autour de la taille d'Alistair, Raina ondulait sous lui, lui faisant pousser des grognements de plaisir.

Il sut qu'elle était proche de l'orgasme et, bientôt, ce fut lui qui fut rempli d'un sentiment de plénitude et de bonheur. Il poussa un cri, et elle le serra étroitement contre elle. Il l'embrassa, appuyant son front contre le sien tandis qu'ils reprenaient leur souffle.

Soudain, il rit et roula sur le dos, l'entraînant avec lui en l'étreignant de toutes ses forces.

— Je n'aurais jamais cru que nous referions un jour l'amour, dit-il enfin.

— Moi non plus. Je suis heureuse que nous l'ayons fait.

Elle l'embrassa puis revint se blottir dans ses bras.

Soudain, elle se retrouva seule avec ses pensées. Être avec Alistair avait fait passer tout le reste au second plan. Tout ce qui importait, c'étaient leurs baisers, leurs caresses. Mais à présent, dans le calme qui suivait la tempête, tout redevenait comme avant.

Ils ne pouvaient pas revivre ensemble. Ils avaient traversé trop d'épreuves pour cela. Ce qu'ils venaient de partager était seulement un moment de détente.

Raina se pressait encore contre lui, mais Alistair la sentait perdue dans ses pensées. Sans doute devait-il respecter son silence. Cependant, l'idée qu'elle regrettait peut-être d'avoir fait l'amour avec lui le torturait.

— Raina… Ma chérie… qu'y a-t-il ? Je t'ai fait mal ?

— Non, tout va bien.

— Mais non, je vois bien que ce n'est pas vrai. Je ne te laisserai pas tranquille tant que tu ne m'auras pas dit ce qui te préoccupe. Et, à mon tour, je me confierai à toi.

Il tendit la main pour prendre son aide auditive sur la table de chevet. Il ne voulait pas perdre un mot de ce que lui dirait Raina. Mais ce fut elle qui s'empara de l'appareil.

— Es-tu d'accord pour qu'on fasse autrement ? demanda-t-elle avec un sourire.

Elle s'assit dans le lit, augmenta la luminosité de la lampe et le regarda bien en face.

Il n'était pas sûr de pouvoir se priver de son aide auditive. S'il voulait entendre parfaitement tout ce que Raina lui dirait, elle devrait articuler nettement chaque mot et lui ne pas la quitter des yeux. Mais s'ils y étaient parvenus quand ils faisaient l'amour, pourquoi n'en seraient-ils pas capables aussi maintenant ? Il s'assit dans le lit et tendit la main à Raina. Elle la saisit, et une décharge électrique le traversa.

Il se pencha vers elle et lui caressa la joue.

— Raina, je t'en prie, dis-moi. J'ai besoin de savoir ce qui se passe. Tu sembles… malheureuse. T'ai-je fait du mal ?

— Non, ce n'est pas toi. Je… C'est juste que je pense à tout ce que nous avons perdu. Cela m'est apparu brusquement si réel.

— Je comprends. J'ai le même sentiment. Tu sais, je pensais que tu trouverais quelqu'un d'autre. Quelqu'un qui serait capable de te donner ce que tu désirais.

— Tu veux dire… Des enfants ?

Elle avait les larmes aux yeux.

— Oui, c'était à cela que je pensais essentiellement.

— Je ne peux pas avoir d'enfant, Alistair. Enfin… J'ai très peu de chance d'en avoir. Lorsque j'ai perdu notre bébé…

Elle semblait incapable de parler. Il devait l'aider.

— Une grossesse extra-utérine n'empêche pas, en général, de tomber de nouveau enceinte.

— Non, mais j'avais mal, alors j'ai fait des examens, et il est apparu que je souffrais d'une infection. Ils ont dû m'enlever une trompe de Fallope. L'autre est partiellement bouchée.

— Mais quand est-ce arrivé, Raina ?

— Un an après que j'ai perdu le bébé.

Un an. Raina et lui étaient encore mariés, à l'époque, même s'ils étaient séparés.

— Et… Tu ne m'as rien dit ?

— Aurais-tu signé les papiers du divorce si je t'avais mis au courant ?

Non, probablement pas.

— Nous avions déjà décidé de divorcer, dit-elle. Le mieux, pour nous deux, c'était de régler cela et de tourner la page.

— Mais… tu aurais pu me le dire, Raina.

Il savait parfaitement pourquoi elle n'en avait rien fait. Il avait essayé de la soutenir lorsqu'elle avait perdu leur bébé, mais avait lamentablement échoué. Elle n'avait donc aucune raison de penser qu'il aurait été plus en mesure de l'aider dans cette nouvelle épreuve.

Il s'était imaginé qu'elle avait rencontré un autre homme et qu'elle était devenue mère. Il avait pensé qu'elle menait une vie heureuse, entre un métier qu'elle adorait et une famille aimante qui la comblait de joie.

La réalité était bien différente. Ses rêves s'étaient envolés et elle avait vécu une terrible tragédie. Tout ce qu'elle avait, à présent, c'était Anya. Et il était reconnaissant à la petite fille d'avoir su rendre le sourire à Raina.

— Est-ce que je peux te prendre dans mes bras ? demanda-t-il tout bas.

C'était tout ce qu'il pouvait faire.

— Oui, j'en ai très envie.

Elle s'accrocha à son cou et le fit s'allonger sur le lit. Blottie dans les bras l'un de l'autre, ils se faisaient face, la tête sur l'oreiller.

— Je suis tellement désolé, Raina.

— Tu n'as pas à l'être. Nous avons trouvé un moyen pour survivre, chacun de façon différente. Nous avions besoin l'un et l'autre de cette séparation.

— Alors, qu'allons-nous faire, maintenant ?

Elle réfléchit un moment.

— Je pense que… beaucoup de gens divorcent et restent en bons termes.

— Tu veux dire qu'on peut coucher avec son ex… ?

— Non ! Je trouve cette formule un peu trop cynique. Pour moi, tu es beaucoup plus qu'un amant occasionnel.

— Pour moi aussi, tu signifies bien autre chose qu'une simple partie de jambes en l'air.

Il lui prit la main et lui baisa les doigts.

— Amis, alors ?

— Oui, répondit-elle. Être amis, c'est bien.

— Mais cela n'empêche pas que, si l'envie te prend de t'ébattre avec moi, tu pourras toujours décrocher ton téléphone… Je suis à ton entière disposition.

Elle eut un petit sourire en coin.

— Sauf quand tu es au travail, bien sûr, dit-elle avec une pointe de sarcasme dans la voix.

— Sans doute. Certaines choses ne changent guère.

Elle lui sourit.

— Tu crois que tu aurais du temps de libre en ce moment ?

— Je n'ai rien dans mon agenda.

— Et moi non plus.

Elle se serra contre lui et le couvrit de baisers.

— Ce qui signifie que tu es à mon entière disposition ?

— Rien ne pourrait me plaire davantage.

Ils firent de nouveau l'amour. Tendrement, puis avec fièvre, comme Alistair savait si bien le faire.

S'ils ne pouvaient vivre ensemble, peut-être était-ce leur façon d'apprendre à mieux vivre leur séparation.

— Tu as faim ? demanda Alistair à Raina.

Il avait réussi à trouver une table disponible dans le restaurant plein à craquer.

— Je pourrais avaler tout le menu, répondit-elle avec un sourire.

Il savait exactement ce qu'elle voulait dire. Ils avaient toujours plaisanté sur la nécessité d'un solide petit déjeuner après une nuit d'amour torride.

— Moi aussi, je meurs de faim.

Le bruit qui régnait autour d'eux rendait la conversation difficile. Mais ils n'avaient pas besoin de parler, occupés tous les deux à dévorer leur copieux petit déjeuner, ne s'interrompant que pour échanger des sourires.

Leur tête-à-tête ne dura malheureusement pas. Ils finissaient leur deuxième tasse de café lorsque les gens commencèrent à approcher Alistair pour lui serrer la main et le remercier pour les deux jours fantastiques qu'ils venaient de passer. Maya vint s'asseoir à leur table, commandant des toasts et interrogeant Raina sur les progrès d'Anya.

Puis Raina laissa Alistair dans l'ambiance animée du hall d'entrée pour se retirer dans sa chambre et faire ses bagages.

Elle n'eut plus l'occasion de lui parler en privé jusqu'au moment du départ.

— Sois prudente sur la route, dit-il en l'accompagnant jusqu'à sa voiture.

— Toi aussi.

— Je ne regrette rien, Raina, murmura-t-il en la prenant par le bras. J'espère qu'il en est de même pour toi.

— Non, aucun regret. Je te vois demain ? J'irai au bureau pour une réunion de travail avec Ben.

Il sourit.

— J'ai hâte d'être à demain.

Elle démarra sa voiture et le vit qui restait sur le parking, la regardant s'éloigner.

Le trajet du retour avait donné à Raina le temps de réfléchir. Mais, arrivée chez elle, elle n'avait toujours pas réussi à faire le point sur ce qui s'était passé entre Alistair et elle.

C'était juste… du désir.

Mais non. Si cela avait été le cas, les choses n'auraient pas été aussi compliquées. Ils s'étaient regardés au fond des yeux. Elle lui avait dit des choses qu'elle n'aurait jamais pensé exprimer un jour à haute voix. Elle s'était entièrement abandonnée à lui, comme lui s'était livré à elle.

Elle prenait conscience qu'ils avaient tous les deux eu des œillères quant à la façon dont l'autre avait vécu la perte de leur bébé, et le divorce. Ce n'était que maintenant qu'ils étaient capables de voir comment l'autre avait traversé ces épreuves.

Peut-être pourraient-ils réécrire leur histoire. Y apporter une fin et s'autoriser à tourner la page. Parce qu'ils ne pouvaient rien faire, à présent, à part tourner la page.

Raina souleva sa valise et grimpa l'escalier. Elle avait besoin de prendre une douche pour effacer l'odeur d'Alistair de sa peau, et de changer de vêtements. Après quoi, elle irait chercher Anya chez ses parents et reprendrait le cours de sa vie.

9

Alistair ne cessait de ruminer dans son bureau. Raina était brièvement passée lui dire bonjour avant son rendez-vous avec Ben, et il avait pris soin de se comporter comme si la nuit qu'ils avaient vécue au centre de conférences n'avait jamais eu lieu. Elle avait fait de même.

Peut-être était-il préférable, en effet, de prétendre qu'il ne s'était rien passé du tout. Mais la révélation que Raina n'aurait sans doute jamais d'enfant modifiait leur histoire, celle qu'ils avaient partagée. Et il suffisait d'avoir vu quelques films sur des voyages dans le temps pour savoir qu'une seule petite modification dans le passé pouvait changer complètement le présent.

En fin d'après-midi, Raina arriva dans son bureau alors que toute l'équipe s'apprêtait à rentrer chez elle. Elle avait l'air préoccupée, malgré son petit haut jaune vif qui lui allait si bien.

— Comment cela s'est-il passé avec Ben ? demanda-t-il.

— Bien… La journée a été longue.

Elle se laissa tomber sur une chaise, tassant sur ses genoux un gros paquet de feuillets.

— Je n'ai pas l'impression que la journée a été aussi bonne que ça, répondit-il. Je vois que tu as pris quelques notes.

Il désigna le tas de papiers qu'elle avait sur les genoux, et elle leva les yeux au ciel.

— Ben est génial et il se donne beaucoup de mal, mais expliquer en termes simples comment fonctionne le système lui est vraiment difficile. Il m'a imprimé une copie du manuel d'utilisation et il y a ajouté quelques commentaires utiles…

Alistair rit.

— Veux-tu que je lui en parle ?

— Non, ça ira. Je lui ai demandé de rédiger un résumé d'une page sur ce que le logiciel peut faire.

— Lui as-tu précisé quelle taille de caractère il devait utiliser ?

— Non. Mais je lui ai dit que ce devait être lisible ! Et aussi que, s'adressant à de simples mortels comme moi, il devait commencer par exposer les bases.

Elle se voyait comme une simple mortelle ? C'était un vrai soleil, elle se battait comme une lionne pour sa fille et se montrait extraordinaire dans bien des domaines.

— Tu te sous-estimes, Raina.

Leurs regards se croisèrent et, soudain, il songea à la nuit qu'ils avaient passée ensemble. À ce qui serait arrivé s'ils n'avaient pas divorcé. Et il fut saisi d'un long frisson.

— C'est gentil à toi, de dire cela. J'espère que tu as raison.

— Je pense que tu es l'une des rares personnes à pouvoir faire entendre raison à Ben. Gabriel a une suggestion…

— Laquelle ?

— Il pense que te demander tout ce travail préparatoire ainsi que d'animer les séances pour les parents nouvellement intégrés dans notre projet sans être rémunérée n'est pas juste. Je suis d'accord avec lui, et nous avons établi une fiche de poste. Nous pourrions te payer à l'heure, tu aurais le libre choix de tes horaires.

Il lui tendit une feuille qu'elle lut attentivement avant de la reposer sur le bureau.

— C'est une bonne description du travail à faire avec les parents, et j'aimerais suivre ce plan. Mais je me sentirais plus à l'aise si je restais bénévole, du moins dans un premier temps.

Peut-être préférait-elle ne pas l'avoir comme patron ?

— Dans ce cas, nous pourrions t'aider en te fournissant un mode de garde pour Anya. C'est quelque chose que nous devrions aussi envisager pour les parents qui participeront aux séances avec toi.

— Oui… Oui, ce serait génial. Ma mère s'occuperait volontiers d'Anya, mais je préfère ne pas avoir à trop compter sur elle. Et Anya adore venir ici.

— Très bien, nous allons nous en occuper. Mais si le projet se développe, ton rôle prendra de plus en plus d'importance. Et si tu travailles plus d'une journée par semaine pour nous, nous insisterons pour que tu reçoives un salaire.

Elle hocha la tête. En principe, elle aurait maintenant dû partir chercher Anya. Comme ils avaient réglé toutes les questions d'ordre professionnel, il n'avait aucune raison de la garder là, ni elle de rester davantage. Mais elle ne bougeait pas. Et lui non plus.

C'était bizarre. Elle lui avait toujours dit ce qu'elle pensait et ce qu'elle ressentait. Lui, en revanche, réfléchissait trop avant de parler et finissait par ne rien dire du tout. Mais les choses pouvaient changer.

— Raina, au sujet de l'autre nuit…

Elle leva les yeux vers lui et rougit.

— Raina… Ce que nous avons partagé était important.

Elle hocha la tête.

— En ce qui me concerne, dit-il, quelle que soit la suite, cela me conviendra.

— Et que sera la suite ?

— Je n'en sais rien, répondit-il en se passant la main sur le visage. Mais je ne regrette rien, car j'ai l'impression que nous avons un peu éclairci les choses entre nous.

— Et nous avons merveilleusement fait l'amour. En fait, cela n'avait jamais été aussi bien, fit-elle avec un sourire malicieux.

Il retrouvait la Raina qu'il connaissait. Celle qui disait franchement ce qui lui passait par l'esprit.

— C'était plus que bien, confirma-t-il.

Elle le regarda, l'air ravie. Gêné, il se leva.

— Je ferais mieux de partir, dit-elle en l'imitant. Je dois aller chercher Anya.

— Tu reviens voir Ben, demain ?

— Quoi ? Tu croyais qu'il avait déjà réussi à me décourager ?

Leur conversation avait au moins eu le mérite de chasser l'air soucieux qu'elle avait en entrant.

— L'idée ne m'a même pas effleuré, répondit-il en riant.

Au moment de quitter la pièce, elle lui planta un rapide baiser sur la joue.

— Merci pour cette conversation. Notamment pour : « c'était plus que bien. »

Et elle sortit.

Il se caressa lentement la joue, là où elle avait posé ses lèvres. Il ne pouvait se contenter de cette seule nuit passée avec elle. Tout en lui réclamait davantage.

Raina et Alistair étaient comme des mouches prises au piège dans de la confiture. Raina avait peur d'aller de l'avant mais ne voulait pas non plus faire marche arrière. Alistair lui n'avait pas bougé, et peut-être avait-il l'esprit confus, comme elle.

Se concentrer sur sa tâche était un moyen d'échapper à tout cela. Après une seconde séance de travail avec Ben, Raina se sentait capable de rédiger un résumé assez clair du fonctionnement du logiciel et de ce qu'il était en mesure d'apporter au patient. Elle pouvait donc désormais passer aux questions médicales et sociales, domaines où elle se sentait beaucoup plus à l'aise.

Anya apprenait à tirer le meilleur parti de sa nouvelle prothèse. Elle utilisait encore la main fixe pour les jeux brusques, mais Kaia lui enseignait petit à petit à réaliser des tâches plus complexes avec la main myoélectrique.

Raina s'était habituée à trouver Anya et Alistair faisant une pause dans le bureau de celui-ci après le travail sérieux de la journée. Ils construisaient ensemble des châteaux avec les briques en plastique.

Lorsqu'elle entra ce jour-là dans le bureau, Alistair et Anya levèrent les yeux et la regardèrent avec exactement la même expression dans le regard.

— Je ne veux pas m'en aller, maman.

— Nous reviendrons demain.

— Mais mon château…

— Alistair en prendra soin pour toi.

Anya se leva, contourna prudemment le château à demi construit et posa sa petite main sur le visage d'Alistair, l'obligeant à la regarder bien en face.

— Est-ce que tu peux m'entendre ?

— Oui, je t'entends, Anya, répondit-il en s'efforçant de ne pas sourire.

— Ne joue pas avec mon château quand je ne suis pas là.

— Non, Anya, je ne le ferai pas, c'est promis.

Elle le tira par le bras et l'entraîna loin du château, le menant derrière son bureau pour le faire asseoir dans son fauteuil.

Voir un homme aussi fort, aussi puissant, se mettre à la merci d'une toute petite fille était un spectacle émouvant. S'efforçant de retenir ses larmes, Raina se baissa pour prendre le château et, avec mille précautions, alla le poser sur le dessus d'une petite armoire.

— On enlève ta main magique ?

— Je veux la garder. Dans la voiture.

Raina consulta Alistair du regard. Il hocha la tête.

— Très bien, mon cœur. Va dire au revoir à Heidi.

Anya quitta la pièce en courant.

— Comment cela se passe-t-il ? demanda Raina.

— Kaia fait beaucoup de progrès avec elle, mais Anya utilise encore sa prothèse comme une cuillère. Elle a du mal à se servir des muscles de son bras pour remuer les doigts.

Raina dressa son petit doigt et l'agita.

— Mais elle a bien compris qu'il lui suffisait de lever le petit doigt pour te faire faire ce qu'elle voulait.

— C'est absurde ! dit-il en souriant. Je vous revois demain toutes les deux.

Le lendemain, Raina passa l'après-midi seule dans la salle de conférences et peaufina son exposé. Elle ne vit pas le temps passer et, lorsqu'elle regagna le bureau central, Kaia avait terminé sa séance avec Anya, et Alistair jouait les baby-sitters. Elle l'aperçut, à travers la paroi vitrée, assis sur le canapé, les pieds sur la table basse. Anya, à côté de lui, avait posé la tête sur son torse.

Heidi adressa un sourire à Raina et lui fit signe de la rejoindre dans son bureau.

— Depuis combien de temps font-ils cela ? demanda Raina.

Alistair avait la main droite tendue devant Anya et refermait ses doigts un à un. L'enfant imitait son geste. Il tendit ensuite la main gauche et remua son pouce. Anya fronça les sourcils, essayant de reproduire le même mouvement avec sa prothèse.

— Oh ! depuis environ une demi-heure, dit Heidi. Un homme qui s'y prend si bien avec les gamins, c'est craquant, non ?

— C'est vrai.

Surtout un homme si gentil avec sa fille. Et plus particulièrement quand il s'agissait d'Alistair...

Un cri de victoire lancé par une voix enfantine jaillit du bureau. Anya avait bougé le pouce de sa prothèse, et Alistair lui souriait. Elle se pencha vers lui et lui dit quelque chose que Raina ne put entendre, mais elle savait ce que c'était. « Encore », réclamait la petite fille.

Alistair hocha la tête, tendit de nouveau la main et remua son pouce. Anya l'imita, cette fois de façon parfaite, et Alistair lui adressa un sourire éclatant.

— Vous voulez un café, Heidi ? demanda Raina.

Elle mourait d'envie de courir serrer sa petite fille dans ses bras, mais ce moment appartenait à Alistair. Il avait travaillé dur pour obtenir ce résultat, et c'était là une victoire qu'il partageait avec Anya.

— Vous ne voulez pas... ? fit Heidi en montrant le bureau.

— Ce serait dommage de les déranger, répondit-elle en souriant. Et j'ai envie d'un café.

Tout en préparant les deux cafés, Raina jetait des coups

d'œil du côté d'Alistair. Conscient que l'enfant pourrait se lasser, il ne poussait pas les choses plus loin avec Anya. Il avait saisi l'une des briques et jouait distraitement avec tout en parlant avec la petite fille.

Il ramassa un livre pour enfant qui avait glissé par terre à côté du canapé et il le tendit à Anya. Elle l'ouvrit et le lui rendit pour qu'il lui lise une histoire.

Tous deux semblaient ne pas s'être rendu compte qu'on les observait. Ils étaient comme perdus dans leur propre monde.

Tout en lisant l'histoire, Alistair laissa tomber la brique en plastique sur le livre et la ramassa.

— Oh ! quelle patience il a ! murmura Heidi d'un ton admiratif. Vous ne trouvez pas ?

— Si, bien sûr.

Il fit encore tomber la brique, et Anya essaya de la ramasser, mais il était trop rapide pour elle. Chaque fois il attrapait la brique, tout en poursuivant sa lecture. Lorsque la brique tomba une nouvelle fois, Anya voulut chasser la main d'Alistair. Il lui saisit alors le bras droit afin de l'obliger à se servir de sa prothèse si elle voulait s'emparer de la brique. Le sourire qu'il affichait montrait que tout cela n'était qu'un jeu.

Heidi prit la main de Raina. Toutes les deux retinrent leur souffle en voyant Anya utiliser maladroitement son pouce artificiel et réussir à saisir la brique.

— Bravo, Anya, murmura Heidi.

Alistair félicita bruyamment la petite fille et la serra dans ses bras. Il tendit la main, et Anya ouvrit la sienne pour lui donner la brique. Et le jeu recommença.

— Elle a compris, dit Raina, le souffle court.

— Allez-y, dit Heidi en lui pressant la main.

— Non, je... je ne veux pas les déranger.

— Ils ont réussi, Raina. Allez partager ce moment avec eux.

Soudain, Alistair leva les yeux et, l'apercevant, lui fit signe de venir les rejoindre.

Elle se précipita dans le bureau.

— On montre à maman ? demanda-t-il en souriant.

Anya hocha la tête. Et ils reprirent leur jeu qui consistait à laisser tomber la brique et à la ramasser.

— Tu réussis si bien, mon cœur, dit Raina, les larmes aux yeux.

Anya s'inquiéta.

— Tu es triste, maman ?

— Non, Anya, je suis heureuse de te voir aussi adroite, répondit-elle en souriant.

Rassurée, Anya reprit son jeu. Alistair la laissa s'amuser un moment, puis il se leva et, soulevant Anya, la mit dans les bras de sa mère. L'enfant semblait fatiguée après sa séance de l'après-midi.

— Tu veux qu'on rentre à la maison maintenant ? lui demanda Raina.

— On revient ici demain ?

— Non, demain, c'est samedi. Nous reviendrons lundi.

Elle remit Anya sur ses pieds.

— Va dire au revoir à Heidi. Je crois qu'elle a un bonbon pour toi.

Anya courut dans le bureau de Heidi qui lui donna deux bonbons, un pour chaque main.

— Comment se présente ton texte d'introduction ? demanda Alistair, assis derrière son bureau.

Raina prit place sur une chaise, en face de lui.

— J'ai presque terminé. J'aimerais m'entraîner à le lire en public.

Il parut réfléchir un moment.

— Je ne fais rien de spécial ce week-end. Si Anya et toi acceptiez de venir déjeuner avec moi samedi, nous pourrions avoir une séance de jeu avec Anya, et tu pourrais aussi me lire ton texte.

— Mais tu connais déjà tout cela !

— Oui, et je sais aussi quel genre de questions les gens te poseront. Je peux t'aider à te préparer. Par ailleurs, je ne connais pas tout. Je n'ai jamais réussi à obtenir de Ben qu'il m'explique comment fonctionnait son logiciel. Je me contente de lui dire ce que je veux, et il voit s'il peut ou non le faire.

Sa proposition de passer le samedi ensemble était tentante.

— Quelle heure te conviendrait ?

Elle prit son téléphone pour consulter son agenda et fit la grimace.

— Désolée… J'avais complètement oublié que c'était le troisième samedi du mois. Anya doit rester dormir chez ma mère, et il est prévu que je la conduise là-bas à l'heure du déjeuner.

— Alors, pourquoi ne pas dîner ensemble ? Si tu n'as rien d'autre de prévu, bien sûr.

Il lui offrait une porte de sortie, elle pouvait prétendre n'être pas libre. Mais rester toute seule samedi soir alors qu'elle pouvait passer la soirée avec Alistair lui paraissait bien triste.

— Je serai ravie de dîner avec toi. J'apporterai mes supports visuels, et nous verrons s'ils font l'affaire.

La maison d'Alistair était située dans une rue tranquille de Muselle Hill. Lorsque Raina pressa la sonnette, sa main tremblait légèrement.

Alistair lui ouvrit presque immédiatement.

— Ah, te voilà, dit-il en s'effaçant pour la laisser entrer.

Il semblait avoir deviné qu'elle avait failli ne pas venir. Durant la nuit, elle s'était réveillée à plusieurs reprises, prête à annuler ce rendez-vous, pour finalement décider de l'honorer.

La maison d'Alistair, comme beaucoup dans le quartier, datait des années 1900 mais, contrairement à d'autres, elle avait échappé à des modifications radicales. Elle avait donc conservé son carrelage en terre cuite et le salon, entièrement lambrissé, s'ornait d'une magnifique cheminée. La pièce était spacieuse, dotée d'une belle hauteur de plafond et décorée dans des tons neutres qui mettaient en valeur la finesse des moulures en plâtre et la beauté de la porte à cassettes.

— C'est vraiment très joli, chez toi, dit-elle. J'aurais aimé avoir chez moi quelques détails datant de cette époque-là.

Il eut un petit rictus, comme s'il se sentait mal à l'aise.

— Moi, je voudrais réussir à faire de ce lieu un vrai foyer. Comme le tien…

Elle regarda autour d'elle.

— Peut-être suffirait-il d'y mettre quelques touches finales.

— Je croyais l'avoir fait jusqu'au moment où je me suis rendu chez toi. J'ai alors compris ce qui manquait ici.

— Mais, dis-moi, comment as-tu réussi à trouver une maison ayant encore une cheminée et des moulures intactes ?

— Cela m'a pris du temps. Et quand je l'ai dénichée, elle avait besoin d'être restaurée.

— Tu l'as fait toi-même ?

— Non. Comme je passais tout mon temps à travailler, j'ai confié cela à des professionnels en qui j'avais toute confiance.

Elle rit.

— Me voilà rassurée ! Tu n'as pas subi une complète transformation de personnalité.

— Je n'ai pas tellement changé. Je suis juste un peu sourd, avec quelques cheveux gris en plus.

S'il avait des cheveux gris, elle ne les voyait pas. Alistair incarnait l'image d'un homme dans la pleine force de l'âge. Sa chemise à col ouvert et son jean soulignaient sa puissante musculature et, si son visage exprimait davantage d'assurance, il avait toujours le même regard doré au charme redoutable lorsqu'il souriait. Parfois ses yeux se teintaient simplement d'une certaine tristesse, comme les siens, peut-être. Ils avaient eu l'un et l'autre leur part de chagrin.

— Bon, dit-il, j'ai préparé le dîner, et il ne me faudra que vingt minutes pour faire la cuisine. Que dirais-tu de me présenter ton exposé maintenant ? Nous pourrions dîner après et discuter de tout cela ensuite.

— Cela me va très bien. Je vais t'expliquer comment les choses sont supposées fonctionner, et tu me poseras les questions qui pourraient s'avérer embarrassantes.

— Excellent plan, fit-il avec un sourire malicieux.

Il n'y avait aucun plan. Juste eux deux, et une soirée qui pourrait se terminer de la façon qu'ils souhaitaient. Quelle qu'en soit l'issue, Raina se sentait prête.

Alistair avait rapporté un projecteur du bureau, ils pourraient donc voir en grand format les images que Raina avait sélectionnées pour illustrer son exposé.

Alistair déplaça le canapé pour transformer le mur en écran, puis il tira les rideaux et s'installa dans un fauteuil.

Raina lui adressa un sourire légèrement embarrassé et se lança dans sa présentation.

Elle n'avait aucune raison de se sentir gênée. Son exposé était clair, parfaitement compréhensible, et abordait tous les problèmes. La partie concernant le fonctionnement du logiciel parut limpide à Alistair, alors que Gabriel et lui avaient cru ne jamais y comprendre quoi que ce fut. Raina avait fait des merveilles.

— Des questions ? demanda-t-elle.

— Non, aucune.

Elle fronça les sourcils.

— Parce que tu as tout compris ? Ou bien parce que mon exposé ne ressemble à rien ?

— J'ai tout compris. Pour moi, c'est très clair.

Voyant qu'elle semblait toujours aussi inquiète, il chercha quelque chose à dire.

— Bon, dis-moi, il suffit d'augmenter ou de diminuer la taille de la prothèse pour l'adapter à l'enfant, n'est-ce pas ? C'est bien ça ?

— Tu sais parfaitement que ce n'est pas cela du tout, mais c'est le genre de questions que quelqu'un pourrait poser…

Le sourire en coin et l'air satisfait de Raina le firent frissonner de plaisir. Il n'aurait jamais cru réagir avec autant de force à tout ce qu'elle disait ou faisait.

Projetant une autre série d'images sur le mur, elle se lança dans une explication détaillée sur la façon dont chaque prothèse était conçue pour s'adapter à un enfant en particulier. Le processus l'avait de toute évidence fascinée, et elle le décrivait avec beaucoup d'enthousiasme.

— En principe, je ne devrais pas parler de la façon dont l'équipe a travaillé pour concevoir ces prothèses, mais Ben me l'a expliqué, et j'ai trouvé ça fascinant. Qu'en penses-tu ?

— Euh... oui, je te comprends.

Ce qui le fascinait, lui, c'était la façon dont elle bougeait.

— C'est un magnifique concept, dit-il.

— Oui, n'est-ce pas ? Ben en est convaincu et il ne supporte pas que les gens ne s'en rendent pas compte.

— Eh bien, si nous dînions, à présent ?

— D'accord. Et, après, tu essayeras de penser à d'autres questions vicieuses à me poser.

Le dîner consistait en deux steaks grillés accompagnés d'une sauce au poivre. Afin de donner un caractère plus informel au repas, Alistair avait décidé de dresser la table dans le coin réservé au petit déjeuner. Mais il avait malgré tout pris soin de mettre une nappe blanche, des bougies, et de préparer une bouteille d'un très bon vin rouge. Deux bols de salade étaient posés sur la table. L'éclairage tamisé contribuait à une ambiance agréable, sans être pour autant romantique.

— Veux-tu encore un peu de vin ? demanda-t-il en se servant un autre verre.

— Non merci, un demi-verre me suffit. Je dois prendre le volant, souviens-toi...

Oui, bien sûr. Il avait presque oublié qu'elle allait rentrer chez elle ce soir.

— Dans ce cas, je vais faire du café.

Il passa sous l'arcade qui séparait la cuisine du coin réservé au petit déjeuner et alluma en grand l'éclairage. Cela ne changeait rien. Raina était aussi belle qu'elle l'avait été à la lumière des bougies.

Il prépara un café bien fort. Ils avaient encore du travail à faire ce soir. Mais lorsqu'il revint avec deux tasses pleines vers la table, il ne put s'empêcher d'aborder un sujet qui le hantait depuis des années.

— Puis-je te poser une question ?

— Oui, bien sûr. À propos du logiciel ?

— Non.

Elle but une gorgée de café et le regarda. Il semblait hésiter.

— Demande-moi ce que tu veux.

— C'est… à propos de ce qui s'est passé, il y a six ans.

— Continue.

— As-tu… T'ai-je donné l'impression que cela me laissait indifférent ? La perte de notre bébé…

Elle croisa les doigts, le regard braqué sur la nappe.

— Ce que j'ai ressenti, Alistair, n'avait rien à voir avec toi. Cela venait de moi.

— Je ne t'ai jamais rien dit, Raina. Comment aurais-tu pu ne pas croire que cela ne me touchait pas ?

Soudain, elle le fixa avec un regard si intense qu'elle semblait vouloir le dévorer.

— Tu m'as dit que tu te sentais coupable de n'avoir pas été là au moment où j'ai perdu le bébé. Et je t'ai répondu que tu n'aurais rien pu y faire.

Il en avait souffert. Il comptait donc si peu pour elle qu'elle n'attachait aucune importance au fait qu'il soit là ou pas…

— C'était faux, dit-elle. J'avais un besoin fou de t'avoir près de moi, Alistair. Mais j'avais peur de l'admettre.

Il sentit une vague de chaleur l'envahir. Raina avait voulu l'avoir près d'elle. Mais la culpabilité revint en force.

— Je n'étais pas là.

— Si tu avais été au courant, tu serais venu. Je t'ai reproché de ne pas t'être attaché assez à notre enfant, mais je sais que je me trompais. Je sais que tu as eu autant de chagrin que moi, dit-elle en lui touchant la main.

— Je me sentais… impuissant. Tu étais si malheureuse et je ne savais pas comment te consoler.

Il lui pressa les doigts et les entremêla aux siens.

— Je voulais vraiment cet enfant, seulement j'étais inquiet. J'avais peur d'être un mauvais père.

— Toi ? Qu'est-ce qui te faisait penser cela ?

— Je voulais que tu ne manques de rien, mais nous avions peu d'argent, à l'époque, et je ne voyais pas comment subvenir à tes besoins et à ceux du bébé sans devenir un père absent, passant son temps à travailler. Comme mon père, fit-il avec un haussement d'épaules.

Elle le regarda fixement, avec l'air de ne pas comprendre.

— Tu ne m'as jamais beaucoup parlé de ton père, Alistair.

— Il n'y a pas grand-chose à en dire. Il avait son entreprise à lui et travaillait tout le temps. Nous avons eu une enfance très gâtée, il nous donnait tout ce qu'on pouvait acheter avec de l'argent, mais il n'était jamais là.

— Tu ne le voyais jamais ?

Il laissa échapper un petit rire sans joie.

— À l'adolescence, mon frère et moi nous sommes même demandé comment nos parents avaient pu avoir cinq enfants alors que mon père était toujours absent !

— Ta mère a dû se débrouiller pour vous élever tous les cinq… Tu ne m'avais jamais parlé ainsi de ton père, Alistair.

— Je n'avais pas envie de provoquer le destin. Ma mère me disait toujours que je ressemblais à mon père.

— Peut-être était-ce pour t'aider à établir un lien avec lui.

— Oui, peut-être. Ou bien parce que je lui ressemble vraiment. Lorsqu'il est mort, je n'ai pas éprouvé le sentiment de perdre quoi que ce soit de concret.

— Seulement les choses que tu n'avais pas vécues avec lui.

— Oui, sans doute.

Cette conversation ne s'était pas si mal passée. Du moins jusqu'à présent. Ils ne s'étaient pas disputés et ils avaient évacué le souvenir de quelques fantômes surgis du passé. Sans doute valait-il mieux passer à autre chose, maintenant.

— Tu veux un peu plus de café ? demanda-t-il. Ou bien es-tu prête pour qu'on attaque les questions ?

— Je veux bien du café. Je vais chercher mon ordinateur.

J'ai encore quelques graphiques qui expliquent les différents points que j'aborde dans l'exposé…

Soudain, elle lui saisit la main.

— Tu n'es pas comme ton père, Alistair. Il faut que tu le saches. Un jour, tu feras un papa génial.

Mais pas avec elle. Raina et lui pouvaient être amis, et même amants, mais ils avaient rejeté l'un et l'autre l'idée de revivre ensemble. Ils savaient qu'il ne pourrait pas changer.

Mieux valait en prendre son parti. Il sourit et commença à débarrasser la table.

Raina et Alistair s'étaient dit des choses qu'ils auraient dû se confier six ans auparavant. Raina avait l'impression que le chagrin qui lui avait brisé le cœur s'atténuait, et il lui paraissait beaucoup plus facile de recommencer à aimer Alistair.

Elle s'assit à la table et ouvrit son ordinateur avec des doigts tremblants. Elle savait à présent comment elle avait envie que la soirée finisse. Lorsque Alistair prit place près d'elle et se pencha vers l'écran, la chaleur qui émanait de son corps l'envahit.

— Heu… Tu as des questions à me poser ? demanda-t-elle.

— Oui. Seulement deux.

Il referma l'ordinateur et vint si près d'elle qu'enivrée par son odeur elle crut perdre la tête.

— Je t'écoute…

— As-tu comme moi du mal à te concentrer sur l'exposé ?

— Oui, dit-elle en lui donnant un baiser rapide sur la joue.

— Question suivante. Quel est ton emploi du temps ?

— Je suis libre. Complètement.

— Moi aussi.

— Je te désire, Raina. Je ne peux pas m'en empêcher.

— Je suis comme toi.

Elle s'accrocha à son cou, et le long baiser qu'ils échangèrent lui fit oublier tout le reste. Qu'importait le lendemain. Tout ce qui comptait, c'était d'être dans ses bras.

— Montons dans ma chambre, murmura-t-il.

— Oui…

10

Alistair rendait Raina heureuse. Ils avaient revu ensemble tous les détails du projet concernant les prothèses, anticipant les problèmes et échafaudant des plans pour le prochain groupe de parents et d'enfants. Ils avaient passé du temps avec Anya et l'avaient emmenée dans des coins de Londres qu'ils aimaient particulièrement, exactement comme s'ils avaient formé une vraie famille. Et ils avaient passé du temps en tête à tête, partageant des nuits torrides où ils se sentaient plus proches l'un de l'autre qu'ils ne l'avaient jamais été.

En deux semaines, elle avait l'impression d'avoir vécu toute une vie. Les douleurs du passé étaient oubliées, ce qui transformait le présent, et peut-être également l'avenir. Mais elle devait rester prudente, elle le savait. Tout pouvait encore s'écrouler d'un moment à l'autre.

Alistair était absent du bureau aujourd'hui, et il lui avait laissé un petit paquet enveloppé de papier rouge. Elle y trouva un porte-clés avec une brique en plastique se balançant au bout d'une chaîne. Avant même de lire le mot qui l'accompagnait, elle sut de quoi il s'agissait. Elle avait vu Alistair mettre dans sa poche la première brique qu'Anya avait réussi à saisir avec sa nouvelle prothèse, et il avait fait ce porte-clés pour qu'elle ait toujours cette brique avec elle.

Elle composa son numéro et tomba sur le répondeur.

— J'adore le porte-clés ! Merci. À bientôt.

Elle avait hâte de voir Alistair ce soir…

Alistair était impatient de retrouver Raina. Il y avait pensé toute la journée. Mais lorsqu'elle lui ouvrit sa porte, elle avait un doigt posé sur ses lèvres, lui faisant signe de se taire.

— Que se passe-t-il ?

Elle referma la porte derrière lui et l'entraîna dans la cuisine.

— Anya est là.

— Ta mère ne pouvait pas la garder, cette nuit ?

La voyant serrer les lèvres, il fut pris de panique.

— Elle va bien ?

— Oui… Oui, elle va bien. J'ai essayé de te téléphoner…

La culpabilité remplaça la panique. Il s'était passé quelque chose, et Raina avait essayé de le joindre. Il sortit son téléphone, le ralluma et vit s'afficher tous les appels et les messages qu'elle lui avait envoyés.

— Je suis désolé. J'ai été en réunion toute la journée et…

Il avait éteint son téléphone. Exactement comme le jour où Raina avait perdu le bébé. N'avait-il donc rien appris ?

— Tout va bien, dit-elle. Anya a fait une chute, maman s'est inquiétée et l'a emmenée à l'hôpital. Le temps que je revienne du centre de Londres, Anya avait été examinée et pouvait rentrer. Elle n'a rien, mais j'ai préféré la ramener ici ce soir, afin de garder un œil sur elle.

— Qu'est-il arrivé ? demanda-t-il, le cœur serré.

— Elle a quelques bosses, des bleus, et une coupure au front qui a nécessité des points de suture. Ils se sont assurés qu'elle n'avait pas de commotion cérébrale. Je l'ai vérifié, moi aussi, lorsque nous sommes rentrées à la maison. Je crois en avoir fait un peu trop, une fois de plus.

— Mais non. J'aurais envie, moi aussi, de vérifier qu'elle n'a rien. Tu dis qu'elle a eu des points de suture ?

— Oui, sur le front, à la racine des cheveux. Le médecin qui s'est occupé d'elle a fait un excellent travail. Elle n'aura pas de cicatrice.

Et tout cela était arrivé pendant qu'il travaillait. Il s'était comporté comme son père lorsque son frère aîné s'était cassé le bras.

— Puis-je la voir ?

— Mais oui, bien sûr, dit-elle en posant un baiser sur ses lèvres. Ne t'inquiète pas. Elle va bien.

Elle le regardait d'un air anxieux. Il la prit par la taille et la serra contre lui.

— Oui, désolé, c'est juste que…

Il chercha une excuse.

— Elle a déjà fréquenté tellement d'hôpitaux…, dit-il.

— Oui, je sais. Quand maman m'a téléphoné, j'ai un peu paniqué. Je ne peux m'en empêcher, après ce qui est arrivé à Andrew et Theresa. Mais Anya va bien, alors mieux vaut ne pas donner trop d'importance à sa chute. Si elle veut en parler, écoutons-la, mais ne lui communiquons pas nos propres peurs.

— Tu as raison.

Il se pencha pour l'embrasser, mais un sentiment de culpabilité le rongeait encore.

— Je suis désolée… pour ce soir, murmura-t-elle.

— Quoi ?

Soudain, il comprit pourquoi elle avait ce ton hésitant. Elle pensait que, pour lui, leur relation n'était qu'une affaire de sexe et qu'il ne voulait pas s'embarrasser des complications entraînées par la charge des enfants.

— Ne dis pas de bêtise, Raina. Je me fais juste du souci pour Anya. Je pourrais peut-être rester un moment, lui lire une histoire, par exemple ?

Elle afficha un grand sourire.

— Ce serait génial. Va la voir, j'arrive dans une minute.

Il ne se le fit pas dire deux fois. Lorsqu'il entra dans le salon, Anya regardait un dessin animé à la télévision.

— Oncle Alistair !

Elle descendit du canapé et courut vers lui. Il la souleva dans ses bras.

— Comment va ma petite fille préférée ?

— Je suis tombée. Et grand-mère aussi. Alors nous sommes tous allés à l'hôpital.

— C'est grand-père qui vous y a emmenés ?

Elle hocha la tête.

— Et grand-mère a eu un gros pansement. Et le monsieur m'a réparé la tête.

— Eh bien, c'est parfait, non ? dit-il en souriant.

— Oui. Et il a regardé ma main.

— Tu t'es fait mal aussi à la main ?

Il la lui prit pour l'examiner.

— Non, pas celle-là. Ma main magique. Il a dit qu'elle était fantastique. Et que j'étais très maligne.

— Il a absolument raison. Tu es très maligne.

Raina vint les rejoindre.

— Elle a été au centre de l'attention de tout le monde, dit-elle. Tu as montré au médecin comment tu bougeais les doigts, pas vrai, Anya ?

— Oui, il a dit que, ça aussi, c'était fantastique.

— Oui, c'est vrai.

Elle embrassa sa fille et lui montra un livre qu'elle avait tenu caché derrière son dos.

— Veux-tu qu'Alistair te lise une histoire avant d'aller te coucher ?

— Oui !

Il s'assit sur le canapé, et Anya vint aussitôt s'installer sur ses genoux. Raina prit place à côté de lui, s'appuyant contre son épaule. Lorsqu'il passa le bras autour d'elle, il eut l'impression d'avoir tout ce qu'il avait toujours tellement désiré, mais sans le mériter.

Alistair avait mis Anya au lit, et Raina avait embrassé sa fille en lui souhaitant une bonne nuit. Ils redescendirent l'escalier ensemble. Lorsqu'ils arrivèrent au rez-de-chaussée, Raina parut soudain très fatiguée.

— Pourquoi ne vas-tu pas t'asseoir ? dit Alistair. Je pourrais m'occuper du repas…

À l'odeur qui s'échappait de la cuisine, elle avait déjà mis le dîner en route.

— Tu ferais cela ? dit-elle en souriant. J'avoue que la journée m'a épuisée.

Il insista pour lui servir un verre de vin, qu'elle sirota au salon pendant qu'il s'affairait à la cuisine. Lorsqu'il la rejoignit, elle dormait sur le canapé. Il s'assit un moment, écoutant le silence que seul brisait le souffle régulier de Raina.

Il la laissa dormir quelque temps avant de la réveiller pour prendre congé. Mais elle lui demanda d'une voix endormie de rester, et il se sentit incapable de lui refuser quoi que ce fut.

Dormir en gardant son aide auditive n'était pas aussi inconfortable qu'il l'avait craint, à condition qu'il s'allonge sur le côté droit. Chaque fois qu'il bougeait, il avait l'impression que les draps et les oreillers émettaient des craquements, mais au moins pourrait-il entendre Anya si jamais elle se réveillait. Il s'enroula autour de Raina comme pour la protéger, et elle se blottit contre lui.

— Merci d'être là, Alistair, murmura-t-elle.

— Où pourrais-je être ailleurs qu'ici ? Allez, dors, maintenant.

Il resta éveillé un long moment, le regard perdu dans l'obscurité. Cela devait s'arrêter. Pas ce soir, alors que Raina avait besoin d'être soutenue, mais bientôt. Malgré tout l'optimisme dont elle faisait preuve et tous ses efforts pour construire un meilleur avenir pour Anya et elle, elle était encore vulnérable. Elle élevait seule une enfant et restait marquée par le décès de son frère et de sa belle-sœur. Elle devait se mettre en quête d'un homme sur qui s'appuyer.

Il la connaissait. Même s'il n'y avait aucun engagement entre eux, elle considérerait toujours leur relation comme une raison de ne pas aller voir ailleurs. Elle lui resterait fidèle, alors même qu'il n'avait aucun droit sur elle.

Ce qui s'était passé aujourd'hui n'était pas un malheureux hasard. Il avait éteint son téléphone sans se demander si Raina pourrait avoir besoin de lui. Il ne pensait qu'à son travail et probablement se comporterait-il toujours ainsi.

La décision qu'il venait de prendre était encore plus douloureuse qu'il ne l'avait imaginé, mais il bénéficiait d'une nuit de plus avec Raina. Une nuit où il pouvait veiller sur les deux personnes qu'il aimait le plus au monde. Il ne voulait pas en gaspiller une seule minute, préférant encore se priver de sommeil.

Le lendemain matin, Alistair avait paru fatigué. Il était resté prendre le petit déjeuner, avait ôté le pansement d'Anya et examiné avec soin les points de suture qu'elle avait sur le front. Une fois rassuré, il était parti en disant que du travail l'attendait.

Raina avait failli protester, c'était samedi matin, et ce qu'il avait à faire pouvait certainement attendre, mais elle se retint. Leur relation était toute récente, et leur échec passé les avait rendus prudents l'un et l'autre. Si, par chance, ils trouvaient cette fois un moyen pour que cela marche entre eux, ce serait sûrement en y allant doucement et tranquillement.

Tous deux avaient beaucoup à faire, et elle pensait ne pas pouvoir passer de temps avec Alistair avant le week-end suivant. La perspective de le retrouver à la fin de la semaine était pour elle comme une lumière dorée se profilant à l'horizon, elle la motivait pour aller de l'avant.

Le mercredi soir, Raina eut la surprise de recevoir un texto d'Alistair, il voulait passer la voir. Elle lui répondit aussitôt qu'elle l'attendait et elle mit une bouteille de vin au frais.

Lorsqu'elle lui ouvrit, il avait l'air soucieux.

— Que se passe-t-il ? demanda-t-elle en le faisant entrer dans la cuisine.

Il semblait préférable de lui proposer un thé plutôt qu'un verre de vin. Il avait visiblement quelque chose à lui dire.

Lorsqu'elle posa les tasses de thé sur la table, il la regarda.

— Je pense que… nous devrions arrêter, Raina.

Arrêter ? Arrêter quoi exactement ?

— Que... Que veux-tu dire ? demanda-t-elle en s'asseyant.

— Je crois que nous devrions mettre un terme à notre relation. Cela ne changera rien au travail que nous avons entrepris à la fondation. Gabriel veillera à ce qu'Anya ait tout ce qu'il lui faut, et je lui demanderai de me remplacer dans la mise en place du groupe de soutien des parents.

Il s'assit face à elle.

— Mais, nous deux, nous ne pouvons plus être ensemble, Raina.

C'était fini. Elle s'était imaginé qu'il serait peut-être de nouveau un mari. Et aussi un père, cette fois.

Du calme. Elle devait prendre le temps de réfléchir à ce qu'il venait de dire.

Elle prit une profonde respiration et but une gorgée de thé.

— Alistair, si c'est à cause de ce qui s'est passé vendredi dernier... tu n'as rien à te reprocher. Tout s'est bien passé pour Anya. Tout allait bien.

Elle commettait encore la même erreur. Elle lui disait que qu'il était sans importance qu'il soit là ou non.

Le visage d'Alistair s'assombrit.

— Tu es en train de me dire que c'était facile de la voir à l'hôpital ?

— Non, cela a été plus difficile que je ne le pensais. Je ne cessais de penser à elle quand elle était couchée dans son lit d'hôpital, après la mort d'Andrew et de Theresa. Elle était si petite et elle avait perdu ses parents, son bras...

Des larmes roulèrent sur ses joues. Comme il se penchait vers elle pour les essuyer, elle repoussa sa main.

— Non, ne fais pas cela. Pas au moment où tu m'annonces que tu veux me quitter.

Il hocha la tête, comme s'il comprenait. Mais ce n'était pas le cas. S'il avait compris la colère et le chagrin qui l'habitaient, il ne la laisserait pas tomber.

— Ce qui s'est passé vendredi dernier m'a fait prendre

conscience de qui j'étais, et de mes limites. Je ne peux pas vous donner à toutes les deux ce dont vous avez besoin.

— Ah, et c'est la faute de ton père, n'est-ce pas ?

Il allait s'en aller. Elle pouvait bien lui dire ce qu'elle avait sur le cœur.

— Eh bien, non ! C'est ton choix, Alistair. Cela n'a rien à voir avec moi, ni avec ton père. Il s'agit de toi.

Il la regarda fixement un moment.

— Oui, je sais, dit-il enfin. Le seul domaine dans lequel je me débrouille bien, c'est mon travail, et je l'ai toujours fait passer avant tout le reste. Je comprends que je dois revoir mes priorités si je veux faire partie de ta vie et je ne suis pas sûr d'y arriver.

— Tu ne veux même pas essayer ?

— Je ne peux pas prendre le risque…

Il se tut, secouant la tête.

— Eh bien, alors, va-t'en. Va-t'en !

Durant quelques instants, il ne la quitta pas des yeux puis il se leva et, lui tournant le dos, il sortit dans le vestibule. Au moment où il ouvrit la porte, Raina mourait d'envie de le voir se retourner pour la regarder une dernière fois.

Mais il n'en fit rien. La porte se referma derrière lui. Il ne reviendrait pas. En proie à une colère et à une tristesse qui lui brisaient le cœur, elle se dirigea vers la porte et asséna un grand coup de poing sur le panneau de bois avant de s'effondrer sur le sol et de fondre en larmes.

Entendant du bruit à l'étage, elle s'arrêta aussitôt de pleurer. Elle avait dû réveiller Anya. Après s'être essuyé le visage, elle monta dans la chambre de la petite fille.

— Maman ?

L'enfant, assise dans son lit, se frottait les yeux, ensommeillée. Raina la serra dans ses bras et l'allongea de nouveau dans ses draps.

— Qu'y a-t-il, mon cœur ?

— J'ai entendu du bruit.

— Ah ! Ce n'est rien. Maman a juste fait tomber quelque chose. Rendors-toi, ma chérie.

Anya hocha la tête, ferma les yeux puis les rouvrit.

— Ne recommence pas, maman.

— Non, mon cœur, dit-elle avec un sourire. Je ne recommencerai pas, je te le promets.

11

— Qu'est-ce que tu as fait, Alistair ? demanda Gabriel en entrant en trombe dans le bureau de son ami. Cela fait deux semaines que cela dure !

— Assieds-toi.

Mais Gabriel ignora l'invitation. Il marchait de long en large, attendant que les bureaux se vident, chacun rentrant chez soi.

Resté seul avec Alistair, il se planta en face de lui.

— Qu'est-ce que tu lui as fait ?

— De qui parles-tu ?

— Tu le sais parfaitement ! Pour commencer, tu me demandes d'aider Raina à mettre en place le stage de formation…

— Je t'ai expliqué que j'essayais de m'atteler à autre chose. Comment s'en sort-elle ?

— Très bien. Tu le saurais si tu prenais le temps de te rendre sur place.

Lorsque s'était posée la question d'un lieu pour le stage, les laboratoires pharmaceutiques DeMarco avaient mis à la disposition de la Watchlight quelques salles de leurs bureaux de Londres. Raina y passait tout son temps.

— Je te l'ai dit, insista Alistair, j'ai été très occupé. Et j'apprécie vraiment que tu aies pris le relais.

Gabriel leva les yeux au ciel.

— Ce que tu apprécies, c'est d'éviter Raina. Elle ne met plus les pieds ici, et tu ne vas jamais là-bas. Je ne veux pas me mêler de vos affaires, mais elle a l'air tellement malheureuse… L'autre jour, je l'ai surprise en train de pleurer.

— Quoi ? Tu lui as demandé pourquoi ?

— Elle a prétendu que ce n'était rien, mais j'ai bien vu qu'elle me racontait des histoires. Que se passe-t-il, Alistair ?

— Si elle n'a rien voulu te dire, ce n'est sûrement pas moi qui vais te faire des confidences.

— Écoute, je suis ton ami, Alistair.

— Oui, et j'apprécie que tu t'inquiètes pour nous.

— Je peux peut-être vous aider, même si je ne suis pas le plus doué pour régler les problèmes relationnels…

— Ce n'est sans doute pas l'avis de Clara.

— Clara est la seule avec qui j'ai réussi à avoir une relation harmonieuse. Et c'est grâce à elle, pas à moi, que ce petit miracle a eu lieu. Écoute, si Raina te rend heureux…

— Nous avons divorcé, rappelle-toi. Cela ne marchait pas entre nous.

— Tu devrais vous donner une seconde chance, Alistair. Tu ne peux pas la quitter en la laissant te haïr.

— Elle a dit cela ?

— Quoi ? Qu'elle te haïssait ? Quelle importance ? Il est clair que c'est le cas.

— C'est important. Est-ce qu'elle l'a dit ?

— Eh bien, j'essayais de la faire parler et… oui, elle l'a dit. Surtout pour me faire taire, je pense.

Alistair fit le tour de son bureau et serra son ami dans ses bras.

— Il y a quelque chose que tu peux faire pour moi.

— Quoi donc ? Rédiger une ordonnance ? demanda Gabriel en le regardant comme s'il le soupçonnait d'avoir perdu la tête.

— Non. Je voudrais que tu me fasses une faveur…

Raina devina que la jeune femme blonde et visiblement enceinte qui venait d'entrer dans les locaux prêtés par les laboratoires pharmaceutiques DeMarco était Clara, la femme de Gabriel. Celui-ci l'accueillit en l'embrassant sur la joue, la complicité qui les unissait était évidente.

Après un dernier sourire à son mari, Clara s'avança vers Raina.

— Bonjour, je suis Clara, dit-elle en lui tendant la main.

Son visage souriant respirait la franchise, Raina fut aussitôt conquise.

— Et moi, Raina. Que pensez-vous de cela ?

Elle pointa le doigt vers les panneaux d'exposition accrochés sur les murs.

— Je trouve ça génial, répondit Clara. C'est un heureux mélange d'informations extrêmement précises avec un petit quelque chose qui stimule l'imagination.

Elle désigna des photos montrant Anya en train d'utiliser sa prothèse pour jouer avec ses briques en plastique.

— C'est votre fille ?

— Oui, c'est Anya.

— Elle est très belle.

— J'ai appris que vous attendiez des jumeaux. Toutes mes félicitations.

Clara sourit.

— Merci. J'imagine que Gabriel vous en a parlé ?

— Oh ! une ou deux fois. Il a l'air de s'entraîner très sérieusement à son rôle de père.

— J'attends le moment où il faudra changer les couches, répondit Clara en éclatant de rire. Gabriel m'a dit que vous vouliez organiser une fête pour l'anniversaire d'Anya, dans dix jours ?

Ce n'était pas exactement cela. Gabriel lui avait demandé ce qu'elle ferait pour l'anniversaire d'Anya, et elle avait répondu qu'elle inviterait quelques amis chez elle.

— Je n'ai pas encore vraiment décidé du programme.

— Je voulais en parler avec vous. Nous donnons une réception, ce week-end et nous avons fait installer une grande tente dans le jardin. Peut-être cela vous intéresserait-il de l'utiliser pour l'anniversaire d'Anya ?

— Ce serait génial mais j'imagine que vous n'avez pas

envie qu'une demi-douzaine d'enfants envahisse votre maison avec leurs doigts collants…

— Cela ne me gêne pas. Et, vous l'avez dit, Gabriel s'entraîne à être papa.

— De quelle taille est la tente ?

— Elle peut accueillir une quarantaine de personnes. Et il y a assez de place pour mettre un château gonflable dans le jardin.

Clara prenait de toute évidence les choses en main.

— Je pourrai inviter un peu plus de monde, dit Raina. Heidi et la *dream team*… Ils ont tous été si gentils avec Anya.

— Génial. Invitez-les.

— Je viendrai décorer la tente.

Elle commençait à se sentir tout excitée par ce projet.

— Laissez-moi le faire, dit Clara. Gabriel me répète en boucle que je dois me reposer, je n'en peux plus. Ça me ferait plaisir de m'en occuper.

— Vous êtes sûre ?

— Absolument. Donnez-moi votre numéro de téléphone, je vous appellerai si j'ai des questions. Je pense que j'en aurai plein.

— Merci, Clara. C'est vraiment gentil de votre part.

— Je suis si heureuse que vous ayez accepté.

Elle sortit son téléphone portable.

— Vous êtes vraiment sûre ? demanda Raina en souriant. Si je vous donne mon numéro, cela voudra dire que le marché est conclu.

— Vite, alors. Donnez-le moi.

C'était une chaude et magnifique journée de septembre, Anya courait partout en poussant des cris d'excitation. Elle portait la robe de princesse que Raina lui avait fabriquée dans du tissu rose bonbon et tenait sa baguette magique à la main. La voir si heureuse était la meilleure des récompenses pour Raina. Elle avait proposé de venir dans la matinée pour aider aux préparatifs de la fête mais Clara avait refusé. Arriver une heure avant les invités lui semblait largement suffisant.

Lorsque Raina se gara devant la maison, les ballons roses et mauves accrochés sur la façade lui confirmèrent qu'elle était à la bonne adresse.

Ce fut Gabriel qui leur ouvrit la porte.

— Joyeux anniversaire, Anya ! dit-il en soulevant l'enfant dans ses bras.

La petite fille lui donna un coup de baguette magique sur la tête.

— Fais un vœu, et il se réalisera !

— Merci ! dit-il en riant. Allons voir si nous pouvons trouver quelque chose pour toi, d'accord ?

Dehors, un château gonflable se dressait près d'une grande tente dont l'un des côtés était recouvert de panneaux peints évoquant une forteresse médiévale avec ses tourelles et ses remparts. La décoration intérieure reprenait le thème d'un château du Moyen Âge. Dans l'un des coins, une longue table de banquet était dressée, à hauteur d'enfant. Des portes s'ouvraient sur des tunnels où l'on pouvait courir. Un dragon affichant un grand sourire tenait un chaudron dans une main et un bouton rouge dans l'autre. Lorsque Raina appuya sur le bouton, le couvercle du chaudron se souleva, laissant apparaître des petits paquets en papier doré.

— Gabriel ! s'exclama-t-elle. C'est magnifique. Combien de temps Clara a-t-elle passé à préparer tout cela ?

— Pas tant que cela, en fait. Ça te plaît, Anya ?

La petite fille hocha la tête et courut explorer le reste de la tente. Tout avait été conçu pour capter l'attention d'un enfant. Clara avait dû se faire aider par un professionnel.

Un bruit de sonnette se fit entendre à la porte qui s'ouvrait à l'arrière de la maison.

— Ah, ce doit être la licorne, dit Gabriel.

— La quoi ?

— En fait, il s'agit d'un poney shetland mais on lui a fixé une corne sur la bride, et Clara soutient qu'il est impossible de faire la différence. Je suis chargé de promener les enfants dans l'allée, sur le dos de la licorne. Où est passée Anya ?

— Elle s'est cachée dans la forêt magique.

Composée de petits arbres artificiels, celle-ci était placée dans un coin de la tente et dotée de lumières scintillantes.

— Anya…

L'enfant apparut derrière un arbre. Elle courut vers Raina et essaya de l'entraîner vers la forêt magique.

Gabriel se pencha vers elle.

— Tu viens avec moi voir la licorne ? Maman peut rester ici et monter la garde dans le château.

Anya consulta sa mère du regard.

— Tu peux y aller, ma chérie, cela va être très amusant. Où est Clara, Gabriel ? Je voudrais la remercier, tout est si beau !

— Euh… Elle se repose. Accordez-lui un petit quart d'heure. Je vous rapporte un verre de vin, pour que vous preniez des forces avant l'arrivée des enfants…

Il revint peu après, un verre de vin blanc dans une main et Anya dans l'autre.

— Maman, il y a une licorne ! Je l'ai vue par la fenêtre !

— Vraiment, ma chérie ? Va avec Gabriel, et tu pourras peut-être la caresser.

Restée seule, Raina but une gorgée de vin. Elle se sentait émue. Tout était si joli, ici. Les lumières scintillantes, les jeux pour les enfants. La seule chose qui manquait, c'était de ne pas partager ce moment de bonheur avec…

La porte de la tente s'ouvrit derrière elle.

Alistair ! Elle battit des paupières, était-ce bien réel ? Il s'avança vers elle, affichant ce petit sourire gêné qu'elle aimait tant.

— La tente plaît à Anya ?

Elle eut soudain la conviction qu'il avait pris part à l'installation de ce décor de rêve.

— C'est toi qui as fait tout cela, Alistair ?

— Heu… Oui. Je voulais organiser quelque chose pour Anya, j'ai demandé à Gabriel de m'aider…

Ainsi Clara et Gabriel s'étaient prêtés à ce subterfuge. Mais vu le regard émerveillé d'Anya lorsqu'elle était entrée dans la tente, Raina ne pouvait leur en vouloir.

— Tu as tout fait ? demanda-t-elle.

— Pas tout. C'est Clara qui s'est chargée du glaçage du gâteau, que j'avais complètement raté.

Il indiqua d'un signe de tête le gâteau décoré d'un glaçage rose et d'un château en sucre glace.

— Attends… Tu es en train de me dire que tu as fait un gâteau ?

C'était une grande première.

— Je croyais que tu participais à une conférence en Écosse toute la semaine.

Il se balançait d'un pied sur l'autre, l'air mal à l'aise.

— Nous avons envoyé quelqu'un d'autre, et je me suis accordé une semaine de vacances. Et, aussi improbable que cela puisse paraître, oui, j'ai fait un gâteau.

Elle vint à lui.

— Pourquoi as-tu fait tout cela, Alistair ?

— Tu m'as dit que je pouvais être qui je voulais. Devenir celui que je voulais être. Tu disais que j'avais le choix et que je devais en profiter.

Soudain, son visage s'éclaira d'un grand sourire.

— Et c'est cela que j'ai envie d'être.

Elle sentit qu'elle commençait à trembler.

— Tu ne pouvais pas te contenter de le dire ?

— Non, ça n'aurait pas été suffisant. Je devais prouver que j'en étais capable. Me le prouver à moi-même, et aussi à toi.

Elle avait la gorge nouée par l'émotion.

— Tout ici est très beau, Alistair. Et réaliser tout cela toi-même… Personne n'aurait pu mieux faire, dit-elle, les larmes aux yeux. Si tu voulais me prouver quelque chose, c'est réussi.

Alistair s'était prouvé à lui-même qu'il était capable de changer. La semaine avait été difficile, car il avait fallu deviner ce qui pouvait faire plaisir à une petite fille de quatre ans. Clara l'avait considérablement aidé en lui rappelant que lui aussi avait été un enfant. Il lui suffisait de renouer avec la part d'enfance qu'il avait en lui et qui avait été trop longtemps négligée.

Cet effort s'était révélé beaucoup plus douloureux qu'il ne l'aurait cru. Faire le gâteau ne lui avait pas paru si compliqué, il suffisait de suivre la recette. Mais une fois assis dans la cuisine pour surveiller la cuisson dans le four, il avait senti des larmes rouler sur ses joues. Son père n'aurait jamais compris qu'on préfère avoir du temps à soi plutôt que de l'argent.

— Cette semaine s'est révélée très intéressante, dit-il. Et, oui, je me suis prouvé quelque chose à moi-même.

— Merci, Alistair. Tout est parfait.

— Il y a autre chose, Raina.

— Oui, j'ai entendu dire qu'il y avait une licorne…

— Non, je ne parle pas de la licorne. Je t'aime, Raina, et je sais que tu m'aimes.

Soudain, elle rougit et le regarda fixement.

— Raina, tu as dit à Gabriel que tu me haïssais. Je te connais, tu ne hais personne. Tu n'as pu dire cela qu'à propos de quelqu'un que tu aimais et qui t'a fait du mal. Et je sais que je t'ai fait du mal. Beaucoup de mal.

— Oui, c'est vrai.

— J'en suis désolé, Raina. Je vais devoir travailler dur pour te ramener à moi, je le sais, mais je t'aime. Je t'ai toujours aimée, et cela ne changera jamais.

Des larmes brillèrent dans les yeux de Raina. Il vit sa douleur et tout son amour. Soudain, elle s'accrocha à son cou.

— Je t'aime, moi aussi, Alistair. Je veux être avec toi, toujours, pour le meilleur et pour le pire.

— C'est… C'est vrai ?

Il avait cru que regagner la confiance de Raina prendrait du temps.

— Oui, c'est vrai. Nous pourrons faire face ensemble à ce que la vie nous réserve.

Il l'embrassa sur la joue et, doucement, se dégagea de son étreinte. Il lui restait encore une chose à faire.

Pliant un genou devant elle, il lui prit les mains.

— Épouse-moi, Raina. C'est la seconde fois que je te le demande et, cette fois, c'est pour toujours. Rien ne pourra plus nous séparer.

Elle sentit une larme rouler sur sa joue. Tous ses rêves les plus fous se réalisaient, et cela la déstabilisait.

— Je voudrais te dire oui, Alistair, mais ce serait égoïste de ma part. Tu souhaites fonder une famille, et je ne pourrai pas t'en donner une…

Il la fit taire en se posant un doigt sur les lèvres.

— Anya et toi, vous êtes la seule famille dont j'ai besoin.

— Mais…

— Fais-moi confiance, Raina.

Elle lui faisait confiance. Et elle l'aimait. S'agenouillant comme lui, elle l'embrassa.

— Oui, Alistair. Oui…

Elle l'entendit retenir son souffle. Il lui saisit la main.

— J'ai une bague, dit-il d'un ton presque timide.

— Une bague ? Tu avais tout planifié ?

— J'ai planifié la fête d'anniversaire. Pour le reste, ce n'était qu'un espoir que j'étais décidé à concrétiser un jour.

Il lui glissa au doigt une bague ornée de trois diamants.

— Les deux diamants qui se trouvent de chaque côté viennent de ton ancienne bague de fiançailles, dit-il.

— Tu l'avais gardée ?

— Je n'ai jamais cessé de t'aimer, Raina. Ce diamant-là symbolise notre avenir, fit-il en montrant la grosse pierre enchâssée au centre de la bague. Parce que je ne cesserai jamais de t'aimer.

— C'est magnifique, Alistair. Et j'adore encore plus ce que signifie cette bague.

Il serait toujours là pour elle, désormais.

La petite voix d'Anya leur parvint de l'extérieur de la tente. Elle semblait tout excitée. La licorne avait dû faire son tour dans le jardin.

Mais Raina avait encore le temps d'embrasser de nouveau Alistair.

— Je t'aime tant, Alistair.

L'après-midi se déroula dans une ambiance joyeuse. Raina avait montré sa bague à Clara, et elles étaient tombées dans les bras l'une de l'autre. Puis les invités étaient arrivés, et Gabriel avait organisé les tours de promenade sur le dos de la licorne.

Enfin vint le moment où Anya découvrit ses cadeaux. Quand elle ouvrit le paquet qu'Alistair avait apporté pour elle, Raina vit qu'il avait l'air tendu. Mais il afficha bientôt un grand sourire car Anya sautait de joie devant le bras de princesse, d'un joli rose pailleté, qu'elle avait réclamé pour son anniversaire. Il l'aida à ôter sa prothèse couleur chair pour la remplacer par la nouvelle.

Raina sourit. Cette journée était vraiment placée sous le signe de la magie. Et de l'amour.

Vers 18 heures, les invités prirent congé. Clara et Gabriel ayant trouvé un prétexte pour emmener Anya dans la maison, Alistair et Raina se retrouvèrent enfin seuls.

— Clara dit que je peux revenir demain pour aider à ranger, dit Alistair en prenant Raina dans ses bras. Mais pas avant le début de l'après-midi.

— Alors, qu'allons-nous faire jusqu'à demain après-midi ?

— J'aimerais rentrer à la maison et passer la soirée avec ma famille, dit-il en souriant.

— Cela me paraît un beau programme. Et après ?

Il rit.

— Je veux passer la nuit avec ma belle fiancée. Qui sera bientôt ma femme…

Ils partageaient les mêmes désirs. Et, ensemble, ils pouvaient les réaliser.

— Cela me semble parfait, Alistair.

Épilogue

Exactement deux ans plus tard

Alistair aida Raina à sortir de la voiture. Elle s'avança vers la maison, et il la suivit, affichant le sourire un peu niais qui ne le quittait plus depuis les dernières trente-six heures. Dix-huit mois plus tôt, le jour de leur mariage, il avait porté Raina dans ses bras pour lui faire franchir le seuil de la maison, et il allait maintenant faire à peu près la même chose avec leur petit garçon qui venait de naître.

Il avait fallu une légère intervention médicale pour que Raina puisse tomber enceinte, mais Alistair n'avait cessé de lui répéter, jour après jour, qu'il l'aimait et qu'il avait déjà tout ce qu'il désirait.

Lorsqu'elle ouvrit la porte, il lui prit la main, et ils pénétrèrent ensemble dans le vestibule.

— Bienvenue à la maison, Alexander James Duvall, dit-il en sortant Alex du porte-bébé.

— Où sont-ils tous ? demanda Raina, étonnée du calme de la maison.

Clara sortit de la cuisine.

— Viens t'asseoir, dit-elle en prenant Raina par le bras pour l'emmener au salon. Gabriel est dans le jardin avec les enfants. Anya n'a pas voulu ouvrir ses cadeaux d'anniversaire avant que vous ne soyez là.

— Oh ! comme c'est joli ici ! s'exclama Raina.

Deux énormes grappes de ballons étaient accrochées de chaque côté de la baie vitrée.

— Nous avons pensé que les roses seraient pour Anya et les bleus pour Alex, dit Clara.

Un bruit sourd se fit entendre en provenance du jardin.

— Les jumeaux ont découvert que si l'on s'asseyait sur un ballon, il explosait, dit-elle en riant.

Raina éclata de rire. Les jumeaux de Clara et de Gabriel, âgés de dix-huit mois, étaient de vrais petits diables, souvent encouragés par leur père.

— Et qui le leur a montré ? demanda-t-elle.

— Anya est trop grande maintenant pour ce genre d'amusement, répondit Clara avec un petit rire. Je vais leur dire que vous êtes là.

Lorsque Raina fut confortablement installée sur le canapé, Alistair lui donna son petit garçon qui dormait profondément, puis s'assit à côté d'elle, les tenant tous les deux dans ses bras. L'expression de son visage était celle d'un homme comblé.

Anya arriva en trombe dans la pièce, suivie de Gabriel qui portait un jumeau dans chaque bras. À peine les avait-il assis par terre que Sofia et Pietro se remirent debout et se dirigèrent d'un pas chancelant vers les ballons.

— C'est ta faute, Gabriel, décréta Clara qui apportait le gâteau. Ils ne s'intéressaient pas aux ballons avant que tu ne commences à les faire éclater.

— Papa a fait tout seul le glaçage de mon gâteau, dit Anya en grimpant sur le canapé pour se blottir contre sa mère.

C'était devenu une tradition qu'Alistair se charge des gâteaux d'anniversaire d'Anya, et il avait nettement progressé en matière de glaçage. Ce gâteau-ci avait un thème dinosaures.

— Je suis particulièrement fier de mon triceratops, dit Alistair qui revenait de la cuisine avec une bouteille de champagne. Bon, Anya, par quoi commençons-nous ? Le gâteau ou les cadeaux ?

— Les cadeaux !

Elle se laissa glisser du canapé et courut vers la cheminée

où s'entassaient les paquets enveloppés de jolis papiers de couleurs vives.

— Très bien, dit Alistair. Alors, ce sera cadeaux et champagne !

Il passa la bouteille à Gabriel qui remplit les coupes.

Le petit groupe avait porté des toasts en l'honneur d'Anya, puisque c'était son anniversaire, du bébé, et de chacun d'entre eux. Anya avait ouvert ses cadeaux, et ils avaient mangé le gâteau. Cela avait été un après-midi parfait.

Alistair avait suggéré que Raina aille se reposer un moment. Lorsqu'elle était redescendue de sa chambre, la maison était calme. Alistair était au salon, Alex dans les bras et Anya sur les genoux. Il lisait une histoire à la petite fille, et le son de sa voix semblait avoir plongé Alex dans un profond sommeil.

Raina entra discrètement dans la pièce et s'assit en silence. Alistair lui sourit et continua l'histoire. Ce moment était trop précieux pour être interrompu.

Anya finit par s'endormir, elle aussi. Alistair fit signe à Raina de prendre leur fils pendant qu'il irait mettre Anya au lit.

Lorsqu'il revint au salon, Alex était couché dans son couffin.

— Ah, les voilà tous les deux endormis. Qu'allons-nous faire, maintenant ?

— Viens d'abord t'asseoir près de moi et, ensuite, tu pourras m'embrasser.

— Mais oui, bien sûr, je savais que j'avais oublié quelque chose…

— Ne t'avise jamais d'oublier cela, dit-elle en se blottissant dans ses bras.

Elle savait que, quoi qu'il arrive, il serait toujours là pour elle.

Il laissa échapper un soupir de satisfaction.

— Tu sais, je pourrais bien m'habituer à cette vie-là. Rester à la maison et m'occuper des enfants. Je veux profiter à fond de ces six semaines de congé.

— Il se pourrait bien qu'au bout d'un moment tu aies envie

de courir au bureau juste pour avoir un peu de calme et de tranquillité, répondit-elle en riant. Dis-moi, je t'ai vu en train de discuter avec Gabriel. De quoi parliez-vous ?

— De travail. Mais je ne veux plus prononcer ce mot durant ces six semaines.

— Et depuis quand ne parlons-nous plus travail, toi et moi ?

— Tu viens d'avoir un bébé. Pour l'instant, tu ne dois penser qu'à reprendre des forces.

— Alors, je ne peux pas savoir où en est notre nouveau projet ?

Le travail sur les prothèses s'étant avéré un vrai succès, la fondation Watchlight avait engagé du personnel supplémentaire, ce qui laissait un peu plus de temps libre à Alistair et à Raina. Ils en avaient profité pour élaborer trois nouveaux projets pour lesquels ils se passionnaient et ils avaient demandé à la *dream team* d'y réfléchir.

— Je te l'ai dit, Raina, tu dois profiter pleinement de ces quelques semaines de repos.

— Tu sais, j'adore être ta femme et j'adore être mère. J'adore aussi être médecin, et aucune de ces fonctions ne prend le pas sur les autres. Tu sais à quel point je suis excitée à l'idée de mettre un nouveau projet en route.

Il poussa un soupir.

— D'accord, j'ai compris. Tu veux connaître les propositions de la *dream team*, c'est bien ça ?

— Oui, mais pas ce soir. Je veux d'abord dormir un peu.

— Parfait, marché conclu. Tu me laisses te dorloter et moi, en retour, je te communiquerai le rapport de l'équipe. Tu le liras quand tu te sentiras prête.

— Merci, Alistair. Je t'aime. Et j'adore le fait de pouvoir tout partager avec toi, au travail comme à la maison.

Il lui prit la main et lui baisa les doigts. Et il lui répéta la promesse qu'il lui avait faite le jour de leur mariage.

— Toujours, Raina. Nous partagerons tout. Toujours.

Retrouvez prochainement,
dans votre collection

SAGAS

LE RÈGNE DE LA NUIT 2/2, de Bonnie Vanak - N°210

L'ombre du jaguar

Depuis toujours, Ariana lutte contre le Mal qui la hante. Mais un jour, elle s'éprend de Daimon, un jaguar, ennemi des loups-garous et dont le chef veut s'approprier sa part d'ombre. Bientôt, un duel à mort s'engage entre les deux hommes. Pour sauver celui qu'elle aime, Ariana n'a qu'une solution : libérer le démon qui gronde en elle...

Le secret des ténèbres

Poussée contre son gré par les hommes loups, Ariel entre dans la demeure du chef de meute et retient un cri de terreur. Devant elle se dresse Jarrett Lawson, le mâle alpha, le chef de clan indomptable auquel elle s'est refusée il y a longtemps déjà et qu'elle fuit depuis ce jour. Si Jarrett a gardé sa puissance d'autrefois, son regard a perdu sa cruauté. Que lui est-il arrivé ? Ariel a soudain envie de percer ses plus intimes secrets...

IRRÉSISTIBLES MÉDECINS ÉCOSSAIS, d'Amalie Berlin - N°211

Un Noël pour aimer

La neige tombe sur Manhattan. Angelica ferait tout pour rendre le sourire à ses petits patients. Bien que bloqués dans leur lit d'hôpital, les enfants ont besoin de joie, en cette période de Noël... Heureusement, elle peut compter sur l'aide du Dr Wolfe McKeag, le chirurgien écossais qui s'invite dans ses rêves, la nuit. À force de travailler à son côté, elle se surprend un jour à vouloir briser la règle qu'elle s'est fixée de ne jamais mêler vie professionnelle et vie privée...

Urgences sous la neige

Noël est là... Belle vient d'arriver à New York, et son nouveau poste d'infirmière urgentiste la comble de fierté et d'angoisse. Des vies sont en jeu, et il lui faut être à la hauteur des responsabilités qui lui incombent. Or, comment prendre confiance, alors que Lyons McKeag, le chef des urgences, se montre hostile avec elle ? Supportera-t-elle de collaborer avec lui, s'il la fait frémir de peur – et de désir ?

Retrouvez prochainement,
dans votre collection

SAGAS

LES MYSTÈRES DE L'HIVER, de Danica Winters - N°212

Un Noël pour sa fille

À son retour dans le ranch familial du Montana où il est venu enquêter sur la disparition de son ex-femme, Waylon Fitzgerald fait la connaissance de Christina, sa séduisante belle-sœur, et de Winnie, une adorable fillette de trois ans, dont la jeune femme prétend avoir seulement la garde mais autour de laquelle plane un étonnant mystère. Comme un secret de famille jalousement gardé...

Par crainte du passé

Qui est réellement Whitney Barstow ? D'où vient-elle ? Que fuit-elle ? C'est ce que se demande Colter Fitzgerald, dont l'unique espoir est de serrer la jeune femme dans ses bras, et d'effacer à jamais la lueur apeurée qui n'a jamais quitté son regard depuis qu'elle a été embauchée dans le ranch de ses parents...

Un protégé si troublant

Malgré son sourire désarmant, Rainier Fitzgerald est un homme dangereux... C'est en tout cas ce dont Laura tente de se convaincre depuis qu'elle a accepté d'accompagner dans sa réinsertion cet ex-détenu au charme ravageur. Un charme auquel elle a déjà succombé malgré elle, et qui va la pousser à enquêter à ses côtés pour prouver qu'il a été condamné à tort...

Retrouvez prochainement,
dans votre collection

SAGAS

LA DYNASTIE DES O'CONNELL 2/2, de Sandra Marton - N°213

Orgueil et passion
Megan O'Connell ne décolère pas. Au sein de son cabinet d'affaires, c'est elle qui devait prendre en main le dossier de l'émirat du Suliyam, et voilà qu'on le lui retire à la dernière minute ! Tout cela parce que l'émir Qasim refuse de traiter avec une femme ! Altesse ou pas, elle compte bien lui dire sa façon de penser !

À quitte ou double
Savannah n'a pas le choix. Pour sauver sa sœur des griffes du malfrat notoire qui la retient prisonnière, elle doit aider ce dernier à se venger de Sean O'Connell. Sa mission : séduire le beau Sean et le pousser à perdre sa fortune. Ce serait plus facile si Sean n'était pas si attirant...

Un serment pour la vie
Suite à la disparition d'un couple d'amis, Briana O'Connell apprend qu'elle est la tutrice légale de leur fille de six mois, Cristina. Une responsabilité qu'elle accepte volontiers. Jusqu'à ce qu'elle découvre qu'il lui faudra l'assumer avec le parrain de Cristina, le très hostile – et trop séduisant – Gianni Firelli...